1951
—
1978

中國文藝界
現象輯略

朱汝瞳　著

目　次

第一章　武訓及電影《武訓傳》

　　電影《武訓傳》是由孫瑜編劇和導演，上海昆侖電影公司出品的。這部片子的醞釀和籌拍，最初是受陶行知先生的啟發。在抗戰中期，陶行知遭到了極大的困難，為了拯救因經費困難而陷於絕境的育才學校，他提倡「武訓精神」。1944 年夏天，陶行知先生送了一本《武訓先生畫傳》給孫瑜。武訓行乞興學的故事反映了勞動人民文化翻身的要求，感動了孫瑜，於是就改編成《武訓傳》電影劇本。這部電影 1948 年就在重慶開始籌拍了。由於資金短缺和社會動亂，拍攝了三分之一便停了下來。編導孫瑜在北京參加第一次文代會期間，曾當面把自己要繼續拍完《武訓傳》的想法告訴了周恩來。周恩來的指示有三點：站穩階級立場；武訓成名後，統治階級便加以籠絡利用；武訓最後對興義學有懷疑。[1] 重新開機前，孫瑜把劇本拿到中宣部審查，也通過了。1950 年底電影拍好了，由上海領導審查。舒同、馮定，甚至饒漱石也參加了，並且連連說「好、好」。饒漱石與孫瑜、趙丹握手表示祝賀。這一表態，一錘定音，《武訓傳》就是一部好影片了。1951 年 2 月，《武訓傳》在上海、南京公映，獲得了熱烈反響。2 月 21 日，孫瑜給周恩來寫信說，第一次文代會期間周恩來給他的三點意見，「都在影片裏寫到了」。文化部的沈雁冰部長和電影局袁牧之局長都看了，希望周恩來能「於日理萬機的餘暇，賜以三小時的審映」。結果，當天晚上就讓在中南海放映，觀看的有周恩來、朱德等一百多人。看完之後，影片獲

---

[1]　孫瑜：〈影片《武訓傳》前前後後〉《中國電影時報》1986 年 11 月 29 日。

得了不少掌聲，朱德還從老遠的座位走過來與孫瑜握手，說了一句「很有教育意義」；周恩來提了一個藝術處理方面的意見，也沒有多說別的。

影片在北京和其他城市公映以後，絕大多數的文章持肯定態度。全國各報刊發表了四十多篇評論，贊稱影片的教育意義。著名教育家、北京師範大學董渭川教授說，他看了電影，感動得流下了眼淚，「武訓這個名字，應該說是中國歷史上偉大的勞動人民，企圖本階級從文化上翻身的一面旗幟」。「從武訓這個傑出的人物身上，我們可以看到中華民族許多傳統的卓越精神。」他認為在普及鄉村教育和培養愛國主義精神方面，武訓都是有教育意義的[2]。陶行知的弟子、上海教育局局長戴白韜先生說，教育工作者「更應該學習武訓那樣赤誠的始終如一不避任何艱苦困難為人民服務的精神」去教育工農[3]。還有人認為武訓是「千古一人」，是「鞠躬盡瘁，死而後已」全心全意為人民服務的傳奇式英雄；也有人把武訓譽為「勞動人民文化翻身的一面旗幟」，也有人說武訓「站穩了階級的立場，向統治者作了一生一世的鬥爭」，「典型地表現了我們中華民族的勤勞、勇敢、智慧的崇高品質」等等。特別是關心教育事業的同志們，都認為《武訓傳》的社會效果頗好。一些原來不安心教育的同志，看了電影《武訓傳》受到啟發，就安心了，表示要「把畢生的精力貢獻給人民的教育事業」[4]在衷心的讚歎和景仰中，武訓被推崇得高入雲霄，此言不虛。

中南海那天晚上放映《武訓傳》，毛澤東沒有來觀看，幾天後，他調了片子去看。《武訓傳》對武訓的讚頌，主要集中在影片的主題歌詞上：「大哉武訓，至勇至仁。行乞興學，苦操奇行。一囊一缽，僕僕風塵；一磚一瓦，積累成金。街頭賣藝，市上售歌；為牛為馬，捨命捨身。世風何薄，大陸日沉。誰啟我愚？誰濟我貧？大哉武訓，至勇至仁。行乞興學，千古一人！」這種莊嚴神聖的讚美詩貫穿了影片始終。

2　〈由教育觀點評《武訓傳》〉《光明日報》1951 年 2 月 28 日。
3　〈看了《武訓傳》之後的意見〉《新聞報》1951 年 1 月 1 日。
4　孫渝：〈我編導《武訓傳》的經過〉《縱橫》1997 年第 11 期。

這令毛澤東很反感，和毛澤東的思路南轅北轍。中國革命的歷史、毛澤東本人的經歷，都反覆證明一個道理，即改變現狀，反對舊社會，只能首先用「武器的批判」。沒有人民革命的批判，沒有人民革命的勝利，沒有人民政權的建立，文化建設高潮是不可能的。過去講武訓和陶行知精神，是因為他們畢竟為窮人做了好事，而現在全國勝利了再來宣傳，是不是宣傳改良主義？是不是與馬克思主義、歷史唯物主義背道而馳？毛澤東覺得嚴重的是，公映後的一片叫好聲，說明了文化界的思想混亂到了何等的程度。1951 年 4、5 月期間，《文藝報》第 4 卷第 1、2 期發表了江華〈建議教育界討論《武訓傳》〉、賈霽〈不足為訓的武訓〉、楊耳（許立群）〈陶行知先生表揚「武訓精神」有積極作用嗎？〉、鄧友梅〈關於武訓的一些材料〉，開始批評《武訓傳》。《人民日報》5 月 15、16 日轉載了上述文章，並在按語中指出，《武訓傳》是歌頌清朝末年的封建統治的擁護者武訓而污蔑農民革命鬥爭、污蔑中國歷史、污蔑中國民族的電影。5 月 20 日，《人民日報》發表主要由毛澤東寫成的社論〈應當重視電影《武訓傳》的討論〉。其中毛澤東撰寫的文字引錄如下：

> 《武訓傳》所提出的問題帶有根本的性質。像武訓那樣的人，處在清朝末年中國人民反對外國侵略者和反對國內的反動封建統治者的偉大鬥爭的時代，根本不去觸動封建經濟基礎及其上層建築的一根毫毛，反而狂熱地宣傳封建文化，並為了取得自己所沒有的宣傳封建文化的地位，就對反動的封建統治者竭盡奴顏婢膝的能事，這種醜惡的行為，難道是我們所應當歌頌的嗎？向著人民群眾歌頌這種醜惡的行為，甚至打出『為人民服務』的革命旗號來歌頌，甚至用革命的農民鬥爭的失敗作為反襯來歌頌，這難道是我們所能容忍的嗎？承認或者容忍這種歌頌，就是承認或者容忍污蔑農民革命鬥爭、污蔑中國歷史、污蔑中國民族的反動宣傳，就是把反動宣傳認為正當的宣傳。

電影《武訓傳》的出現，特別是對於武訓和電影《武訓傳》的歌頌竟至如此之多，說明了我國文化界的思想混亂達到了何等的程度！

在許多作者看來，歷史的發展不是以新事物代替舊事物，而是以種種努力去保持舊事物使它得免於死亡；不是以階級鬥爭去推翻應當推翻的反動的封建統治者，而是像武訓那樣否定被壓迫人民的階級鬥爭，向反動的封建統治者投降。我們的作者們不去研究過去歷史中壓迫中國人民的敵人是些什麼人，向這些敵人投降並為他們服務的人是否有值得稱讚的地方。我們的作者們也不去研究自從一八四〇年鴉片戰爭以來的一百多年中，中國發生了一些什麼向著舊的社會經濟形態及其上層建築（政治、文化等等）作鬥爭的新的社會經濟形態，新的階級力量，新的人物和新的思想，而去決定什麼東西是應當稱讚或歌頌的，什麼東西是不應當稱讚或歌頌的，什麼東西是應當反對的。

特別值得注意的，是一些號稱學得了馬克思主義的共產黨員。他們學得了社會發展史——歷史唯物論，但是一遇到具體的歷史事件，具體的歷史人物（如像武訓），具體的反歷史的思想（如像電影《武訓傳》及其他關於武訓的著作），就喪失了批判的能力，有些人則竟至向這種反動思想投降。資產階級的反動思想侵入了戰鬥的共產黨，這難道不是事實嗎？一些共產黨員自稱已經學得的馬克思主義，究竟跑到什麼地方去了呢？

為了上述種種緣故，應當展開關於電影《武訓傳》及其他有關武訓的著作和論文的討論，求得徹底地澄清在這個問題上的混亂思想。[5]

5　《建國以來毛澤東文稿》第 2 冊，中央文獻出版社 1988 年版 316、317 頁。

1951 年 5 月 20 日《人民日報》的社論，還開列了報刊上發表的「歌頌《武訓傳》、歌頌武訓或者雖然批評武訓的一個方面，仍然歌頌過武訓其他方面的論文的一個不完全的目錄」，共 44 篇，都點了名。同一天在《人民日報》「黨的生活」欄目中還發表題為〈共產黨員應該參加關於《武訓傳》的批判〉的短評。短評指出，對電影《武訓傳》的批判，是一場原則性的思想鬥爭，每個看過這部電影或看過歌頌文字的共產黨員，都應當自覺地行動起來，堅決徹底地與錯誤思想作鬥爭。同時還要求，凡是「歌頌過武訓和電影《武訓傳》的，一律要作嚴肅的公開自我批評；而擔任文藝、教育、宣傳工作的黨員幹部，特別是與武訓、《武訓傳》及其評論有關的」幹部，「還要作出適當的結論」。於是中宣部電影局率先作出反應。5 月 23 日向全國電影界發出通知，要求電影界人員「均須在各該單位負責同志有計劃領導下，進行並展開對《武訓傳》大討論，藉以提高思想認識，同時並須負責向觀眾進行教育，以肅清不良影響。並須討論結果及經過情況隨時報來局」。接著，中宣部、教育部、華東局等相繼發出通知或指示，指出：開展對電影《武訓傳》的批判，是一項重要的政治任務，是一種全國性的思想運動。因此，必須把這場運動普及到每一個學校、每一個教育工作者及每一個文藝工作者，並要聯繫實際徹底檢查自己。此後，各種報刊雜誌相繼發表了許多對武訓及電影《武訓傳》的批判文章。有的文章毛澤東還親自動筆修改。如 6 月間，他審閱《學習》雜誌準備發表的共青團中央宣傳部副部長楊耳〈評武訓和關於武訓的宣傳〉時，就加寫了三段文字。在第一段中寫道：「武訓的中心事業是所謂行乞和辦『義』學。這件事，迷惑了很多天真的孩子般的不用腦筋的老好人，其實是一個騙局。武訓也許想過要為窮孩子辦學堂，但事實只能為

有錢人的子弟辦學堂，不可能有真正的窮孩子進他那樣的學堂。被
那些舉人、進士們掌握的學堂也決不會容許真正的窮孩子插足進
去。武訓的『義』學，其實是不義之學。錢是殘酷地括來的。一是
強要來的，武訓是一個吃五毒威脅善良人民逼其出錢的惡丐；二是
放高利貸（利息三分）；三是倚仗官勢募捐。這三種錢的來源都是
不正當的。」「武訓自己一個人想得不對，是極小的事，沒有什麼
影響。後人替他宣傳就不同了，這是借武訓來宣傳自己的主張，而
且要拍成電影，寫成著作或論文，向中國人民大肆宣傳，這就引起
了根本問題了。」在第三段中，他說：「武訓是一個富有機智和狠
心的人，因為他成了『千古奇丐』，只有那些天真得透頂的人們才
被他騙過。舊的反動著作家則將武訓的騙術有意描寫為『美談』，
武訓的『我乞者不敢與師抗禮也』這件事，在『清史稿』武訓傳中
也是大書特書的。」[6]從此，中央到地方的宣傳文化教育部門，大
中小學校聞風而動，一場批判運動就此興起。7月6日《人民日報》
發表范文瀾〈武訓是什麼人？為什麼有人要歌頌他？〉的文章。幾
乎全面否定了武訓和電影《武訓傳》。

　　為了弄清楚武訓到底是怎樣一個人，毛澤東指示文化部、《人
民日報》社等單位聯合組成了「武訓歷史調查團」。其調查團由13
人組成，除負責人袁水拍和鍾惦棐之外，還有江青，其特殊身份在
團裏起到了決定性的作用。調查團在山東省堂邑、臨清、館陶一帶
待了二十多天。帶有強烈傾向的調查，結論早已經有了的。幾萬字
的〈武訓歷史調查記〉在7月23日至28日的《人民日報》上發表，
共分五個部分：一、和武訓同時的當地農民革命領袖宋景詩；二、
武訓的為人；三、武訓學校的性質；四、武訓的高利貸剝削；五、

---

[6]　《建國以來毛澤東文稿》第 2 冊第 374、375 頁。

武訓的土地剝削。此〈調查記〉發表前，照例由毛澤東審改，每個部分都有毛澤東加寫或改寫的議論性段落，以進一步發揮他領袖的政治思想。共有十五處。根據〈調查記〉提供的材料，毛澤東給武訓定了性：一個以「興義學」為手段，「被當時反動政府賦予特權而為整個地主階級和反動政府服務的大流氓、大債主和大地主，這難道還不確切嗎？」毛澤東還寫了一段話作為最後論斷：在封建社會，「只有地主階級能夠壟斷文化，辦學校。被剝削被壓迫的農民階級是不可能有受教育學文化的機會的。在封建地主階級看來，使用簡單工具從事農業勞動的農民，也沒有要使他們受教育學文化的必要。這是幾千年封建制度的規律，是唯物史觀所指示的法則。被剝削被壓迫的農民階級要在文化教育方面翻身，要自己辦學校、學文化、受教育，只有在工人階級領導之下，推翻地主階級的政權，建立以工農聯盟為基礎的政權，並取消地主與農民間的封建的生產關係即地主的土地所有制，改變成為農民的土地所有制，才有這種可能。在中國的解放區和中華人民共和國建立以後的全中國，就有這種可能了。武訓生在滿清時代，他甘心為地主階級服務，以『為貧寒』的口號欺騙農民，而實際上為地主和商人辦成了三所學校，這是合乎封建社會的規津的。」[7]

自從《武訓傳》批判運動開展以後，那時文藝界、教育界人士都沒有思想準備，十分緊張，即使與這部電影關係不大的文藝界領導人，也作了自我批評。比如夏衍剛剛出訪回國的第三天，正在埋頭寫「出訪總結」，而就接到了周揚的指示，要他趕快回上海，寫一篇關於《武訓傳》問題的檢討，並且告誡夏衍，「要知道問題的嚴重性」，「這部片子是上海拍的，你是上海文藝界的領導」，要檢

---

[7] 《建國以來毛澤東文稿》第 2 冊第 402、401 頁。

討。於是夏衍回上海召開了一百多人的文化界集會，在會上作了檢討，整理成〈從《武訓傳》的批判檢查我在上海文化界的工作〉一文，寄給周揚看，周揚又請毛澤東看，毛澤東又親筆修改並加寫了一段話。該文章發表在 8 月 26 日的《人民日報》上。周揚也作了檢討，他在《文藝報》第 4 卷第 5 期〈堅決貫徹毛澤東文藝路線〉的講話中說，「關於武訓和《武訓傳》電影的論戰，暴露了我們在思想工作和文藝工作上的一種嚴重狀態，就是我們許多同志在新的環境下政治思想上變得麻痺起來，開始失去一個共產黨員所應有的思想上的銳敏，失去對敵對的和錯誤的思想的辨別與批判的能力。」由是他在另一個報告中表示自己到現在還沒有發表批判《武訓傳》的文章，而感到「自己很難過」，「這種落後思想」是「不能容忍的」[8]。不光夏衍、周揚作了檢討，就是周恩來也作了自我批評。孫瑜和夏衍的回憶錄中都提到這事。1952 年 3 月周恩來在上海參加電影工作者的茶話會時，問孫瑜，是否聽見了他在北京對《武訓傳》問題所作的檢討。第二天，周恩來在上海萬人大會上作報告時又說，第一次文代會期間，當孫瑜向他提出想拍《武訓傳》時，他只講了注意武訓這個人的階級出身問題，而沒有予以制止。後來看了影片，也沒有發現問題，所以對此他負有責任。他同時還談到，孫瑜和趙丹都是優秀的電影工作者，只是思想意識問題，千萬不要追究政治責任。然事實孫瑜、趙丹都被批判了。趙丹有四年不准怕電影。

　　毛澤東之所以發動批判武訓和電影《武訓傳》運動，直接原因是這部影片存在著為執政黨難以容忍的政治意識形態。《武訓傳》在當時廣受歡迎所顯示出來的政治文化意識，與毛澤東所欲以建立的新文化想像有著嚴重的衝突。他把武訓辦義學的「奇舉」放在近

8　《周揚文集》第 2 卷人民文學出版社 1985 年版第 80 頁。

代中國革命的歷史大背景和大走向中來考察，從而提倡用歷史唯物主義的觀點來認識歷史和歷史人物。也就是說，在改造從舊社會過來的知識份子世界觀的同時，推動文藝創作同前進的時代共命運。毛澤東需要利用武訓和電影《武訓傳》裏所表現出來的思想觀點，向知識份子猛擊一掌，提醒他們注意中國革命的成功、中國社會的進步，決定的因素不是知識份子在反動統治下進行的所謂「文化教育」，而是中國共產黨領導的農民革命。因此這個《武訓傳》批判運動有改造知識份子的用意，並實際地發展成為一場知識份子思想改造運動。他要清理知識份子的思想，達到政治認同。所以，毛澤東一開始就拒棄文化學術討論的思路，而引導為一場不由分說的蠻橫的文化批判運動，從而在剛剛起步的新中國文藝界，開了一個以文學批判為開路，去解決政治問題的不好先例，這種搞法的消極後果是明顯的。批判武訓和電影《武訓傳》的運動時間並不長，只持續了三個月就結束了。運動期間發表了八十多篇批判文章，涉及的範圍和人群比較廣泛，甚至把陶行知先生也批為「馬列主義毛澤東思想的敵人」，但規模並不太大。8 月 8 日周揚在《人民日報》上發表〈反人民、反歷史的思想和反現實主義的藝術〉，對這次運動算作了一次總結。文章指出，需要就《武訓傳》的思想和藝術作系統的批判，說《武訓傳》用藝術的手法宣傳了反人民、反科學的歷史觀點。並認為「武訓的『義學』就正是迎合了當時封建統治者籠絡人心的反動政策，因而『義學』就成了他投降封建統治階級並使自己也爬上地主階級行列中去的政治資本。」周揚作出了「電影《武訓傳》主題的反動性」結論。這次批判運動直接導致了整風運動的開展，開始整頓文藝界知識份子的思想混亂。11 月間中宣部召開了黨內主要文藝幹部十餘人的文藝工作會議，除了批判《武訓傳》

這樣的具體問題之外，一致認為，必須糾正文藝脫離黨的領導的狀態，徹底整頓文聯各協會的工作，改善對電影工作的領導；整頓文藝刊物，使之成為嚴肅的戰鬥的武器；對文藝界的資產階級和小資產階級思想展開有系統的鬥爭，迫使成百上千的文藝工作者作檢討，批判自己的作品，表示擁護毛澤東文藝思想。這次整風鞏固了毛澤東文藝思想的指導地位，形成了中國文藝界千百年來第一次思想清理和改造的奇異現象。

電影《武訓傳》的批判，今天回首來看，是非常片面的。毛澤東的秘書，50年代的中宣部副部長，80年代的中央政治局委員胡喬木同志，在1985年9月5日陶行知研究會和基金會成立會議上作了一番講話：「1951年，曾經發生過一個開始並不涉及而後來涉及陶先生的、關於電影《武訓傳》的批評。這個批判涉及的範圍相當廣泛。我們現在不在這裏討論對武訓本人及《武訓傳》電影的全面評價，這需要歷史學家、教育家和電影藝術家在不抱任何成見的自由討論中去解決。但我可以負責任地說，當時這場批判，是非常片面的、非常極端的，也可以說是非常粗暴的。因此，儘管這個批判有它特定的歷史原因，但是由於批判所採取的方法，我們不但不能說它是完全正確的，甚至也不能說它是基本正確的。這個批判最初涉及的是影片的編導和演員，如孫瑜同志、趙丹同志等；他們都是長期在黨的影響下工作的進步藝術家，對他們的批判應該說是完全錯誤的。他們拍這部電影是在黨和進步文化界支持下決定和進行的。如果這個決定不妥，責任也不在他們兩位和其他參加者的身上。這部影片的內容不能說沒有缺點或錯誤，但後來加在這部影片上的罪名，卻過分誇大了，達到簡直不能令人置信的程度，從批判這部電影開始，後來發展到批判一切對武訓這個人物表示過程度不

同的肯定的人，以及包括連環畫在內的各種作品，這就使原來的錯誤大大擴大了。」[9]

可見這次批判運動的危害是深重和久遠的。概括地說，至少有三個方面的危害。首先，把文藝問題作為政治性的鬥爭問題。批判《武訓傳》電影，顧名思義，應該是一個純粹的文藝問題，原本可以自由探討。但運動並不著眼於文藝，卻規定要和資產階級思想作鬥爭，強調是一場政治性的鬥爭。共產黨七屆二中全會對全國勝利後形勢的估計和任務的規定應該說是正確的。在社會主義革命的過程中，需要和資產階級作鬥爭，需要與資產階級思想做鬥爭，但這一鬥爭主要是在政治和經濟領域。當然這一鬥爭有時也反映到文藝領域，但文藝有它自己解決問題的方式和規律，不能採用硬性的政治鬥爭方式。不應該為了急於印證對形勢的估計，用政治猜想當作預言的實現，抓住它開展一場與資產階級作鬥爭的大演習。其實，武訓的讚頌者不過是一般的知識份子，他們並不是資產階級的政治代表，文藝在這裏成了替罪羊。這種不好的做法往往被作為正面經驗上升到「規律」無窮盡的套用。政治上一有風吹草動，就到文藝中去找羔羊，從文藝開刀；或者計畫開展一個什麼鬥爭，也拿文藝當石頭，拾起來擲過去，投石打鳥。中國當代的政治鬥爭一個接著一個，文藝也就不斷地被開刀和丟掉，積重難返。這種慣性事態的延續，看著文學思潮的錯誤引導，令人心痛。其次，強化了文學主題的單一性。解放初期，本來在強調歌頌工農兵方向的主題和題材，已有忽視甚至排斥其他主題和題材的明顯苗頭，而這次氣氛緊張的《武訓傳》批判運動對此又有所助長。有的批判文章把影片的編導孫瑜說成是思想反動，有意識「用武訓這具僵屍欺騙中國人

---

[9]　《黨史通訊》1985 年第 12 期。

民」。其藝術手法也冠以「資產階級」、「反動」的政治帽子，完全否定排斥，堵塞了藝術多樣性的探索道路。文藝的本體就是多樣的，單一性乃是文藝的大忌。與批判《武訓傳》幾乎同時進行的蕭也牧小說批判，更是雪上加霜，主題和藝術手法越來越趨向單一化。最後，通過這次《武訓傳》批判，使文藝隸屬於政治的關係更加凝固化。〈在延安文藝座談會上的講話〉文藝從屬於政治、服從於政治的精神更加強調。這次幾乎所有的批判文章都浸透了這個原則精神，並加於隨意發揮，隨便論證，作為制勝對方的重要武器。於是，這個並不十分科學的〈講話〉，在當時被崇奉為旨聖，在征戰疆場一片勝利的霞光中被映襯得更加輝煌和神聖。〈講話〉為中國當代文學思潮所奠定的這一基石，在這次批判運動中被夯實加固。

第二章　蕭也牧及其小說
〈我們夫婦之間〉

　　在批判武訓和電影《武訓傳》的思想氣氛下，小說創作最早受到批判的是蕭也牧的〈我們夫婦之間〉。1950 年《人民文學》第 1 卷第 3 期上發表了蕭也牧的短篇小說〈我們夫婦之間〉。該小說是一篇具有城市生活意識的小說，出身於知識份子家庭的幹部李克表現了與戰爭時期非常不同的精神響往，他希望生活能有一些個人趣味，並努力培養勞動人民出身的妻子也能像自己一樣去體驗城市生活的情調。但他妻子張英那既愛恨分明又帶點偏激的思想方法，既純潔直爽又急躁的個性特徵，以及長期在農村的生活習慣所養成的語言、行動、穿著打扮上的種種土氣，在不少問題上他們夫婦之間產生了矛盾。這種矛盾衝突既是家庭的，也是社會的，幾乎走向感清的破裂。最後男女主人公通過相互溝通理解，取長補短而達到了共識，增進了感情，重歸於好。作者在處理這一場一方是工農幹部，另一方是知識份子的矛盾中，我們明顯地體味到作者毫不含糊地遵循固有觀念，將主要責任推到了李克一方。他讓李克在察覺妻子缺點的同時，能從妻子愛恨分明的表現中感受到她可貴的品質，並反省自己的不足。但小說中的妻子是一位有缺點的工農幹部，這在當時無疑是一種對原有成見具有衝擊力的新鮮思想。這篇小說由於取材新鮮、立意新穎、人物生動、語言活潑，並富有生活氣息，因此一發表就受到了讀者格外的關注和喜愛，很快就被改編成話劇、連環畫，還搬上了銀幕。在今天看來，這個短篇還比較簡單和瑣碎，甚至可以說有些幼稚，但這個短篇的作者蕭也牧是

新中國第一個試圖表現新的城市生活感受的作家,也是第一個嘗試新題材寫作的作家。他主要的是第一個敏銳地感覺到了生活環境的變化與人精神生活的要求之間的關係。對於長期生活於戰爭狀態的作家來說,城市生活無疑是面臨的新的挑戰。對於充滿內在緊張的意識狀態、處處用戰爭的觀念看待生活的人來說,城市幾乎處處佈滿了資產階級的陷阱。因此,蕭也牧要求的城市生活情調本身,就處在眾目睽睽、危機四伏的境地之中,對蕭也牧的批判也就是必然的了。

第一篇批判蕭也牧的文章是陳湧發表在 1951 年 6 月 10 日的《人民日報》上的〈蕭也牧創作的一些傾向〉。他認為蕭也牧「在文藝思想或創作方面產生了一些不健康的傾向,這種傾向實質上就是毛主席在延安文藝座談會講話中已經批判過的小資產階級的傾向。它在創作上的表現是脫離生活,或者依據小資產階級觀點、趣味來觀察生活、表現生活。這種傾向在現在還不是普遍存在的,但它帶有嚴重的性質,是值得我們加以研究、討論的。」之所以「帶有嚴重的性質」,在他看來,〈我們夫婦之間〉「繪聲繪影地描寫」一個工人出身的革命女幹部,「只有過去的諷刺小說才能有這種寫法」,實際上是把她「醜化」了。當然陳湧並沒有一棍子把蕭也牧打死。甚至毫不掩飾地承認小說「有一些寫得真實、令人感動的地方」。但陳湧的批判,《文藝報》領導覺得軟弱無力,沒有擊中要害。於是 1951 年 6 月 25 日出版的《文藝報》第 4 卷第 5 期,發表了馮雪峰假讀者李定中 6 月 10 日的「來信」,寫的〈反對玩弄人民的態度,反對新的低級趣味〉。自己還加了一個「編者按」說:「讀者李定中的這篇來信,尖銳地指出了蕭也牧的這種創作傾向的危險性,並對陳湧的文章作了必要而有力的補充,我們認為很好。」同時指出〈我們夫婦之間〉的傾向「是很有害的,但其原因,我以為還不是由於作者脫離生活,而是由於作者脫離政治!在本質上,這種創作傾向是一個思想問題,假如發展下去,也就會達到政治問題,所以現在就須警惕。」李定中之所以對小說有反感,因為是「第一,我反感作者的那種輕浮的、不誠實的、玩弄人物的態度」,對於女

主人公工人幹部張英，「從頭到尾都是玩弄她」！「對於我們的人民是沒有絲毫真誠的愛和熱情」，「因此，我覺得如果按照作者的這種態度來評定作者的階級，那麼，簡直能夠把他評為敵對的階級了，就是說，這種態度在客觀效果上是我們的階級敵人對我們勞動人民的態度。」接著還以林語堂、左琴科為例，警告作者「懸崖勒馬」。「反感的第二個理由」是，認為藝術上那些所謂「平凡生活」的描寫，則是作者簡直在「獨創和提倡一種新的低級趣味」，「種種『細緻入微』，我看沒有一處不是宣洩作者的低級趣味」。「這樣寫，你是在糟蹋我們新的高貴的人民和新的生活」，「低級趣味並不是人民生活，也不是藝術，而恰恰有點像癩皮狗」，「我就要踢它一腳！」馮雪峰（李定中）如此的「來信」不免毛骨悚然，完全超出了文學批評的範圍。引起了人們的反感。7 月 28 日《光明日報》就發表裘祖英〈論正確的批評態度〉的文章，對李定中「來信」所顯露出來的「刻毒手法」提出嚴肅的批評。羅石在 5 月 28 日《文匯報》上也發表〈略論我們的文藝批評〉，提出不同意見。當時陳企霞起到了很大作用，馮雪峰這封署名李定中的自欺欺人的「來信」，就是陳企霞出面請他寫的。後來陳企霞自己還寫了〈關於文藝批評〉一文，發表在 9 月 10 日出版的《文藝報》第 4 卷第 10期上。對羅石的〈略論我們的文藝批評〉和裘祖英的〈論正確的批評態度〉予以反擊，努力維護李定中的所謂「讀者來信」，認為對蕭也牧的批判是「十分必要的」。而「像羅石和裘祖英的文章，只會妨害文藝批評的發展，卻「是應當拒絕的」。陳企霞的文章雖然經過高層領導胡喬木、周揚審改過，但陳企霞在批判蕭也牧中所扮演的角色是不言自明的。他與馮雪峰倆聯手搞「讀者來信」的方法給〈我們夫婦之間〉無限上綱，置人於死地確是一大發明，在中國文壇上開創了很不正派的先例。

　　讀者「李定中」的文章儘管措辭激烈，火力兇猛，但只是以讀者出面，畢竟不夠權威，缺乏號召力。7 月 25 日出版的第 4 卷第 7 期《文藝報》雖然發表了葉秀夫的長篇批評文章〈蕭也牧怎樣違反了生活的

真實〉和樂黛雲〈對小說《鍛練》的幾點意見〉，但依然掀不起批評的高潮。於是 8 月 25 日出版的第 4 卷第 8 期《文藝報》主編丁玲親自出馬，發表了〈作為一種傾向來看——給蕭也牧同志的一封信〉。當時丁玲不只是《文藝報》主編，還是中國文協主持日常工作的常務副主席、黨組書記和中央文學研究所所長，何況 1951 年初，丁玲又當上了中央宣傳部文藝處處長，在文壇上的地位顯赫，幾乎無人匹敵。丁玲的〈作為一種傾向來看〉是在頤和園雲杉巢寫成的。適逢毛澤東到雲杉巢去，丁玲她就向毛澤東彙報了正在寫的那篇批判蕭也牧創作傾向的文章。由此，毛澤東談了改造幾十萬知識份子的問題。毛澤東的話在丁玲那裏引起了共鳴。因此，她在文章中，從知識份子改造思想的角度，指出了小說在政治傾向上的「歪曲嘲弄工農兵的錯誤」，說小說「儼然在那裏指點人們應當如何改造思想，如何走上工農兵與知識份子結合的典型道路。它表面上好像是在說李克不好，需要反省，他的妻子——老幹部，是堅定的，好的，但結果作者還是肯定了李克，而反省的，被李克所『改造』過來的，倒是工農兵出身的女幹部張同志」。丁玲如此偷換概念，把知識份子改造問題拉在一起，從而蕭也牧的小說變成了政治立場問題。丁玲手拿尚方寶劍，所向披靡。丁玲還從文學創作全局出發，把蕭也牧的作品說成是一種傾向的旗幟。她的公開信其中有一段是這樣寫的：「你的作品，已經被一部分人當作旗幟，來擁護一些東西，和反對一些東西了。他們反對什麼呢？那就是去年曾經聽到一陣子的，說解放區的文藝太枯燥，沒有感情，沒有趣味，沒有技術等的呼聲中所反對的那些東西。至於擁護什麼呢？那就是屬於你的小說中所表現的和還不能完全包括在你的這篇小說之內的一切屬於你的作品的趣味。和更多的原來留在小市民，留在小資產階級中的一些不好的趣味。這些東西，在前年文代會時曾被堅持毛澤東的工農兵方向的口號壓下去了，這兩年來，他們正想復活，正在嚷叫，你的作品給他們以空隙，他們就借你的作品大發議論，大做文章。因此，這就不能不說只是你個人的創作問題，而是使人在文藝界嗅出一種壞味道

來，應當看成是一種文藝傾向的問題了。為了保衛人民的文藝，現實主義的文藝，在一種正常的情況下前進，因此陳湧同志有了對你的批評。這是非常好的。當然，陳湧同志很謹慎，他的確還沒有擊中你的要害」。這裏丁玲所說「沒有擊中你的要害」，是指陳湧只批了蕭也牧個人創作的「小資產階級傾向」，而沒有從全局改造知識份子的高度，把蕭也牧上升到反對「毛澤東的工農兵方向的口號」的代表人物來加以批判。也就是說，丁玲認為這是一個舉什麼「旗幟」和誰來舉「旗幟」的重大原則問題。於是末尾丁玲以嚴屬的口氣說：「希望你老老實實地站在黨的立場，思索你創作上的缺點，到底在哪裏。群眾的眼睛是雪亮的……很快就會知道來批判你的。」丁玲這種用政治標準來衡量一篇作品，莫須有地上綱上線來論定作者的感情好或者壞，階級立場對或者錯，事後成了文藝批評的慣例。這一期《文藝報》還刊出了丁玲主持召開的〈記影片〈我們夫婦之間〉座談會〉，賈霽的〈關於影片〈我們夫婦之間〉的一個問題〉，共占了 14 個版面，幾乎成了批判蕭也牧的專號。賈霽是《武訓傳》批判的急先鋒，這次又充當丁玲的槍手。幾乎與召集批判〈我們夫婦之間〉座談會的同時，7 月 31 日丁玲在中央文學研究所作報告，借批判蕭也牧為代表的「創作傾向」為契機，公開點名批判了一系列作品。說朱定的《關連長》，「專門去找壞的東面，誇大甚至造謠，故意出解放軍的洋相」。說陳學昭的《工作著是美麗的》，「雖寫的是小資產階級，但就以小產階級的面目出現。」[1]這樣，在丁玲不斷發號施令下，從一個對小說的批評擴展成了一場批判資產階級創作思想的運動。9 月 10 日出版的《文藝報》第 4 卷第 10 期，在「讀者中來」欄目中刊出了〈對批評蕭也牧作品的反應〉，說讀者群眾「一致肯定了批評這種不良的創作傾向的必要」。其中第一篇讀者來信，是說《石家莊日報》發表了一位工人業餘作者吳燕寫的短篇

---

[1] 參見邢小群：《丁玲與文學研究所的興衰・附錄》山東畫報出版社 2003 年版第 216 頁。

小說《好同志》，由於借有李克的感情，這篇小說便受到了嚴厲的批評。說明當時批判的矛頭已指向了基層業餘作者，可見批判運動的聲勢。《文藝報》第 5 卷第 1 期在「對文藝批評的反應」專欄裏，刊發了吳燕的檢討〈從不問政治害了我〉，李卉的〈《我們夫婦之間》連環畫改編者的檢討〉、馮不異的〈鼓詞《關連長捨身救兒童》編者的檢討〉，造成了一種人人過關的緊張氣氛。由於我國當代文學制度的緣故，曾被丁玲點名批判的作品，在地方上都作為反毛澤東文藝方針的創作傾向予以口誅筆伐。蕭也牧所在的共青團中央機關，對蕭也牧以幫助為名展開批判。其規模之大，我們從當年的第 10 期《中國青年》雜誌上可以看出。這期《中國青年》用了 10 個頁碼的版面，刊發〈本刊編輯部召開座談會討論蕭也牧作品中的幾個問題〉、力揚的〈蕭也牧寫作傾向的思想根源〉、韋君宜的〈評《鍛練》〉、毛憲文的〈讀《海河邊上》〉、陳寧的〈兩點體會——學習批判蕭也牧作品的一些文章以後〉、張念慈的〈認真改造自己——讀對蕭也牧作品的批評後的感想〉等六篇批判文章。幾乎成了批判蕭也牧的專號。甚至那曾與蕭也牧生死與共的老戰友康濯，在丁玲的慫恿之下，也不得不在 1951 年 10 月 25 日出版的《文藝報》第 5 卷第 1 期上發表〈我對蕭也牧創作思想的看法〉，出來上綱上線地批判。蕭也牧在同期上發表〈我一定要切實地改正錯誤〉，做了違心的檢查。他工作的單位對他作了處理，從此打入另冊。他在文革中被人打傷致死，造成悲劇。

今天回過頭來看，這場批判運動中挨批的作品〈我們夫婦之間〉、《關連長》、《工作著是美麗的》，以及白刃的《戰鬥到明天》、碧野的《我們的力量是無敵的》、盧耀武的《界限》等作品，無不是受廣大讀者喜愛的比較優秀之作。然當時這場批判運動在文藝界造成了誠惶誠恐、個個自危的局面，拿到《文藝報》手都哆嗦，想又在批判誰了？而丁玲的慾望很大，她不僅對創作點了很多人，作為一種創作傾向來批判，還把矛頭指向刊物。她借胡喬木讓她當北京文藝界整風學習委員會主任的位置，在北京文藝界整風動員大會上，發表了〈為提高我

們刊物的思想性、戰鬥性而鬥爭〉[2]，竟居高臨下地橫掃一大片，說全國 190 多種文藝刊物在宣傳會議後都看不出有什麼顯著的改變，也沒有看到有新檢討或新的計畫。而且點名批評了茅盾主編的《人民文學》、老舍主編的《說說唱唱》，張光年主編的《人民戲劇》，顯然，表現出一股傲視一切的咄咄逼人的霸氣。《文藝報》第 5 卷第 5 期，在「讀者中來」欄目中，又發表了一個叫姜素明的文章：〈我對《人民文學》的一點意見〉，指《人民文學》存在著嚴重的錯誤，接二連三地發表錯誤的作品，點到了蕭也牧的《母親的意志》、左佑民的《煙的故事》、白刃的《血戰天門頂》、丁克辛的《老工人郭福山》、立高的《重新發給我槍吧》。對蕭也牧的〈我們夫婦之間〉更是揪住不放，指責《人民文學》發表了「壞作品不願作檢討，分不清無產階級與非無產階級的界限，把自己的趣味和尊嚴高高地放在國家和人民利益之上」。這篇讀者來信，被《文藝報》認定為「很好的」意見。口氣之凶，上綱之高，矛頭直指茅盾。這個「姜素明」至今無法查考，不知會不會又是一個「李定中」？1952 年初，丁玲將《文藝報》主編讓位給她最信任的馮雪峰之後，當起了《人民文學》副主編，並增設編委。非黨的茅盾自然就成了掛名主編。丁玲得寵之際，極左表現，好景不長。1955 年夏秋之間，她與陳企霞被打成反黨小集團，挨批鬥，這是後話。然蕭也牧差不多被丁玲消滅了。

　　對蕭也牧的批判運動，實際上是一次「審美趣味」的規訓。對於有著強烈的農民文化記憶的中國社會主義者來說，對城市的看法是複雜而矛盾的。城市是現代化的產物和象徵。但是喧囂熱鬧的城市本身是一個巨大的悖論，一方面各種城市符號彷彿都在發出邀請和暗示；而另一方面，這些城市符號又是一種冷漠的拒絕，它以「陌生化」的環境，拒絕了所有的「城市他者」。因此，城市以自己的規則將其塑造了一個曖昧、所指不明的場所。對革命者來說，佔領城市是取得最後

---

[2]　《文藝報》第 5 卷第 4 期。

勝利的象徵。但對城市的警覺排斥和耿耿於懷又是揮之不去的幽靈。因此，對於城市的文化領導權就顯得特別重要。毛澤東提出：「敵人的武力是不能征服我們的，這點已經得到證明了。資產階級的捧場則可能征服我們隊伍中意志薄弱者。」[3]這種警覺和告誡，表明農民幹部自然滋生並且增強了排斥城市的強烈感情，他們作為解放人員進入了城市，佔領了城市，但對城市居民，他們同情與疑慮是交織在一起的。這種把革命的農村和保守的城市一分為二的想法，已經成為根深蒂固的觀念，這是長期農村革命經歷所形成的思想習慣。這種習慣包涵了民粹主義的道德理想主義內容，作為文學藝術不僅維護了它，而且它們的形象性還無意中放大、誇大這一道德理想的激情和倫理意義。當時的文藝刊物全部控制在中國文藝體制之內。文藝刊物的主編都具有一定的革命資歷，他們的文藝實踐與接受趣味，與反城市的傾向有著天然的聯繫。他們對新時代文學藝術功能的理解，仍然沒有超出延安時期的戰略策略。因此容不得具有城市生活趣味的小說〈我們夫婦之間〉的出現，其目的就是要對「審美趣味」的規訓，把審美趣味仍然統一在農村意識之中。蕭也牧自然不得不寫〈我一定要切實地改正錯誤〉的檢討。與此同時，《人民日報》推薦過馬烽的《結婚》，在「編者按語」中說《結婚》「是通過兩對農村青年男女的婚事的生動簡潔的描寫，表現了新中國的農村青年，在中國共產黨的領導和教育之下，怎樣積極參加社會活動，怎樣正確地處理個人與集體、生活與政治的關係。小說充滿新的、樂觀主義的氣息。小說的語言也是中國人民的健康的語言。這是文藝工作者忠實地執行毛澤東文藝路線的、是具有教育意義的優秀短篇創作之一。」這裏不是簡單的批判與推薦，而是對社會主義文化領導權的另一種闡釋。或者說，對於城市社會主義文化領導權的佔領，就是農民文化對於城市文化的佔領。對蕭也牧的批

3　〈在中國共產黨第七屆中央委員會第二次全體會議上的報告〉，《毛澤東選集》第 4 卷人民出版社 1960 年版第 1439 頁。

判，潛在的作用是，作家對於城市生活的理解形成了一個不變的模式，即城市是無產階級與資產階級角鬥的場所，城市生活無處不充滿了階級鬥爭的暗示。因此，經過想像和誇大的城市文藝，與資產階級的鬥爭成了唯一的可行寫作模式。所以後來出現的小說或者戲劇都與資產階級的鬥爭作為主題。比如《年輕的一代》、《千萬不要忘記》、《霓虹燈下的哨兵》等等。這些作品都表現出對城市物與欲的認定、恐懼和排斥，表現出對城市的緊張和焦慮，形成了社會審美向農民文化趣味的傾斜。我們從批判蕭也牧及其小說〈我們夫婦之間〉中可以看出所謂城市與鄉村的矛盾，其實就是傳統與現代的矛盾變體。不同的是，城市與鄉村的矛盾是在道德層面上展開的。鄉村的樸素、簡單、本色是美德的表意形式；而城市的情調、舒造、個人化等，則被看作是人的無邊慾望的反映。因此，原始的鄉村道德一經渲染，便具有了階級的和倫理的意義。它對慾望抑制、對貧困的忍受等由於經濟條件的制約而不得不如此的無奈，卻被誇大，想像為一種與生俱來的抵制「現代」城市生活腐蝕的天然防腐劑。於是作家心有餘悸，儘管在一些作品中現代性及其觸及的深刻焦慮有所涉及，但是都被迅速地遮掩或置換掉，都成了進一步肯定張揚傳統美德的陪襯。「現代」在論述「傳統」中沒有也不可能成為一個真正的議題，而往往只是一個輪廓的背景，一個設有被體驗就已經被架空限定的歷史理念。農村文化趣味的頌揚和普及，用農民趣味漫漫地改造了城市民眾。這就是所謂我們社會主義文化的勝利。

第三章 〈《紅樓夢》研究〉及胡適思想

　　《紅樓夢》是中國古典小說中最優秀的作品。自小說問世之後，在社會上有著極為廣泛的流傳和影響，不少人對它進行了各方面的研究，並逐漸形成了一門獨立的學科，稱為「紅學」。在「紅學」發展史上，很長一段時間裏是屬於「評點」和「索隱」式的，稱為舊紅學階段。到20世紀20年代開始，胡適、俞平伯等人批評了舊紅學，建立了「新紅學」。他們的研究工作主要集中在：一、對《紅樓夢》作者的考證；二、對《紅樓夢》版本的考證；三、對《紅樓夢》思想和藝術的評論。這三方面的研究都具有開拓性的意義。胡適《紅樓夢考證》的出現，引起了學術界的普遍注意，以考證的結論，粉碎了索隱派猜謎式的「舊紅學」。特別是胡適發現了甲戌殘本《脂硯齋重評石頭記》16回，標誌著與程本120回判然有別的脂本的出現，打破程本獨佔天下，為學者提供了一個新的參照系。1922年出版俞平伯的《紅樓夢辨》是在胡適考證的基礎上，將其研究的成果用於文學領域，對《紅樓夢》的思想、藝術及後40回續書的關係作了深入的探討，聯繫脂本脂評的探討提出了一系列新的見解，其主要論點有：一、明確了自傳說，《紅樓夢》是「感歎自己身世」的書。他說：「曹雪芹為人是很孤傲自負的，看他底一生歷史與書中寶玉底性格，便可知道。」俞平伯還認為《紅樓夢》是曹雪芹懺悔情場而作的，他以書首「知我之負罪固多」和「情僧」與《情僧錄》的命名作實證。俞平伯又認為《紅樓夢》是「為十二釵作本傳」，根據書中「當日所有之女子」、「閨閣中歷

歷有人」、「使閨閣昭傳」等的作者自白而得出了這個自傳說結論。這個「自傳說」，確是胡適發現的。俞平伯的表達也有不當的地方。即將小說與歷史混為了一談；「感慨身世說」沒有涉及作者感情糾葛的深層意蘊；「情場」或「懺悔情孽」說也不確切，寶黛間的愛情已觸及生命與愛情價值的層面及婚姻禮法的嚴重弊端。所以，後來俞平伯自己也進行了修改。二、俞平伯論述《紅樓夢》的題旨時，提出「釵黛並舉」的「兩峰」、「雙水」說之後，又進一步探討了《紅樓夢》的美學「風格」。他認為「既曉得是自傳，當然書中底人物事情都是實有而非虛構。既有實事作藍本，所以《紅樓夢》作者底唯一手段是寫生。」[1]從而肯定了《紅樓夢》是「一面公平的鏡子」。俞平伯還認為《紅樓夢》是「悲慘」寫出了「打破巢臼得罪讀者」的「極嚴重悲劇」，不寫「討讀者歡喜的大團圓」，這是不同於「那些俳優文學」的地方。於是，俞平伯說「從這裏所發生的文章風格，差不多和哪一部舊小說都大大不同，可以說《紅樓夢》底個性所在。是怎樣的風格呢？大概說來，是『怨而不怒』」。[2]接著俞先生將《紅樓夢》與《水滸》、《儒林外史》作了比較，認為「含怒氣的文章，容易一覽而盡，積哀思的可以漸漸引人入勝，所以風格上後者比前者要高一點。」[3]三、《紅樓夢辨》重點對高鶚後40回續書進行了考證探討。他從「論讀書底不可能」到「辨原本回目上有八十」，再論「高鶚續書底根據」和「對後四十回的批評」，並以「高本戚本大體的比較」作結。各篇之間有著內在的邏輯聯繫。四、俞氏對《紅樓夢》「後之卅回」進行了「探佚」。他用「八十回後的紅樓夢」、「後三十回的紅樓夢」及「所謂『舊時真本』紅樓夢」三個專章討論了這個問題。這是胡適開其端，俞先生繼承並且發揚光大的。整本《紅樓夢辨》雖然有「崇曹貶高」的誤區，但它確實開拓了研究《紅樓夢》的新局面，引出了當時一批新的紅論，例如陳獨秀的《紅

---

[1]　《俞平伯論《紅樓夢》》上海古籍出版社 1988 年版第 190 頁。
[2]　《俞平伯論《紅樓夢》》第 198 頁。
[3]　《俞平伯論《紅樓夢》》第 201 頁。

樓夢新敘》、佩之的《紅樓夢新評》、吳宓的《紅樓夢新談》、張天翼的《賈寶玉的出家》、王昆侖的《紅樓夢人物論》、李辰冬的《紅樓夢研究》等等。這些新紅學都把《紅樓夢》當作文學作品。放棄了舊紅學派「唯政治」、「唯歷史」或「唯宮闈秘事」的思維模式，又超越了只是從感性出發的評點家與那些只想從中尋找「微言大義」、把它當作「謎」的索隱派的趣味，提出了不少精闢的見解。

　　1953 年作家出版社出版了解放後的第一部《紅樓夢》。俞平伯於1952 年在棠棣出版社出版了《紅樓夢研究》，並發表了一系列評論《紅樓夢》的文章，如〈紅樓夢與天齊廟〉[4]、〈紅樓夢簡說〉[5]、〈我們怎樣讀《紅樓夢》？〉[6]、〈《紅樓夢》的思想性與藝術性〉[7]、〈曹雪芹的卒年〉[8]、〈紅樓夢簡論〉[9]、〈紅樓夢評介〉[10]。與此同時，俞先生還在香港《大公報》上自 1954 年 1 月 1 日至 4 月 22 日發表長篇連載〈讀紅樓夢隨筆〉，在這短短時間裏就有了這麼多的成績，可說碩果累累。須說明的是，《紅樓夢研究》是《紅樓夢辨》的修正本。刪去原書顧頡剛的「序」及「引論」代以「自序」。又刪去「紅樓夢年表」。還修改原書的某些內容和文字，如「後三十回的紅樓夢」原當作另一「續書」，新版中則作「雪芹未完稿而迷失了的殘篇」，做徹底的改寫。同時增加了一些原書中沒有的文章，如「秦怡紅群芳開夜宴圖說」、「紅樓夢正名」等。這次修正，突破了「自傳」說的拘泥，然仍保留了「作者的態度」、「紅樓夢的風格」兩章中的主要論點，如「釵黛合一」說、「公平鏡子」說、「怨而不怒」說等，在自序中還提出了「夢魘」說。但總的說來是《紅樓夢》研究的新成果，是難能可貴的。

---

[4]　1953 年 11 月 21 日《北京日報》。
[5]　1954 年 1 月 1 日《大公報》。
[6]　1954 年 1 月 25 日《文匯報》。
[7]　1954 年 2 月號《東北文學》。
[8]　1954 年 3 月 1 日《光明日報》。
[9]　1954 年 3 月號《新建設》。
[10]　1954 年第 10 期《人民中國》。

　　50 年代初期，俞平伯先生的評紅專著和文章，在寥若晨星的文苑中引起了大家的注意。後來周汝昌先生《紅樓夢新證》的出版，才打破了俞先生獨領風騷的局面。不過，周先生的《紅樓夢新證》除了高度讚揚曹雪芹和《紅樓夢》之外，主要論點基本上是繼承了胡適和俞平伯的觀點，並且堅持一種更徹底的「寫實自傳」說、「生活實錄」說。郭豫適先生說周汝昌先生的觀點「狹隘化了，片面化了」確也不無道理。不過周先生提供了許多資料，這對《紅樓夢》研究者來說，功不可沒。

　　在《武訓傳》批判的氣氛下，當時的文化青年存在著一種激進的極左情緒。俞平伯先生的《紅樓夢》研究專著和文章，周汝昌先生的考證，應該坦承，革命文化青年有些地方不理解，不合口味，幾乎聽到了與大時代旋律有異的聲音。於是，初生犢兒不怕虎，就操起尚不嫻熟的馬克思主義的槍法挺而發難了。第一個不知名的小人物白盾在 1953 年 11 月率先寫了〈《紅樓夢》是「怨而不怒」的嗎？〉批評俞平伯所讚美的「怨而不怒」的《紅樓夢》風格論，認為「怨而不怒」風格乃是地主階級「溫柔敦厚」的翻版，所以說明俞平伯靈魂深處蘊藏著一個「溫柔敦厚」的精神王國。這樣粗糙、幼稚的大批判文章，寄給《文藝報》，理所當然地被退了稿[11]。另兩個小人物李希凡、藍翎合寫的〈關於〈紅樓夢簡論〉及其他〉，雖然也遭《文藝報》拒登，卻在他們母校山東大學的《文史哲》1954 年第 9 期上發表出來。李、藍的文章首先從恩格斯所說「現實主義的最偉大的勝利」的理論出發，批評了俞平伯在〈紅樓夢簡論〉中「擁護讚美的意義原很少，暴露批判又覺不夠。先世這樣的煊赫，他對過去自不能無所留戀；末世這樣的荒淫腐敗，自不能無所憤慨。所以對這答案的正反兩面可以說都有一點」的「作者的態度，相當地客觀，也很公平」的「鏡子」說。其次，李、藍文章批評了《紅樓夢研究》一書「否認紅樓夢傾向性論點進一

---

[11] 此文後來刊登於 1954 年 11 月 12 日《人民日報》。

步發揮」而作出的「怨而不怒」風格說。第三,他們批評俞平伯用〈終身誤〉曲是「釵黛合寫」的形式主義的「釵黛合一」說,說這是「調和了其中尖銳的矛盾,抹殺了每個形象所體現的社會內容,否定了二者本質上的界限和差別,使反面典型與正面典型合二為一。這充分暴露了俞先生對現實主義人物創造問題的混亂見解。」第四,李、藍批評了俞先生的《紅樓夢》的主要觀念「色空」論,說那是「反現實主義的唯心論」。此外,他們還批評俞先生的「傳統性」觀點,說《紅樓》脫胎《金瓶》,源本《西廂》是不科學的,並且正面闡述了「人民性傳統」的理論。最後他們對俞平伯先生的《紅樓夢》研究作出了如下的結論:俞先生研究紅樓夢的方法基本上仍舊是因襲著舊紅學家們的考證觀點,並在〈簡論〉一文中更進一步的加以發揮。考證的方法只能在一定的範圍內活動,辨別時代的先後及真偽。但俞先生卻已經把考證觀點運用到藝術形象的分析上來了,其結果就是得出了這一系列的反現實主義的形式主義的結論。李、藍文章寫得很有氣勢,但明眼人就可看出,他們未曾將俞平伯所發現的東西與其自己的東西予以分辨清楚而籠統地予以批評。

李、藍〈關於〈紅樓夢簡論〉及其他〉的文章應該說是一篇普通的商榷性文章,不料被江青和毛澤東所重視。毛澤東重視這篇文章,大致可以歸納為三點:一是這篇文章涉及的內容正好是毛澤東推崇備至且十分熟悉的《紅樓夢》,即使是戰爭年代,他仍然閱讀、批註《紅樓夢》,多次與人談過《紅樓夢》。他關注《紅樓夢》的研究現狀,讀過俞平伯出版的《紅樓夢研究》和周汝昌的《紅樓夢新證》。1954 年 3月,毛澤東在杭州與隨行人員談及《紅樓夢》時,認為此書「寫得很好,它是講階級鬥爭的,要看五遍才有發言權。多年來,很多人講它都沒有真懂」。毛澤東這種閱讀視角和研究方法,與李、藍文章嘗試用馬克思主義理論觀點研究複雜的文學現象,其看法有不謀而合的感覺。其次,毛澤東看到李、藍的文章中有些言詞比較尖銳,洋溢著一種戰鬥氣息。他欣賞這種「小人物」敢於向「大人物」挑戰的精神。

第三，可以利用這篇文章在思想文化領域引發一場批判資產階級的錯誤觀點的大討論，以便達到改造知識份子思想的目的，同時也彌補他對《武訓傳》批判草率收場的不滿。9 月中旬的一天下午，江青帶著李、藍〈關於〈紅樓夢簡論〉及其他〉一文，到《人民日報》社找總編輯鄧拓，口頭傳達了毛澤東的指示，要求《人民日報》轉載此文，以期引起討論，展開對資產階級唯心論的批判。但排出清樣後，《人民日報》因周揚的不同意，遲遲沒將此文發表出來，轉載的事情擱淺。江青不得不在 9 月下旬再次到《人民日報》社，並且召集了一個有鄧拓、林淡秋、周揚、林默涵、邵荃麟、袁水拍、馮雪峰、何其芳等人參加的會。周揚等人在會議上表示，文章還是作為學術問題好，不宜在《人民日報》發表，報紙版面也不多[12]。後來達成妥協，文章在《文藝報》10 月初出版的第 18 期上發表。10 月 10 日《光明日報》又發表了李、藍另一篇〈評《紅樓夢研究》〉的文章。《文藝報》、《光明日報》雖然做了得風氣之先的事情，但當時沒有意識到兩位年輕人的文章已經超越了文化學術範圍的社會意義。這種不敏感，反映在兩家報刊所加的「編者按」上。毛澤東在閱讀李、藍兩篇文章時，對「編者按」很不滿意，於是在「編者按」上作了很大火氣的批語。

先說《文藝報》的「編者按」。由《文藝報》主編馮雪峰字斟句酌，與胡喬木商量而起草的「編者按」是這樣寫的：

> 這篇文章原來發表在山東大學出版的《文史哲》月刊今年第九期上面。它的作者是兩個在開始研究中國古典文學的青年；他們試著從科學的觀點對俞平伯先生在〈紅樓夢簡論〉一文中的論點提出批評，我們覺得這是值得引起大家注意的。因此，徵得作者的同意，把它轉載在這裏，希望引起大家討論，使我們對《紅樓夢》這部偉大傑作有更深刻和正確的瞭解。

---

12 《周揚傳》文化藝術出版社 2009 年版第 195 頁。

在轉載時，曾由作者改正了一些錯字和由編者改動了一二字句，但完全保存作者原來的意見。作者的意見顯然還有不夠周密和不夠全面的地方，但他們這樣認識《紅樓夢》，基本上是正確的。只有大家繼續深入地研究，才能使我們的瞭解更深刻和周密，認識也更全面；而且不僅關於《紅樓夢》，同時也關於我國一切優秀的古典文學作品。

這則編者按不長，說得也比較客觀，今天讀來，也感到它是實事求是的，既適當肯定了小人物的研究，又指出其不足。可是處於盛怒之下的毛澤東卻對此惱火到了極點，在其旁邊加了十分嚴厲的批語：編者按說：「它的作者是兩個在開始研究中國古典文學的青年。」這是一句平淡且符合實事的話，毛澤東也知道這一實事，然毛澤東火氣十足地批道：「不過是個小人物。」編者按說「他們試著從科學的觀點對俞平伯先生的〈紅樓夢簡論〉一文中的論點提出了批評。」毛澤東在「試著」二字旁畫了兩條豎線，然後批道：「不過是不成熟的試作」。編者按說：「作者的意見顯然還有不夠周密和不夠全面的地方。」毛澤東批道：「對兩青年的缺點則決不饒過。很成熟的文章，妄加批駁。」編者按說：「希望引起大家討論，使我們對《紅樓夢》這部偉大傑作有更深刻和更正確的瞭解。」毛澤東批道：「不應當承認俞平伯的觀點是正確的。」編者按說：「只有大家來繼續深入地研究，才能使我們的瞭解更深刻和周密，認識也更全面。」毛澤東在兩句「更深刻……」旁畫了兩道豎線，打了一個問號，還批道：「不是更深刻周密的問題，而是批判錯誤思想的問題。」[13]

再說《光明日報》的編者按。編者按說：「目前，如何運用馬克思主義科學觀點去研究古典文學，這一極其重要的工作尚沒有很好地進行，而且也急待展開。本文在試圖從這方面提出一些問題和意見，是可供我們參考的。同時我們更希望能因此引起大家的注意和討論。」

---

[13] 《建國以來毛澤東文稿》第 4 冊第 569 頁。

毛澤東針對「試圖」、「提出一些問題和意見」和「供參考」三個提法，分別批道：「不過是試作？」、「不過是一些問題和意見？」、「不過可供參考而已？」[14]其不滿情緒，溢於言表。年輕人敢於向權威挑戰，這本身就是令毛澤東感到興奮的事情，而反觀文藝界及古典文學研究領域對年輕人卻如此輕慢草率，毛澤東當然難以容忍。因此幾乎懷著一種天然的義憤，毛澤東在 10 月 16 日寫了〈關於《紅樓夢》研究問題的信〉，並將李、藍的兩篇文章一併附上，給中央政治局主要領導以及文藝界的有關負責人傳閱。信是這樣寫的：

> 駁俞平伯的兩篇文章附上，請一閱。這是三十多年以來向所謂紅樓夢研究權威作家的錯誤觀點的第一次認真的開火。作者是兩個青年團員。他們起初寫信給《文藝報》，請問可不可以批評俞平伯，被置之不理。他們不得已寫信給他們的母校——山東大學的老師，獲得了支持，並在該校刊物《文史哲》上登出了他們的文章駁〈紅樓夢簡論〉。問題又回到北京，有人要求將此文在《人民日報》上轉載，以期引起爭論，展開批評，又被某些人以種種理由（主要是「小人物的文章」，「黨報不是自由辯論的場所」）給以反對，不能實現；結果成立妥協，被允許在《文藝報》轉載此文。嗣後，《光明日報》的《文學遺產》欄又發表了這兩個青年的駁俞平伯《紅樓夢研究》一書的文章。看樣子，這個反對在古典文學領域毒害青年三十餘年的胡適派資產階級唯心論的鬥爭，也許可以開展起來了。事情是兩個「小人物」做起來的，而「大人物」往往不注意，並往往加以阻攔，他們同資產階級作家在唯心論方面講統一戰線，甘心作資產階級的俘虜，這同影片《清宮秘史》和《武訓傳》放映時候的情形幾乎是相同的。被人稱為愛國主義影片而實際是賣國主義影片的《清宮秘史》，在全國放映之後，至今沒有被批

---

[14] 《建國以來毛澤東文稿》第 4 冊第 571 頁。

判。《武訓傳》雖然批判了，卻至今沒有引出教訓，又出現了容忍俞平伯唯心論和阻攔「小人物」的很有生氣的批判文章的奇怪事情，這是值得我們注意的。

俞平伯這一類資產階級知識份子，當然是應當對他們採取團結態度的，但應當批判他們的毒害青年的錯誤思想，不應當對他們投降。[15]

　　這封信的火藥味、戰爭思維很重，它至少說明了三點：一、表明毛澤東對文化思想界，從《清宮秘史》、《武訓傳》、《紅樓夢》研究的現狀不滿；二、表明毛澤東對《人民日報》、《文藝報》這樣典型的輿論機構不聽指揮和思想混亂難以容忍的態度；三、表明要發動一場針對胡適思想的批判運動，以便清除胡適毒害青年三十餘年的資產階級唯心論影響，從而樹立馬克思主義、毛澤東思想的權威。這封信傳閱的範圍很小，在信封上寫的是劉少奇、周恩來、陳雲、朱德、鄧小平等領導同志，其中 7 個人與此事直接有關，就是周揚、林默涵、何其芳、鄧拓、林淡秋、袁水拍、馮雪峰。而周揚負有主要責任。毛澤東批評他們「同資產階級作家在唯心論方面講統一戰線，甘心作資產階級的俘虜」，這是很嚴厲的。已經處於惶恐狀態的周揚領導的中國作家協會，快速決定以古典文學部的名義召開一次「《紅樓夢》研究問題座談會」；鄧拓為《人民日報》火速組織兩篇文章。第一篇由當時擔任《人民日報》文藝組副組長的田鍾洛（袁鷹）起草。田鍾洛寫批判文章只是接受指派，要趕緊支持李希凡、藍翎，至於為什麼要突然搞起《紅樓夢》來，大張旗鼓地展開批判俞平伯，他並不明白，也不曾想到要來一次政治運動。這篇署名鍾洛的文章，題目叫〈應該重視對《紅樓夢》研究中的錯誤觀點的批判〉，發表在 1954 年 10 月 23 日《人民日報》上。其實它是鄧拓、林淡秋、袁水拍幾個人一起商量後寫成的，

可以說是集體智慧的結晶，依據就是毛澤東那封信內的指示精神。第二天，10 月 24 日《人民日報》又發表了李希凡、藍翎合寫的〈走什麼樣的路？──再評俞平伯先生關於《紅樓夢》研究的錯誤觀點〉一文。這是鄧拓安排他們寫的。

周揚在 10 月 24 日上午召開了「《紅樓夢》研究問題座談會」。參加會議的人大多數不知道毛澤東寫的〈關於《紅樓夢》研究問題的信〉，一時也看不到李、藍在同一天發表〈走什麼樣的路？〉的文章，不過有一些人在鍾洛的文章中已覺察到了一些政治味道。所以座談會上的發言很不一致，有純粹談學術的，有為學術研究尤其是考據表示擔憂的。對俞平伯，有批評，也有說好話的。對李、藍文章在讚揚中摻雜著批評，整個會議沒有形成一邊倒的批判勢頭。這個會上知道毛澤東信的，只有周揚和何其芳。何其芳發言中先做了半解釋半檢討的自我批評。周揚則是以文藝界領導人身份參加會議的，他的發言沒有何其芳那樣作明顯的自我批評，而在講話時，完全按照毛澤東〈關於《紅樓夢》研究問題的信〉的精神，表明了他的態度。他說：「我們平時口頭上常常講馬克思主義，但對資產階級錯誤思想不批判，不鬥爭，實際上就是對資產階級思想投降，這哪裏還有什麼馬克思主義氣味呢？現在兩位青年作者做了我們文藝界許多人所沒有作的工作，他們在古典文學研究領域內捍衛了馬克思主義的真理。對於文藝界的這種新生力量，難道還不值得我們最熱情的歡迎嗎？……資產階級思想在文藝界還是相當普遍，在某些方面甚至還是根深蒂固的，如果我們不用大力加以批判，實際上也就是甘心做資產階級的俘虜。」[16]這次會議《人民日報》、《光明日報》、《文匯報》都分別作了報導。從此，正式拉開了公開批判俞平伯及胡適資產階級唯心論的序幕。

接著戰線向兩個方向發展，第一個是《文藝報》，第二個是胡適思想。先說批判《文藝報》。毛澤東在〈關於《紅樓夢》研究問題的信〉

---

[16] 《光明日報》1954 年 11 月 14 日。

中對「大人物」阻撓「小人物」的嚴厲批評，使《文藝報》陷入了困境。10月27日由江青授意袁水拍寫的文章〈質問《文藝報》編者〉，送到毛澤東那裏，毛澤東在後面加上了這樣一段話：「《文藝報》在這裏跟資產階級唯心論和資產階級名人有密切聯繫，跟馬克思主義和宣傳馬克思主義的新生力量卻疏遠得很，這難道不是顯然的嗎？」毛澤東還批示：「即送《人民日報》鄧拓同志照此發表。」[17]10月28日《人民日報》發表〈質問《文藝報》編者〉一文，批判的矛頭急劇轉向，運動的性質也發生了變化，馮雪峰陷入了惶恐之中，周揚也感到震驚。即刻打電話問清情況後，才知道了最高領導人的意圖。於是周揚馬上佈置批判《文藝報》的錯誤，而對《紅樓夢》研究的批判退居其次。迫於強大的政治壓力，《文藝報》主編馮雪峰不得不在各種場合連續不斷地作檢查。11月4日，馮雪峰奉命撰寫的〈檢討我在《文藝報》所犯的錯誤〉一文在《人民日報》上發表，主動承擔錯誤的責任。這篇檢討的態度是誠懇的，但毛澤東不滿意，作了如下批示：在馮文「我犯了這個錯誤不是偶然的。在古典文學研究領域內胡適資產階級唯心論長期地統治著的事實，我就一向不加以注意，因而我一直沒有認識這個事實和它的嚴重性。」毛批：「限於古典文學嗎？應說從來就很注意。很有認識，嗅覺很靈。」在馮文「檢查起來，在我的作風與思想的根柢上確實是有與資產階級思想的深刻聯繫的。我感染有資產階級作家的某些庸俗作風，缺乏馬克思列寧主義的戰鬥精神，平日安於無鬥爭狀態，也就甘於在思想戰線上與資產階級唯心論『和平共處』。」毛批：「不是某些，而是侵入資產階級泥潭裏了。」「不是缺乏的問題，是反馬克思主義的問題。」在馮文：「我平日當然也做過一些幫助青年的工作，例如替他們看原稿，設法把他們的作品發表或出版。但雖然如此，仍然可以不自覺地在心底裏存在著輕視新生力量的意識。」毛澤東在「可以不自覺地」和「在心底裏存在著」幾個字旁邊畫了豎線，

---

[17] 《建國以來毛澤東文稿》第4冊第589頁。

批道:「不是潛在的,而是用各種方法向馬克思主義作堅決鬥爭。」馮文說:「在這次錯誤上,我深深地感到我負於黨和人民。這是立場錯誤,是反馬克思列寧主義的錯誤,是不可容忍的。」毛澤東在「反馬克思列寧主義的錯誤」幾個字旁畫了豎線,批道:「應以此句為主題去批判馮雪峰。」[18]這些批示真有些揪住不放的味道。這位在井岡山時就熟悉毛澤東,並參加長征到達陝北,旋即被中央派往上海負責上海地下黨工作的馮雪峰,其命運註定將沉落下去。對馮雪峰主編的《文藝報》,如此採取窮追猛打的方式,迫使全國各地的社科類報刊都不約而同地行動起來,紛紛發表文章,在批判《文藝報》的同時,也對自己編輯部內存在的「資產階級貴族老爺式的態度」,進行了毫不留情的自我批評。至於如何處理《文藝報》,周揚向毛澤東作了彙報。周揚曾向黎之講述過這次見毛澤東的情況,黎之說:「周揚順便講起:當時毛主席拿《文藝報》給他看,說:你看,傾向性很明顯,保護資產階級思想,愛好反馬克思主義的東西,仇視馬克思主義。可恨的是共產黨員不宣傳馬克思主義,共產黨不宣傳馬克思主義,何必做共產黨員!——周揚說:主席這句話重複了兩遍。——毛澤東說:《文藝報》必須批判,否則不公平。」[19]10月31日,中國文聯與中國作協召開聯合擴大會議,即「青年宮會議」。會議開到12月8日,一個多月,先後開了8次,馮雪峰、陳企霞作為《文藝報》負責人作了檢討,俞平伯也發了言。其他有鄭振鐸、丁玲、劉白羽等三十多人發了言。發言者的火力主要是指向《文藝報》,圍繞《文藝報》向資產階級投降和壓制小人物兩個中心。12月8日第8次「青年宮會議」召開。毛澤東在同一天早晨對周揚提交上去的〈關於《文藝報》的決議〉、郭沫若的講話〈三點建議〉、周揚的講話〈我們必須戰鬥〉三份文稿作了批示:「均以看過,決議可用。」〈關於《文藝報》的決議〉在會議上通過,免去了馮雪峰主編的

---

[18] 《建國以來毛澤東文稿》第4冊第602頁。
[19] 黎之:《文壇風雲錄》河南人民出版社1999年版第14頁。

職務，改組了編輯部機構，並提出了改進中國作家協會及其各文藝團體機關刊物，成立了由林默涵、劉白羽、康濯、張光年、嚴文井、袁水拍、鍾惦棐等參加的一個專門檢查小組，檢查和整頓《文藝報》。

再說胡適思想的批判。胡適在新文化運動中是個領軍人物，他的實用主義思想，在中國整個知識界的影響是深遠的，正如郭沫若所說：「在某些人的心目中胡適還是學術界的『孔子』」。對於這位「孔子」，至今還沒有打倒，甚至很少去碰過他，所以解放後打倒現代中國資產階級的孔子，開展對胡適的批判，是建國初期思想文化建設中一個重大的戰略佈置。毛澤東借李希凡、藍翎的文章，批判俞平伯紅樓夢研究，其目的就是要清除胡適思想對中國文化思想界的巨大影響。自毛澤東〈關於《紅樓夢》研究問題的信〉發出以後，中央宣傳部就把批判胡適的運動提上了日程。1954 年 10 月 24 日召集了 60 多位古典文學研究者、文學批評家、編輯，開了一個討論會，接著中宣部部長陸定一給毛澤東和中央寫了一個報告。報告指出，這次討論不應該只局限於《紅樓夢》一本書和俞平伯一個人上面，也不應該局限於古典文學研究的範圍內，而應該發展到其他部門，從哲學、歷史學、教育學、語言學等方面徹底地批判胡適的資產階級唯心論的影響。10 月 27 日，毛澤東在這個報告上作了批示，轉給劉少奇、周恩來、陳雲、朱德、鄧小平閱看，然後「退陸定一照辦」。毛澤東在 12 月 1 日晚上又召了一些人去，著重討論了如何組織力量批判胡適的問題。2 日下午，中宣部根據在毛澤東那裏議定的方案，出面召開中國科學院院部和中國作家協會主席團的聯席擴大會議，通過了一個批判胡適問題的計畫草案，並成立了郭沫若、周揚、茅盾、潘梓年、鄧拓、胡繩、老舍、邵荃麟、尹達的批判胡適九人委員會，由郭沫若任主任，周揚、茅盾任副主任，周揚負責與毛澤東聯絡。當天晚上周揚把計畫寫成報告送給毛澤東。第二天又寫了一個組織實施計畫的請示報告。毛澤東於 12 月 3 日批轉劉少奇、周恩來、朱德、陳雲、鄧小平、陳伯達、胡喬木、鄧拓、周揚同志閱，並批示「照此辦理」。這個計畫有 9 個題目：一、

胡適的哲學思想批判（主要批判他的實用主義）；二、胡適的政治思想
批判；三、胡適的歷史觀點批判；四、胡適的《中國哲學史》批判；
五、胡適的文學思想批判；六、胡適的《中國文學史》批判；七、考
據在歷史學和古典文學研究工作中的地位和作用；八、《紅樓夢》的人
民性和藝術成就及其產生的社會背景；九、關於《紅樓夢》研究著作
的批判（即對所謂新舊『紅學』的評價）。1954 年 12 月到 1955 年 3
月間，批判胡適委員會組織召開聯席會議共 21 次，哲學方面就有 8
次。為了發動和領導對胡適派及其資產階級唯心論的批判，中共中央
於 1955 年 1 月發出〈關於在幹部和知識份子中組織宣傳唯物主義思想
批判資產階級唯心主義思想的演講工作的通知〉，3 月又發出〈關於宣
傳唯物主義思想批判資產階級唯心主義思想的指示〉。為了加強對這次
思想鬥爭的領導和組織工作，北京、上海、長春、江蘇等省市相繼成
立了「胡適思想批判討論工作委員會」以及類似性質的機構，全國文
化界、思想界、教育界、文學藝術界都要積極開展批判運動，為了回
應這一號召，許多部門開始爭先恐後地搜尋自己領域中的資產階級思
想的代表人物，報刊雜誌也紛紛發表文章。三聯書店曾選印了 8 輯《胡
適思想批判論文彙編》，後來又精選了 16 篇文章出版了一本《胡適思
想批判論文選集》；上海新文藝出版社也出版了中國作家協會上海分會
編輯的《胡適思想批判資料集刊》；湖北人民出版社出版了李達的《胡
適反動思想批判》；人民出版社出版了艾思奇的《胡適實用主義批判》、
孫定國的《胡適哲學思想反動實質的批判》、張如心的《批判胡適的實
用主義哲學》等著作。當時在政治思想領域，批判胡適的改良主義和
買辦思想；在史學領域，批判他考據學思想，整理國故思想；在文學
領域，批判其白話文研究、古文研究思想、《紅樓夢》研究等，以及胡
適的形式主義、自然主義思想在文藝、戲劇界的影響。在心理學、教
育學、宗教、美學等領域中，胡適的思想及治學方法都作了批判。為
的就是要徹底揭露並清除它在學術界和社會上的影響。許多在解放前
同胡適有過交往的人，以及在學術思想和治學方法上受過胡適影響的

學者，紛紛撰文，一面批判，一面檢討自己，爭取改造思想，求得進步。其批判範圍之廣、規模之大、持續時間之長，都是罕見的。對於這次批判運動作出適當的評價，非筆者能力所為。不過有意思的是，在美國做寓公的五四新文化運動的領軍人物胡適本人，也曾看到過毛澤東批示的那個計畫，他在向唐德剛口述自傳的時候，引用了這個計畫的內容，還不無得意地說：「這張單子給我一個印象，那就是縱然遲至今日，中國共產黨還認為我做了一些工作，而在上述七項工作中每一項裏，我都還有『餘毒』未清呢！」還說：「我在這三十年中從沒有發表過一篇批評或批判馬克思主義的文章，這是全國人都知道的。」[20]從其語氣中透露出隔岸觀火般的態度，是令人深思的。

我們再回過頭來談批判《紅樓夢》研究的問題。因為批判運動的矛頭指向了《文藝報》和胡適，批判俞平伯退居第二位了，然全國到底發了多少批判俞平伯《紅樓夢》研究的文章，無法統計，僅作家出版社的《紅樓夢問題討論集》就有 4 本，收有一百幾十篇文章。單單《文藝報》自 1954 年 10 月至 1955 年 6 月就發表了 50 篇批判文章，嚴重地傷害了知識份子建設新中國的信心，給科學文化的發展帶來了巨大的消極影響。從此以後，俞平伯三十年絕口不談《紅樓夢》，其惡果是很嚴重的。如此地批判，對待俞平伯研究《紅樓夢》當然是絕對不公平的。俞平伯研究《紅樓夢》的觀點和方法，誠然有可質疑的地方，也可以平等地進行學術討論，何況他在《紅樓夢》思想藝術的考證和分析方面，比胡適更為細密，涉及面也更廣，且具有一定的體系性，是新紅學派的集大成者。他持的「自傳說」，是用來反對索隱派「猜謎的紅學」的有力武器，況且，魯迅也贊同「自傳說」，因此這點不應稱為他的罪名。李希凡、藍翎的挑戰精神可敬可佩，但他們僅限於作家出版社整理排印的百二十回本，沒見過脂評本就突然對 30 年來《紅樓夢》研究權威俞平伯先生發難，這就未免過於性急了。

---

[20] 轉引自《毛與胡適》，《讀書》1995 年第 9 期。

　　然而事情沒有完結，十三年後又出現了一場評紅鬧劇。1967 年《紅旗》第九期和 1967 年 5 月 27 日《人民日報》同時公開發表了毛澤東〈關於《紅樓夢》研究問題的信〉，再一次掀起了一股評紅熱。1971年 9 月 13 日林彪叛逆折戟沉沙之後，江青為了奪權，又搞了一場所謂炮打修正主義紅學。1974 年 10 月 16 日《解放日報》上發表了梁效的〈批判資產階級不停步──學習〈關於紅樓夢研究問題〉〉一文，其中提出了「修正主義紅學」之說，氣勢洶洶地說：「修正主義『紅學』鼓噪之時，也正是資產階級『新紅學派』捲土重來之日。在六十年代初期，正當修正主義『紅學派』在劉少奇反革命的修正主義路線支持下大肆氾濫」，「粉墨登場」。「他們按照胡適的『自傳說』，根本不去研究這部政治歷史小說的深刻內容和社會意義」等等。他們當時的一些文章，如〈《紅樓夢》第 4 回是全書的總綱〉、〈《紅樓夢》的反儒傾向〉、〈《紅樓夢》是一部寫階級鬥爭的書〉、〈清算修正主義「紅學」的「愛情中心說」〉等的批判對象就是所謂修正主義紅學：「繁瑣考證」和「愛情說」。因此何其芳先生的《論紅樓夢》、蔣和森先生的《紅樓夢論稿》、吳世昌先生的《紅樓夢探源》成了批判的目標。併發動工人、農民、中學生寫批判文章，搞得烏煙瘴氣。江青是這次評紅運動的總指揮，她在與美國作家維特克夫人談話中，特意談了關於紅樓夢的問題。梁效的〈封建末世的孔老二──賈政〉，柏青的〈《紅樓夢》與封建末世的政治鬥爭〉兩文正是為宣揚江青「奪權鬥爭」而拋出來的「紅學見解」。江青關於紅樓夢的態度，歸納起來無非是兩點，其一是對於《紅樓夢》的實用主義的荒謬評論，其二是隱藏在這些評論後面的政治陰謀。她談紅樓夢念念不忘的是「奪權鬥爭」，所以她把《紅樓夢》的背景歸於康熙末年的多儲之爭，並歸結到所謂「雍正奪嫡」上去。這其實是索隱文學的舊觀點，所謂「改詔」、「進鴆」均出傳言，《紅樓夢》與此無關，與曹雪芹家也無關聯。曹家致罪是因「曹頫騷擾驛站」，屬經濟原因並非政治問題。江青拾索隱紅學家的餘唾，令人不齒。江青一夥還將「儒法兩條路線鬥爭」的童話，引入到《紅樓夢》研究領域。

他們認為康熙是法家，是革命的，雍正是「儒家」，是反革命的。「雍正奪嫡」就是「儒家」奪了「法家」的權，是一場「革命與反革命」、「復辟與反覆辟」的鬥爭。曹寅與康熙交好，同屬法家，代表革命路線，儒家雍正進鴆改詔奪了法家康熙的權，就是反革命復辟，故革命的曹家被打倒，抄了家，這是兩條路線的生死鬥爭。曹雪芹在《紅樓夢》中用曲折、隱晦的方式表達了這場政治鬥爭，故此書有重大的政治內容。而高鶚後四十回，篡改了「重大政治內容」，其要害就在「復辟」。江青還說林黛玉是父黨，薛寶釵是母黨，林薛之間是父黨、母黨之爭，最後母黨勝利了。圖窮匕首見，露出了江青的猙獰面目。可見，這個自 1974 年開幕到 1976 年收場的評紅運動，「諸惡備具，一善俱無」，實在是中國文化史上留下的一個污漬。

第四章　胡風「反革命集團」

　　胡風和他的文藝理論主張,一直受到不公平的待遇,30年代、40年代直到50年代初,胡風從事創造和自審的理論思辨常常遭到他人的誤解和歪曲。1945年1月,舒蕪在胡風主編的《希望》創刊號上發表〈論主觀〉,其本意在闡發五四精神的一個重要基點「個性解放」,卻被人誤會是有意抵制毛澤東在延安整風中關於反對主觀主義指示的反動文章。中共南方局奉命組織黨內秀才進行討伐此文。1948年,香港創辦《大眾文藝叢刊》,為的就是再度批判胡風文藝思想。在第一次文代會上,茅盾作的報告,也不指名地批判胡風的主觀戰鬥精神。1950年3月,《人民日報》先後發表陳湧、史篤(蔣天佑)批判胡風派理論家阿壠的文章。1951年11月,《文藝報》刊登讀者要求批判胡風文藝思想的來信。1952年5月25日武漢《長江日報》發表舒蕪〈從頭學習〈在延安文藝座談會上的講話〉〉,《人民日報》轉載時由胡喬木加了編者按語,說確實存在著「以胡風為首的一個文藝集團」。胡風的文藝思想「實質上屬於資產階級、小資產階級個人主義的文藝思想」。胡風看見後心裏有點急,想弄清自己的問題,希望能公開討論他的文藝思想。於是7月他從上海來到北京,分別找了周揚和丁玲,要求討論他的文藝思想。周揚於7月23日給周恩來寫信,彙報中宣部的安排:「我們將準備中宣部先召集少數黨內的文藝幹部討論胡風的理論……意見一致後,即召開討論胡風理論的小型座談會,由胡風首先作自我檢討性的發言,然後大家發表意見,進行討論,批評的文章,選擇一兩篇好的在報上發表。」周恩來同意這個安排。9月1日出版的第18期《文藝報》舒蕪又發表〈致路翎的公開信〉,檢討了他們文藝思想上的共同

錯誤。《文藝報》加了一個「編者按」，說這個小集團「在基本路線上是和黨領導的無產階級的文藝路線──毛澤東文藝方向背道而馳的。」9月6日到12月6日，由周揚主持，先後在丁玲的住處開了四次包括胡風在內的有十多人參加的座談會，胡繩、周揚、何其芳、林默涵、馮雪峰等人都發了言，對胡風的文藝思想進行了全面的批評，希望他能夠聽取大家的意見，虛心進行自我檢討。隨後，林默涵寫了〈胡風的反馬克思主義的文藝思想〉，何其芳寫了〈現實主義的路還是反現實主義的路？〉發表在1953年第2、3期《文藝報》上，批評胡風的事件就這樣全面公開了。

　　胡風對林、何的公開批評，在感覺上，是把他推到了絕路，很不服氣。但他也考慮到林、何兩篇文章的背景，處理得過分急躁，會帶來危害性的後果，所以他沒有公開反駁，只是在一年後，也就是1954年3、4月間寫了一個〈關於幾個理論性問題的說明材料〉，6月間又寫了〈作為參考的建議〉，合併起來於7月22日以〈關於幾年來文藝實踐情況的報告〉（即〈三十萬言書〉也稱「意見書」）呈給政務院文教委員會副主任習仲勳，由他轉給中共中央。這個〈三十萬言書〉，其實只有27萬字，它分為四大部分：一、幾年來的經過簡況，與屈原的《離騷》開頭驚人地相似，表白自己對黨一篇忠心，以及由此而來「忠而獲咎」的屈辱，詳訴自己自1949年來受到周揚、丁玲、馮雪峰、林默涵的種種打擊。二、關於幾個理論性問題的說明材料：集中反駁林默涵、何其芳對自己的批判。三、事實舉例和關於黨性的說明：一方面揭露「自命代表黨的棍子理論和棍子批評」的周揚，另一方面順便抨擊「用別人的血洗自己的手」的舒蕪。再是對小集團問題及陳亦門（阿壟）、路翎、黨性諸問題作辯解和說明。四、附件──作為參考的建議：談文藝體制的改革問題。最後希望組織能「信任」自己，「全面研究一下文藝工作情況」。這個「意見書」表明胡風是典型的傳統士大夫心態，誤認為形勢不好源於浮雲蔽日，因此希望接近「明主」，以表白自己的心跡。胡風這種「諍諫」體現出他那種「效忠反對派」的特

徵。在「意見書」的申辯中夾雜著諛詞，雖然對毛澤東文藝思想頗有微詞，但他的矛頭並非直接指向毛澤東，只是集中在周揚、林默涵等文藝界的領導人身上，其要害不在「反黨」，而是為共產黨繁榮文藝出謀劃策。官方之所以反感他，其中一個原因就是他與周揚爭奪「話語霸權」。在胡風看來，是周揚們的錯誤指導思想，「把思想改造變成了軍事統治的咒語，悶死了實踐的途徑」，弄得文藝界不景氣；也是他們，結黨營私，排斥異己，尤其是「用黨底名義」，給自己施加龐大的壓力。因此他在〈關鍵在哪裏〉一章中，提出了「五把理論刀子」問題。他是這樣說的：

> 在這個頑強的宗派主義地盤上面，僅僅通過林默涵、何其芳同志對我的批評所看到的，在讀者和作家身上就被放下了五把「理論」刀子。

> 作家要從事創作實踐，非得首先具有完美無缺的共產主義世界觀不可，否則，不可能望見和這個「世界觀」「一元化」的社會主義現實主義的創作方法的影子，這個世界觀就被送到了遙遠的彼岸，再也無法可以達到，單單這一條就足夠把一切作家都嚇啞了。

> 只有工農兵的生活才算生活；日常生活不是生活，可以不要立場或少一點立場。這就把生活肢解了，使工農兵的生活成了真空管子，使作家到工農兵生活裏去之前逐漸麻痺了感受機能；因而使作家不敢也不必把過去和現在的生活當作生活，因而就不能理解不能汲收任何生活，尤其是工農兵生活。

> 只有思想改造好了才能創作，這就使作家脫離了實踐，脫離了勞動，無法使現實內容走進自己內部，一天一天乾枯下去，衰敗下去，使思想改造成了一句空話或反話。

只有過去的形式才算民族形式，只有「繼承」並「發揚」「優秀傳統」才能克服新文藝的缺點；如果要接受國際革命文藝和現實主義的經驗，那就是「拜倒於資產階級文藝之前」。這就使得作家即便能夠偷偷地接近一點生活，也要被這種沉重的復古空氣下面的形式主義和舊的美感封得「非禮毋視」，「非禮毋聽」，「非禮毋動」，因而就只好「非禮毋言」，以至無所動無所言了。

題材有重要與否之分，題材能決定作品的價值，「忠於藝術」就是否定「忠於現實」。這就使得作家變成了「唯物論」的被動機器，完全依靠題材，勞碌奔波地去找題材，找「典型」，因而，任何「重要題材」也不能成為題材，任何擺在地上的典型也不成其為「典型」了。而所謂「重要題材」，又一定得是光明的東西，革命勝利了不能有新舊鬥爭，更不能死人，即使是勝利以前死的人和新舊鬥爭，革命勝利了不能有落後和黑暗，即使是經過鬥爭被克服了的落後和黑暗，等等，等等。這就使得作家什麼也不敢寫，寫了的當然是通體「光明」的，也就是通體虛偽的東西，取消了尚待克服的落後和黑暗，也就是取消了正在前進的光明，使作家完全脫離政治脫離人民為止……

在這五道刀光的籠罩之下，還有什麼作家與現實的結合，還有什麼現實主義，還有什麼創作實踐可言？

問題不在這五把刀子，而是在那個隨心所欲地操縱著這五把刀子的宗派主義。[1]

　　胡風這些意見打中了教條主義的要害，喊出了對傳統思維模式激烈的反叛聲音，表現出當代文藝理論史上罕見的強硬異端姿態。然同毛澤東的〈在延安文藝座談會上的講話〉確實有相違的地方。中共中

---

[1]　《胡風全集》第6卷，湖北人民出版社1999年版第302-304頁。

央自然不會冒然介入直接出面來處理胡風提出的問題，於是把「意見書」交到了中國作家協會主席團，讓文藝界自己拿出處理意見。適時，批判《紅樓夢》研究和胡適思想的運動開始了，胡風看到由周揚所在的中宣部控制的《文藝報》受到批判，天真地以為是自己的「三十萬言書」起了作用，引起了中央對文藝問題的關注，大為欣喜，樂觀地猜測周揚的宗派主義堡壘要被攻破了。於是胡風 11 月 7 日、11 日在「青年宮會議」上作了兩次發言，點名批評了十多位當時文藝界的領導人，說《文藝報》的錯誤是我們戰線的失敗，錯誤的性質和根源是他一向反對的庸俗社會學，過去肯定、否定、打擊和捧場基本上是從庸俗社會學的思想態度和方法出發的。他還指責《文藝報》對阿壟、路翎、魯藜的批評，就是資產階級對馬克思主義的進攻，是對新生力量的壓制。路翎也發了言，說對他的批評是「宗派和軍閥的統治」。胡風、路翎的發言顯然是在錯誤的場合走進了錯誤的房間，是引火焚身的舉動。因為當時胡風批評的庸俗社會學，儘管是文藝界的問題，但毛澤東所指示的是批判「資產階級唯心論」，批判的對象不是和胡風存過結怨的周揚等人，而是馮雪峰。當初會議上就引起了不滿和憤慨。實際上，中宣部早已準備好對胡風作更猛烈的批判。自 1954 年 11 月 7 日第五次「青年宮會議」開始，情況就變了，所謂「戰線南移」，批判的矛頭不再是《文藝報》，而是胡風了。當晚周揚、林默涵去胡風家談話，希望他認清形勢，接受批評，進行檢討，可是胡風仍覺得自己的抗拒持之有理，對形勢沒有一點察覺。12 月 8 日，第八次「青年宮會議」，郭沫若作了〈三點建議〉的講話，茅盾作了〈良好的開端〉發言，周揚作了經過毛澤東修改過的〈我們必須戰鬥〉的帶有總結性的發言，其中第三部分「胡風先生的觀點和我們的觀點之間的分歧」。他列舉了五個問題：一、在《紅樓夢》評價上的分歧；二、對學習馬克思主義理論態度的分歧；三、文藝思想的分歧；四、對《文藝報》錯誤性質看法的分歧；五、對於路翎受到批判的看法分歧。而且「歷來就存在著分歧」，比如，「我們強調對於進步的、社會主義的作家，共

產主義世界觀的重要性，強調文學作品應當表現有迫切政治意義的主
題，應當創造人民中先進的正面人物形象，強調民族文學藝術遺產的
重要性和文學藝術上的民族形式，這些都是完全正確的，而這些也是
胡風先生所歷來反對的。」問題還在於，40 年代寫〈論主觀〉的舒蕪
在建國後放棄了過去觀點，站到馬克思主義方面來了，「黨對他的這種
進步表示歡迎，而胡風先生卻表現了狂熱的仇視」。這個〈我們必須戰
鬥〉的講話，1954 年 12 月 10 日在《人民日報》上發表。由此對胡風
的公開批判拉開了序幕。毛澤東也從此介入了「胡風事件」。

　　胡風對此不得不意識到問題的嚴重性。又聽說中國作家協會主席
團決定隨《文藝報》1955 年第 1、2 期合刊一道附發胡風的〈三十萬
言書〉的第 2、4 兩部分，而且是經過毛澤東批准同意的，這自然對胡
風很不利。面對巨大政治壓力，他於 1 月 3 日寫了一個〈我的聲明〉，
承認自己給中央的「意見書」所表現的對黨、對文學事業的態度是錯
誤的有害的。對今天的文藝運動的判斷帶有很大的主觀成分，對「意
見書」中所提到的具體情況和例證，當時沒有很好地調查研究，後來
發覺有不切實際之處，因材料已印好，來不及修正。對以上這些，他
自己負有責任，希望同志們加以批判。然而一切都晚了，不起作用了。
1955 年 1 月 14 日晚，胡風找到周揚，當面承認錯誤，要求收回他的
「意見書」或者修改後再發表。對於胡風這一請求，周揚斷然拒絕。
胡風又要求發表時附上他寫的〈我的聲明〉，說明給中央的「意見書」
是錯誤的有害的，希望同志們加以批判。1 月 15 日周揚給中宣部長陸
定一、毛澤東寫信。周揚在信中認為胡風的聲明太籠統，不具體，發
表對讀者沒有好處。陸定一在周揚的信上批示「決定不登載」。毛澤東
看了以後，當天作了如下批示：「周揚同志：（一）這樣的聲明不能登
載；（二）應對胡風的資產階級唯心論、反黨反人民的文藝思想，進行
徹底的批判，不要讓他逃到『小資產階級觀點』裏躲藏起來。」[2]毛澤

---

[2]　《建國以來毛澤東文稿》第 5 冊第 9 頁。

東的批示還讓劉少奇、周恩來、鄧小平閱看。從此，胡風的文藝思想定了性質，不再是「小資產階級」性質了，而是「反黨反人民」性質了，公開批判進入了緊鑼密鼓組織實施的階段。1月20日，中宣部給中央寫了一個〈關於開展批判胡風思想的報告〉，毛澤東披閱了這個報告，並作了修改。在報告原文「胡風的文藝思想，是徹頭徹尾資產階級唯心論的，是反黨反人民的文藝思想。他的活動是宗派主義小集團活動，其目的就是要為他的資產階級文藝思想爭取領導地位，反對和抵制黨的文藝思想和黨所領導的文藝運動。」後面毛澤東加上：「企圖按照他自己的面貌來改造社會和我們的國家，反對社會主義建設和社會主義改造」。胡風這種思想，「代表反動的資產階級思想，他對黨領導的文藝運動所進行的攻擊，是反映目前社會上激烈的階級鬥爭。」[3]這樣一來，就把胡風的文藝思想問題提高到了激烈鬥爭的政治問題了，把思想認識提到了對敵鬥爭的高度。毛澤東還找陸定一、周揚、林默涵三人到中南海辦公室當面彙報批判胡風的具體計畫。並以中共中央文件的形式轉發了中宣部的報告，要求各級黨委重視這一思想鬥爭，把它作為工人階級和資產階級之間的一場重要鬥爭來看待。胡風於1月3日寫的〈我的聲明〉被拒絕發表後，2月份交出了〈我的自我批判〉第二稿，隨後胡風又作了修改，於3月定稿。胡風在〈我的自我批判〉中，承認自己的錯誤根源是把小資產階級的革命性和立場當作工人階級的革命性和立場了，混淆了其間的區別；也承認自己的一些理論主張，如「哪裏有生活，哪裏就有鬥爭」、文學創作的題材問題、民族文學遺產問題，主觀戰鬥精神等等，有片面性和絕對性，並且承認自己有強烈的宗派主義情緒，對現實的文藝狀況下了一些不可容忍的錯誤判斷，造成了事實上和黨對抗的結果。《文藝報》也決定發表胡風〈我的自我批判〉第三稿。看來批判運動有緩和的趨向。

---

[3] 轉引自陳晉：《文人毛澤東》上海人民出版社1997年版第345頁。

但是事態的發展在瞬息之間發生了重大變化。根據林默涵在〈胡風事件的前前後後〉中說：1955 年 4 月的一天，舒蕪交給他一本裝訂好的胡風給舒蕪的信件，說其中有許多情況。林默涵要求舒蕪把信件中人們看不懂的地方作些注釋，把信按內容分類整理一下。舒蕪一兩天後整理好了，比較醒目。於是林默涵與周揚商量，決定在《文藝報》上發表，並請主編康濯加個編者按。康濯看了材料大吃一驚，經商量決定將它和胡風的〈我的自我批判〉同時在《文藝報》5 月份的第九期上發表。然後再發一、二期給胡風「自我批判」提意見的文章，就此結束這場批判胡風文藝思想的運動。周揚也同意了。但到 5 月初《文藝報》第九期的清樣排出後，於 5 月 8 日送給周揚和林默涵。對舒蕪提供的材料，《文藝報》擬的題目是〈關於胡風小集團的一些材料〉，康濯寫的「編者按」不過四五百字，大意是胡風的檢討有進步，但仍然不夠，有一些資產階級文藝思想的實質問題還沒有接觸到，從舒蕪提供的材料來看，其宗派小集團的問題是嚴重的，可胡風對此的認識是不夠的云云。林默涵和周揚接到清樣後，覺得還可以，準備退康濯發表。這時周揚突然說，這個材料比較重要，發表前似應送給毛主席看看才好。於是 5 月 9 日周揚把胡風的〈我的自我批判〉以及舒蕪提供的材料、康濯寫的「編者按」三件清樣一同送給毛澤東，並寫了一封信。兩天後，毛澤東審閱了周揚送來的清樣，他首先把題目改為〈關於胡風反黨集團的一些材料〉，接著重新寫了一個按語：

> 胡風的這篇在今年一月寫好、二月作了修改，三月又寫了「附
> 記」的〈我的自我批判〉，我們到現在才把它和舒蕪的那篇〈關
> 於胡風反黨集團的一些材料〉一同發表，是有這樣一個理由
> 的，就是不讓胡風利用我們報紙繼續欺騙讀者。從舒蕪文章所
> 揭露的材料，讀者可以看出，胡風和他領導的反黨反人民的文
> 藝集團是怎樣老早就敵對、仇視和痛恨中國共產黨和非黨的進
> 步作家。讀者從胡風寫給舒蕪的那些信上，難道可以嗅得出一

絲一毫的革命氣味來嗎？從這些信上發散出來的氣味，難道不是同我們曾經從國民黨特務機關出版的《社會新聞》、《新聞天地》一類刊物上嗅到過的一模一樣嗎？什麼「小資產階級的革命性和立場」，什麼「在民主要求的觀點上，和封建傳統反抗的各種傾向的現實主義文藝」，什麼「和人民共命運的立場」，什麼「革命的人道主義精神」，什麼「反帝反封建的人民解放的革命思想」，什麼「符合黨的政治綱領」，什麼「如果不是革命和中國共產黨，我個人二十多年來是找不到安身立命之地的」，這種種話，能夠使人相信嗎？如果不是打著假招牌，是一個真正有「小資產階級的革命性和立場」的知識份子（這種人在中國成千成萬，他們是和中國共產黨合作並願意受黨領導的），會對黨和進步作家採取那樣敵對、仇視和痛恨的態度嗎？假的就是假的，偽裝應當剝去。胡風反黨集團中像舒蕪那樣被欺騙而不願永遠跟著胡風跑的人，可能還有，他們應當向黨提供更多的揭露胡風的材料。隱瞞是不能持久的，總有一天會暴露出來。從進攻轉變為退卻（即檢討）的策略，也是騙不過人的。檢討要像舒蕪那樣的檢討，假檢討是不行的。路翎應當得到胡風更多的密信，我們希望他交出來。一切和胡風混在一起而得有密信的人也應當交出來，交出比保存或銷毀更好些。胡風應當做剝去假面的工作，而不是騙人的檢討。剝去假面，揭露真相，幫助黨徹底弄清胡風及其反黨集團的全部情況，從此做個真正的人，是胡風及胡風派每一個人的唯一出路。[4]

　　這個「編者按」寫好後，毛澤東還給周揚附上一信，並囑「可登《人民日報》，然後在《文藝報》轉載」。毛澤東寫的「編者按」、胡風的「自我批判」、舒蕪提供的材料，在 5 月 13 日《人民日報》上發表。5 月 18 日全國人大常委會批准將胡風逮捕，定性為「反革命」案件，

---

[4]　《建國以來毛澤東文稿》第 5 冊第 112、113 頁。

胡風鋃鐺入獄。5 月 24 日和 6 月 10 日，《人民日報》又發表了〈關於
胡風反黨集團的第二批材料〉和〈胡風反革命集團的第三批材料〉，都
是胡風與一些人來往的私人信件。後兩批材料都經過毛澤東審閱，並
寫了十七條按語。6 月將陸續發表的三批材料編印成書，題為〈關於
胡風反革命集團的材料〉，毛澤東為該書寫了序言。毛澤東還為《人民
日報》「提高警惕，揭露胡風」的專頁撰寫了按語。在逮捕胡風的同時，
天津、上海、武漢、杭州等地陸續隔離審查與拘留逮捕了許多著名的
七月派作家，凡和胡風有過來往，贊同或附和過胡風文藝思想的人均
受到了株連，據說有 2000 多人。正式定名為胡風反革命集團分子的有
78 人，其中骨幹分子有 23 人，判刑者有胡風、阿壠、賈植芳 3 人。
胡風被判處徒刑 14 年，剝奪政治權利六年。1969 年又加判為無期徒
刑。胡風反革命集團一案，從此沉冤 25 年，1978 年底撤銷對胡風的
無期徒刑的判決，宣佈釋放。1980 年 9 月 29 日，中共中央批轉公安
部、最高人民檢察院、最高人民法院黨組關於「胡風反革命集團」案
件的複查報告的通知，宣佈為「胡風反革命集團」平反。1985 年 5 月
公安部對胡風政治歷史中遺留的幾個問題進行了複查，予以平反撤
銷。1988 年 6 月中共中央辦公廳又發出〈關於為胡風同志進一步平反
的補充通知〉。通報了經過中央政治局常委討論同意的有關胡風文藝思
想等方面的幾個問題的複查意見。關於「五把刀子」問題，補充通知
說，「經複查，這個論斷與胡風同志的原意有出入，應予撤銷」。關於
「宗派活動」問題，補充通知說，「本著歷史問題宜粗不宜細和團結起
來向前看的精神，可不在中央文件中對這類問題作出政治性的結論。
這個問題應從《通知》中撤銷」。關於胡風的文藝思想和主張，補充通
知說，應「由文藝界和廣大讀者通過科學的正常的文藝批評和討論，
求得正確解決，不必在中央文件中作出決斷。這個問題也從《通知》
中撤銷」。遺憾的是，胡風已在 1986 年病逝，這個徹底平反的「補充
通知」，他本人沒有能夠看到。

第五章 「丁玲、陳企霞反黨集團」

　　1955 年下半年，揭批胡風「反革命集團」的鬥爭迅速擴大為全面的內部肅反運動，毛澤東要求各地各單位組織肅反領導小組。中國作協也成立了以劉白羽為組長的肅反五人小組，組員有嚴文井、阮章競、康濯和張僖。5、6 月間，中國作協召開了一次行政 12 級以上的幹部學習會，與會者 30 多人，丁玲和陳企霞在外地都沒有來參加。在會議上《新觀察》雜誌主編戈揚說：「我看呀！在我們作家協會內部有一股暗流，黨內有一股暗流……」時任文學講習所（原中央文學研究所）秘書長，肅反五人小組成員的康濯說：我們這裏有兩個獨立王國，就是《文藝報》和文學講習所。會後康濯寫了一份揭發材料交給黨組副書記、肅反小組組長劉白羽。劉白羽與阮章競簽名報給中央宣傳部。部長陸定一簽名寫了一份〈中共中央宣傳部關於中國作家協會黨組準備對丁玲等人的錯誤思想作風進行批判的報告〉，於 7 月中旬上報中央，其中說：「在反對胡風反革命集團的鬥爭中，暴露出文藝界的黨員幹部以至一些負責幹部中嚴重地存在著自由主義、個人主義的思想行為，影響文藝界的團結，給暗藏的反革命分子的活動造成了便利的條件，使黨的文藝受到損害。作家協會劉白羽、阮章競兩同志給中宣部的報告中，反映了這種嚴重的情況。他們根據一些同志所揭發的事實和從胡風反革命集團分子的口供中發現的一部分材料，認為丁玲同志的自由主義、個人主義的思想作風是極為嚴重的。」「去年檢查《文藝報》的錯誤時，雖然對她進行了批評，但很不徹底。丁玲同志，實際上並不接受批評，相反的，卻表示極大不滿，認為檢查《文藝報》就

是整她。」[1]這個報告，當時中央是否批示下來，周揚始終沒有傳達，也沒有見到紅頭文件。不過周揚在 1955 年 8 月 6 日的中國作協黨組擴大會上已迫不及待動員揭發「反黨暗流」了，說什麼「作家協會有一股反動的暗流……是反黨的，無原則結合起來的小集團……裏面究竟是些什麼人，結合深淺的程度，可以認真搞清楚。」「『獨立王國』是黨作了決議的……你有一個字不照辦，你就是『獨立王國』」，「『獨立王國』都有小集團，高崗就有小集團，於是他提醒與會人員『小集團的反黨活動，同反革命要聯繫，同志們提高警惕，很有必要』。」[2]這種先給被批判者定下罪名，然後組織發動幹部群眾揭發，為所定罪名找證據，以便師出有名，牢牢掌握鬥爭主動權。這種方式在當時是一種普遍的權謀方式。周揚們為了揭露並不存在的「丁玲、陳企霞反黨小集團」，作協黨組從 1955 年 8 月 3 日起至 9 月 6 日，連續召開了 16 次會議，其中前 3 次主要集中揭露陳企霞，從 8 月 6 日第 4 次會議起，把矛頭轉向了丁玲。會議以揭發和批判相結合的方式進行，範圍不大，只限於作協，十三級以上幹部都參加。有時也吸收一些作協以外的文藝界黨員領導幹部參加，人數不多，但每個人都得挨個發言，進行揭發批判，至少也得表個態。每次會議都有一本厚厚的發言記錄。康濯、陳學昭、郭小川等人作了言詞激烈的發言，表示對黨的忠誠，當然得到了會議主持者周揚的鼓勵。馬烽起初疑懼很多，一言不發，但迫於壓力，在第 8 次會議上作了和風細雨的批評，則就有人在會上把矛頭指向了馬烽，受到刺激的他在第 11 次會議上只好再次發言，違心地提高了調門，以示與丁玲劃清界限。田間，在受到巨大的思想壓力下，怕與宗派圈子扯在一起說不清楚，百口難辨，決定跳什剎海自殺（未遂）。有的人實在沒啥好揭發，只好說些雞毛蒜皮的事敷衍塞責。比如有人說丁玲在家裏把周揚寫的書有意放在書架的下面就是反對周揚反

---

[1]　轉引自黎之：《文壇風雲錄》第 101 頁。
[2]　轉引自周良沛：《丁玲傳》北京十月文藝出版社 1993 年版第 25 頁。

對黨的行為等等。丁玲在會上聽著、記著，也申辯著，但一切無濟於事。丁玲只有感到冤屈，憤慨，看著昔日自己熟悉的同志、朋友把莫須有的罪名橫加在自己的頭上，她的心只能痛苦地流血。新中國的文學體制是一部巨大的機器，在啟動運轉時，任何一個齒輪為了自我而不破碾碎，只有被動地跟著運轉，這幾乎是個規律。丁玲自己在延安時批判王實味，建國初批判蕭也牧，不久前批判胡風，丁玲也是這部機器的一隻齒輪，這是齒輪效應的結果。丁玲也逃不過這個規律。在齒輪作用下，她無奈地屈服了，在兩次會議上作了檢討發言。不過周揚不滿意。她在第 7 次會議上的檢討被斥為繼續向黨進攻；第 12 次會議上的檢討斥為虛偽做作。因此會議繼續在她的檢討中找矛盾進行再批判。會議期間周揚、劉白羽、林默涵、阮章競同她談話多次，幫助她準備檢討發言稿。她迫於巨大的政治壓力，又由於害怕被開除黨籍，在最後一次發言中「開始向黨認錯」，承認了「反黨聯盟」的錯誤。雖然這個檢討仍被一些人指責為「很不深刻，很不徹底」，但已經達到周揚們預設的目的。於是 9 月 6 日召開黨組擴大第 16 次會議進入了最後階段：形成結論。周揚在總結發言中說丁玲和陳企霞已形成「反黨小集團」。劉白羽也高興地肯定「會議的進行始終是健康的」。在這次會議的基礎上，周揚主持起草，形成了〈中國作家協會黨組關於丁玲、陳企霞反黨小集團活動及對他們的處理意見的報告〉，於 1955 年 9 月 30 日上報中宣部轉中共中央。1955 年 12 月 15 日，中央將這一報告轉發全國縣團級黨委。作協黨組在這個報告中，列舉「丁、陳反黨集團」的反黨活動，主要內容包括如下幾點：

　　一、拒絕黨的領導和監督，違抗黨的方針、政策和指示。論據主要有：丁玲在文學研究所的學員中散佈對中宣部的不滿，說中宣部不重視培養青年作家；在主編《文藝報》時，竟然違反黨的決定，把陳企霞、蕭殷也列為主編。

　　二、違反黨的原則，進行感情拉攏，以擴大反黨集團的勢力。

三、玩弄兩面派手法，挑撥離間，破壞黨的團結。主要證據是丁
玲與陳企霞經常散佈流言蜚語，污蔑和攻擊小集團以外的
人，甚至包括幾位中央負責同志在內。

四、製造個人崇拜，散播資產階級個人主義思想。主要證據是：
丁玲假託中央同志的話，說現代中國的位置已經排定，是「魯
迅、郭沫若、茅盾、丁玲」，並將丁玲的照片與魯迅、郭沫
若、茅盾的照片並排掛起來。

這個報告還說：「丁玲同志存在著極端嚴重的資產階級個人主義思
想，她的反黨行為是一貫的。在延安的時候，她就和一些壞人搞在一
起，與黨對立」；「丁玲從很早起就有強烈的沒落資產階級的個人主義
與虛無主義的思想，這種思想很明顯地表現在她早期的一些作品中」；
「丁玲同志所犯反黨的錯誤和她歷史上被國民黨逮捕後在南京的一段
經歷是有一定聯繫的」，「在南京的一段歷史，她承認了自首的事實」。
最後，報告「責成丁玲同志向黨作出深刻的檢討，並根據她對所犯錯
誤的認識和檢討程度，考慮對她所犯錯誤的處理問題，同時對她在南
京的一段歷史進行審查作出結論」。

1955 年 12 月 28 日，周揚向全國各地作協分會負責人、文藝工作
負責人及有關人員 1100 多人，作關於「丁玲、陳企霞反黨小集團」問
題的傳達報告。陸定一到會督陣，作了「重要講話」。傳達會議未通知
丁玲參加，「丁、陳反黨小集團」便如此定案，向全國傳達了。丁玲直
到 1956 年 8 月寫〈辯正書〉時，始終沒有見到有關報告，於是她依據
的仍然是作協黨組擴大會議的記錄。

「丁、陳反黨小集團」一案，使丁玲有了峰谷體驗。建國後她所
有的心理優勢，統統被連根拔掉。她是從延安過來的黨員作家，毛澤
東曾在 1936 年賦〈臨江仙〉詞贈給她，「壁上紅旗飄落照，西風漫捲
孤城，保安人物一時新。洞中開宴會，招待出牢人。纖筆一枝誰與似？
三千毛瑟精兵。陣圖開向隴山東。昨日文小姐、今日武將軍」。在毛澤
東一生中只為三個女性題贈過詩詞，其他的兩首就是〈蝶戀花·答李

淑一〉和〈為李進（江青）同志題所攝廬山仙人洞照〉。丁玲為第一人，
當然是特別榮耀。1952年丁玲又獲得史達林文學獎。自己曾擔任中國
文協常務副主席、黨組書記、《文藝報》主編、中央文學研究所所長、
中宣部文藝處處長等職務。她是建國後文學新體制的受益者，也是新
體制、毛澤東文藝思想的堅定捍衛者。她兇狠地批判蕭也牧，寫文章
斥責胡風，為新體制出了力，做了貢獻，真所謂「春風得意馬蹄疾，
一日看盡長安花」。然而，這些在周揚看來，是不能容忍的，丁玲有一
派，對他是威脅，比如在1951年文藝界整風「喬木在丁玲的合作下，
直接主持文藝界整風，使周揚處於無所作為局面」[3]。所有的恩恩怨怨，
周揚將鬥爭矛頭指向丁玲是必然的。丁玲今日一下子從山峰跌倒山
谷，她的優越感、蕩然無存，不可避免地產生了「前途和政治生命已
經岌岌可危」的恐懼感，持久的批判更促進了她人性的軟弱，違心地
作出妥協和讓步，承認「反黨聯盟」。

　　1956年3月，丁玲向中宣部機關黨委會提出，要求閱讀作協黨組
上報的有關「丁、陳反黨小集團」的報告，表示不同意黨組的意見。
看到有關材料後，丁玲從1956年4月開始就「反黨小集團活動」的四
個主要方面和歷史上的「自首」問題，寫了詳細的申訴材料，要求中
宣部黨委會調查核實，予以澄清。中宣部接受了丁玲的申訴。

　　隨後，中宣部成立專門審查小組，進行甄別調查。組長由常務副
部長張際春擔任。周揚和中宣部機關黨委書記李之璉為小組成員。工
作人員有幹部處處長張海以及作協機關的幾位同志。他們除了查閱當
時國民黨在南京遺留下的檔案，向有關證人調查外，就是聽丁玲本人
的申訴。由於當時周恩來有指示，認為丁玲和周揚之間有很深的成見，
如果周揚參加丁玲的談話，可能引起感情上的對立，效果不好。因此，
審查小組每次與丁玲談話，都沒有通知周揚參加。但每次談話的情況
都向他通報。經過細緻的審查核實，沒有發現丁玲被捕後有叛變或自

---

[3]　張光年〈回憶周揚〉，《憶周揚》內蒙古人民出版社1998年版第4頁。

首、變節對黨不利的行為，而且證人的證言都反映她在那種監視和折磨中表現不錯。時任中宣部機關黨委書記、審查小組成員李之璉有如下一段回憶：「這次對丁玲歷史審查結論的第一稿，是我主持起草的。我在文字上作了最後修改。對丁玲被捕後的表現方面，有這樣幾句話：丁玲同志被捕後，面對敵人的威脅利誘，作了各種形式的鬥爭。終於在黨的幫助下回到黨的懷抱。這個結論草稿經過張際春同志同意後，提交小組討論。這段文字是對丁玲被捕後政治態度的總的評價，因此小組成員對此都十分認真。爭論的焦點也集中在這段文字上……前後修改了七稿，以後的修改是由張海執筆的，討論時字斟句酌，爭論不休，那怕是對一個字的取捨。最後一稿達成妥協，改為：丁玲被捕後有變節性行為。」關於起草丁玲歷史審查的結論，張際春同志當時很慎重，不管怎麼修改，只要周揚不同意，就不作決定。最後一致了，他才簽發報送中央審批。但丁玲自己看到結論後，對排除了自首的說法表示同意，對「變節性行為」的說話表示不能接受，並寫了書面意見，同結論一起報送中央。」[4]

　　在審查丁玲歷史問題稍後，中宣部在 1956 年 6 月 28 日召開部長辦公會議，決定重新查對丁、陳反黨小集團問題。在此之前，陳企霞被解除隔離。他對前一階段的處理不滿，於 5 月下旬先後向中宣部提出口頭和書面申訴。作協黨組把陳企霞的〈陳述書〉和丁玲情況，向中宣部部務會議作了彙報，許多材料站不住腳，並建議要中宣部負責同志出面處理。於是又成立了以張際春負責的一個小組，將丁、陳問題調查清楚，重新作結論並提出處理意見，再報中央審批。張際春代表中宣部，將此事向鄧小平作了彙報，並成立了由周揚、李之璉為主要成員的調查組，下設辦公室進行調查工作。這當然是丁玲問題的一次轉機。這個轉機與當時國內政治環境有關係。1956 年 5 月 2 日毛澤東在最高國務會議上提出了「百花齊放，百家爭鳴」方針，5 月 26 日

4　李之璉：《不該發生的故事》，《新文學史料》1989 年第 3 期。

陸定一向文藝界、科學界人士作了題為〈百花齊放，百家爭鳴〉的報告。在思想文化領域，黨中央開始提倡發揚民主、糾正左的錯誤。貫徹「百花齊放，百家爭鳴」方針的形勢，才給丁玲帶來了轉機，帶來了申訴和辯正的可能。1956 年 8 月 9 日，丁玲寫成了兩萬字的申訴材料〈重大事實的辯正〉（即〈辯正書〉）。她對作協擴大會議正式記錄中所指控的「反黨活動」的四個方面，逐條進行了有理有據的反駁。幾十年以後的今天再來看它，當時的人事仍然歷歷在目，細緻地描述這些往事，對歷史也許不是多餘，但對本書讀者來說〈辯正書〉實在太長了，已不必全文引用，茲引三條於下：

一、對所謂拒絕黨的監督的反駁：

關於《文藝報》的三個主編問題。周揚同志決定《文藝報》上印上編委、主編名字，我在《文藝報》編輯部室內告訴了陳企霞、蕭殷，說他們二人是副主編，陳企霞當時說，「主編就是主編，有什麼副的，正的。」我沒有立刻批評他，覺得在一些年輕的同志們面前說他不好，同時也因為我想我是正的，也不好批評他。可是後來印出來了三個主編，我即向周揚彙報，問他怎麼辦，並且說三個人都負責也好，他們實際工作比我做得多。周揚沒有批評我，也沒有說這件事做錯了。他有過一點點不愉快的沉默，但隨即同意了。這件事以後也沒有人說起（陳企霞說是我請示了周揚，周揚同意了三個主編後才印出來的。我不能記得清楚，請組織上再調查一下）。在文藝整風後（1951年），調整幹部時，我提起這事。我的意思是說陳有個人主義。當時也沒有人批評我。1954 年檢查《文藝報》時，我批評陳企霞時講了這個例子。我自己也檢討了。這件事是由於陳企霞有個人主義，而我有無原則的遷就。但不是我拒絕黨的監督。我曾告訴過周揚同志，如果那時周揚說不可以，那我一定會遵照他的意見辦的。我不懂得原則，做錯了，可是不是避著他的，我

去問了他的，而周揚是懂得原則的，為什麼那時候他不說，同意了，而事隔幾年了，又說我是拒絕了監督，避著黨做的呢？

二、對作協領導劉白羽有關丁、陳勾結的駁斥。劉白羽說陳企霞到梅山不是走的組織路線，是走的丁玲路線。

這件事的始末，在沒有開黨組擴大會議以前，我就告訴過白羽同志，這事是這樣的。檢查《文藝報》後，我一直也沒有看到陳企霞。1955 年 2 月間我去無錫前，陳企霞聽說我要走了，說想來看看我，我說好，他就來了，談了一些去無錫的事，和我的長篇小說。後來他說組織上要他下去，他不知道去哪裏好，底下情況都不熟。我當時因為剛剛接到過一封菡子的信，說已經到了梅山，並且說梅山很好。我也知道陳登科也準備去梅山的。同時我因為知道陳企霞的確許多年不在底下生活，是不熟，我說你去梅山也好，那裏有兩個熟人，他們會對你有些幫助。他表示可以考慮，但仍有猶豫的樣子，我即說你同白羽商量商量看。接著我就走了。我到無錫後不久，陳登科忽然同無錫市的文藝處趙源來了，這時我還不知道陳企霞已經決定去梅山，因此也無從告訴陳登科，我和陳登科一直也沒有通過信。這件事怎麼是走的我的路線呢……

三、對康濯所謂「製造分裂」的批駁。「康濯說（八次會議）喬木同志要取消『文研所』，（丁玲）便找周揚同志，要周找喬談，是製造分裂。」

事情是這樣的：1953 年，我從田間、康濯口裏知道中宣部有取消「文研所」的意思。我不知道內中緣由，覺得取消了很可惜，將來再要搞時，又要重起爐灶。不久我因母病回北京，剛到不久，還未見著喬木同志，在一次會上見到了周揚同志，我問他是怎麼一回事，他的意見如何？他說也覺得取消了是可惜的，

> 後來他又到我家裏談了一會，我曾說如果這事還沒有決定，是
> 否還可以商量，周揚同志當時是說可以商量的，我說，那麼你
> 見著喬木同志時是否可以再談談。他們都是宣傳部長，我覺得
> 這有什麼不可以談呢，我後來見著喬木同志時也把我的意見告
> 訴了他，並且也從沒有說過周揚同志對這事的意見。這怎麼能
> 算製造分裂呢？[5]

　　丁玲在提交了事實清楚的〈辯正書〉以後，調查組向 1955 年在黨
組擴大會議上發言的同志，以及其他有關人員約 70 多人展開調查，得
到的答案一般是否定性的，不少人把原來發言材料中尖銳的上綱上線
的詞語抹去。調查組還就丁、陳「經常散佈流言蜚語、污蔑和攻擊小
集團以外的人，甚至包括幾位中央負責同志在內」的問題展開調查。
向胡喬木調查時，胡喬木說沒有這種事。他也沒有感到丁玲挑撥他與
周揚的關係。與此同時，部分同志把領導指示他批判丁玲反黨的條子
拿出來，說「不管領導怎麼樣，我承認我說錯了」。由於在調查過程中
出現了有利於丁玲的趨勢，核對「丁、陳反黨小集團」的四個方面的
錯誤，都缺乏依據、不能成立。中宣部和作協的有關領導，對丁玲的
態度也有了鬆動。1956 年 12 月，調查組起草了〈關於丁玲同志的錯
誤問題查對結果的結論〉（草稿），把「反黨小集團」的結論，改為「對
黨不滿的獨立王國」。但在中宣部開會討論時，意見不一，有人指出這
個大案子站不住腳，而周揚則認為對丁、陳的錯誤還寫得不夠。於是
調查組對結論再作修改。這個修改也是一波三折。調查組有人提出重
寫結論有困難，「工作沒法做」。於是，張際春指示改由作協黨組來重
寫。這樣，任務便落在作協黨組副書記郭小川身上。在實際接觸文藝
界的矛盾狀態之後，這位詩人也感到了問題的複雜性，為此苦不堪言。
前後花費了兩三個月，重寫結論仍然困難重重，是因為複查時遇到了
兩難的尷尬，作協很多人對 1955 年鬥爭丁、陳會議上的發言材料不認

---

[5] 《丁玲傳》第 45-52 頁。

賬，而中宣部又要求擺出充分的事實。郭小川只得採取折衷態度，力求結論能為多數人同意。結果周揚、劉白羽、林默涵看後大為不滿，周揚對應該向丁、陳「賠禮道歉」的提法，更是耿耿於懷，這就構成了郭小川1959年挨批的罪狀之一。最後結果作了這樣一個結論：「向黨鬧獨立性的宗派結合」。由於周揚認可了，郭小川才根據新提法又修改了六七遍，終於獲得中宣部通過。這個結論，似乎能為多數人接受，由「反黨小集團」改為「向黨鬧獨立性的宗派結合」，其錯誤性質也有了根本的變化，對於丁玲來說，似乎也能有保留地接受。丁玲的抗爭也取得了一定的成效。

　　但是，1957年中國的政治風雲變幻莫測。5月4日中共中央發出〈中央關於繼續組織黨外人士對黨政所犯錯誤缺點展開批評的指示〉，請黨外人士「暢言地對工作上缺點錯誤提出意見為要」。在這樣的背景下，中國作協不得不對「丁、陳反黨小集團」的批判和處理，提到整風的首要議程。5月初，時任作協黨組書記邵荃麟，為了爭取整風的主動權，在作協全體工作人員大會上作整風動員報告時，奉周揚之命突然宣佈「丁、陳反黨小集團的結論站不住腳」，「丁、陳反黨集團這頂帽子一定要去掉」，「這個問題要在整風中解決」。6月6日、7日、8日的會議上，陳企霞、唐達成、唐因、韋君宜、黃秋耘、李又然、公木等人發言，都認為前年批丁、陳的會議是根本錯誤的，有關結論應該撤銷。周揚、劉白羽也講話，主動表示對丁玲的批判是不應該的，「反黨小集團」的結論是站不住的。可是陸定一卻要求劉白羽有韌性地戰鬥下去，說「這是場戰鬥，是文藝方向的鬥爭」「對丁、陳鬥爭要繼續下去，不要怕亂」。[6]陸定一的指示應該有他的根據，蓋他領悟或知道毛澤東「引蛇出洞」的「陽謀」策略，對反右派有所佈置。就在6月8日的那一天，《人民日報》就發表了石破天驚的社論〈這是為什麼？〉，吹響了「反右派鬥爭」的號角。這一意外戲劇性轉折，

---

[6]　《郭小川1957年日記》河南人民出版社2000年版第119頁。

使作協領導們走出了困境，重新操起了引領運動發展方向的主動權。6月13日作協黨組召開黨組擴大會議，在會上丁玲有失對政治形勢的明察，發了言。她的「態度尚平和，但內容十分尖銳，極力爭取康濯『起義』，追究責任，想找出一個陰謀來。」[7]丁玲在戰略上的錯誤，其後為它付出了昂貴的代價。

1957年7月25日，中國作協黨組擴大會議隔了42天方才復會。這時全國範圍內的反右派鬥爭已全面展開，作協黨組原先的整風計畫也作了根本性改變，變為如何反擊右派對黨的進攻。周揚等黨組主要領導轉而開始進一步收集、整理丁玲等人的反黨活動，並作出反擊步驟的策劃。在此期間，周揚向中宣部主要領導提出，不同意複查對丁玲歷史問題的結論。並要李之璉與中組部聯繫，把原結論報告從中央退回來。「在一次中宣部部務會議上，由主要領導人提出，將原結論改為：丁玲被捕後叛變；從南京回到陝北是敵人有計劃派回來的。」[8]這次結論的重大修改，丁玲當然是不知道的。她能感到的只是復會的氣氛與先前已全然不同。會議移至文聯禮堂舉行，範圍擴大，與會的有中宣部、文化部、文聯和各協會的領導，以及黨員作家和非黨員作家，人數由前的四五十人擴大到二百餘人。周揚在這次會議上作了兩小時的講話，一開始就亮出代表中宣部和會議主持人的身份，顯示出一種咄咄逼人的氣勢。他強調「我們黨內的鬥爭往往是與整個社會上的階級鬥爭分不開的，兩者不可能不互相影響，黨外鬥爭常常反映到黨內來」。[9]這裏的所謂黨外鬥爭，在當時主要是指社會上的反右鬥爭，而反映到黨內來，明顯指與丁、陳的鬥爭。周揚指出，前年對丁、陳的鬥爭，包括黨組擴大會，給中央的報告和向全國傳達「基本上都是正確的」；從歷史上來看，「丁玲在幾個關鍵問題上對黨是不忠誠的」，在南京時「敵人面前自首變節」，在延安時也「犯了嚴重錯誤」。周揚火

---

[7] 《郭小川1957年日記》第122頁。

[8] 李之璉：《不該發生的故事》。

[9] 《郭小川1957年日記》第130頁。

藥味十足的講話，給會議定下了基調，於是會議進行中一些人憤怒指責，一些人高呼打倒反黨分子丁玲的口號，氣氛緊張，聲勢兇猛。丁玲無以答對，她低著頭，欲哭無淚，在一片混亂中，主持人讓丁玲退出會場。這樣的批判會連續開了十多次，有關鬥爭的情況 8 月 7 日《人民日報》發表題為〈文藝界反右鬥爭的重大進展——攻破丁玲陳企霞反黨集團〉的長篇報導，給予公開。8 月 11 日《文藝報》也發表了〈文藝界反右鬥爭深入開展——丁玲陳企霞反黨集團陰謀敗露〉。接著，黨組擴大會議還揭露出馮雪峰、陳明、李又然、艾青、羅烽、白朗的「反黨言行」，定位反黨集團的正式成員。當時作協黨組為了增強戰鬥力，還翻印了 1942 年統一出版社編印的《關於〈野百合花〉及其它》的小冊子。並加了一段按語，說明「統一出版社是國民黨特務機關的一個出版機構。這個小冊子得自胡風的家中，扉頁上書有『陳守梅』（即阿壟）字樣。現將這本小冊子翻印出來，供大家參考」。小冊子被翻印的目的，顯然是為了證明丁玲等人在歷史上的「反黨」活動，是如何得到「反動派」的喝彩，證明〈「三八」節有感〉是對黨進行惡毒攻擊的文章。

1957 年 9 月 16、17 兩日，召開反右總結大會。會議移至首都劇場，除原參加會議的 200 多人以外，又有中央、各省市區宣傳部負責人和作協分會負責人、以及部分作家、藝術家參加，共有 1350 多人。在大會上，中宣部長陸定一、周揚，文聯主席郭沫若，作協主席茅盾等都作了發言。周揚 16 日所作的總結講話，原題為〈不同的世界觀，不同的道路〉，集中講了丁玲、馮雪峰等人的資產階級個人主義世界觀的危害性；文藝戰線上的分歧；作家和工農群眾相結合是唯一正確的道路三個方面的內容。指責丁玲、馮雪峰這類人，始終丟不掉個人主義的包袱，「不肯按照集體主義的精神改造自已，卻總想按照個人主義的面貌改造黨，改造我們的革命事業。」「到了重要關頭，他們不惜背叛工人階級」。這裏讓筆者提前說幾句。周揚這篇文章到 1958 年 2 月 28 日才在《人民日報》上正式發表，改題為〈文藝戰線上的一場大辯

論〉。這是因為這期間，毛澤東看後非常重視，認為「這是一件大事，不應等閒視之」，而且批轉給鄧小平，要求中央書記處進行一二次討論。周揚根據中央書記處會議討論的情況，對稿子做了三次修改，然後由林默涵再送毛澤東審閱，毛澤東在 1958 年 2 月份作了兩次修改。除強調階級鬥爭，鋤掉毒草成肥料之外，還加了這樣一段話：「在我國，1957 年才在全國範圍內舉行一次最徹底的思想戰線上和政治戰線上的社會主義大革命，給資產階級反動思想以致命的打擊，解放文學藝術界及其後備軍的生產力，解除舊社會給他們帶上的腳鐐手銬，免除反動空氣的威脅，替無產階級文學藝術開闢了一條廣泛發展的道路。在這以前，這個歷史任務是沒有完成的。這個開闢道路的工作今後還要做，舊基地的清除不是一年工夫可以全部完成的。但是基本的道路算是開闢了，幾十路、幾百路縱隊的無產階級文學藝術戰士可以在這條路上縱橫馳騁了。文學藝術也要建軍，也要練兵。一支完全新型的無產階級文藝大軍正在建成，它跟無產階級知識份子大軍的建成只能是同時的，其生產收穫也大體上只能是同時的。這個道理，只有不懂歷史唯物主義的人才會認為不正確。」[10]這篇文章的發表在當時發生了重要影響，被認為是文藝界反右派運動的扛鼎之作。二十多年後，周揚在 1979 年第 4 次文代會的報告中曾回顧這段歷史，他說：「1957年文藝界的反右鬥爭，混淆兩類矛盾的情況更為嚴重，使很多同志遭到了不應有的打擊，錯誤地批判了一些正確或基本正確的文藝觀點和文藝作品，傷害了一大批文藝工作者，其中包括一些有才華、有作為、勇於探索的文藝工作者，使『百花齊放，百家爭鳴』提出後，文藝領域出現的生氣勃勃的景象遭到曲折。」[11]晚年周揚出文集，沒有把這篇〈文藝戰線上的一場大辯論〉收入，這裏浸透的是歷史的辛酸還是人生的感慨？天知道。

---

[10] 《建國以來毛澤東文稿》第 7 冊第 94 頁。
[11] 《周揚文集》第 5 卷人民文學出版社 1994 年版第 176 頁。

現在回過頭來再說 9 月 17 日的會議，會議由邵荃麟代表作協黨組作了〈鬥爭必須更深入〉的總結發言，把丁玲、陳企霞、馮雪峰反黨集團的罪行概括為三個方面。一、反對黨的領導；二、分裂文藝界的團結；三、建立反黨的文藝思想陣地。自 6 月 6 日到 9 月 17 日，為「丁陳反黨集團」案件的會開了 27 次，7 月 25 日復會後的第 24 次會議上，發言的有 100 多人，記錄有 100 多萬字。在《人民日報》、《光明日報》、《文藝學習》、《文藝報》、《人民文學》、《新觀察》、《中國電影》等全國報刊上撰文批判的文章已無法統計。僅批判丁玲的文章被納入新文藝出版社 1957 年出版的《為保衛社會主義文藝路線而鬥爭》中的就有 43 篇。當然這些批判文章，蓋多數是屈服於左傾思潮的威力，跟在別人後面丟石塊，為的是想保全自己。1957 年 12 月 6 日作協召開黨總支大會，200 多人參加，在怒斥右派反黨集團的同時，一致同意開除丁玲黨籍，劃為「極右分子」。中國作協黨組於 12 月初給中央寫了一個〈關於批判丁玲、陳企霞反黨集團經過的報告〉，1958 年 1 月 9 日中央認為「報告中所述各點是正確的」批轉全國。

事情並未結束。據張光年回憶，毛澤東看到中國作協黨組在批判丁玲等人的那些材料後，便提出重新公開發表和批判丁玲等人的文章。「周揚隨後找到他、陳笑雨、侯金鏡，說毛主席需要發表對丁玲等人的再批判。需要組織批判文章。按語是我寫的。送給毛主席，毛看得細緻，大部分都改了，題目也改了。原來是〈關於……再批判〉，毛把前面刪去，只留下〈再批判〉三個字。這個按語不好寫，我措辭謹慎，拘謹。毛全改了。他批評我們：『政治性不足，你們是文人，文也不足。』」[12]毛澤東加寫了如下幾個段落：

> 再批判什麼呢？王實味的〈野百合花〉，丁玲的〈三八節有感〉，肖軍的〈論同志之「愛」與「耐」〉，羅烽的〈還是雜文時代〉，艾青的〈瞭解作家，尊重作家〉，還有別的幾篇。上舉各篇都

---

[12] 《憶周揚》第 10 頁。

發表在延安《解放日報》的文藝副刊上。主持這個副刊的，是丁玲、陳企霞。

丁玲、陳企霞、羅烽、艾青是黨員。丁玲在南京寫過自首書，向蔣介石出賣了無產階級和共產黨。她隱瞞起來，騙得了黨的信任。她當了延安《解放日報》文藝副刊的主編，陳企霞是她的助手。

這些文章是反黨反人民的。1942 年，抗日戰爭處於艱苦時期，國民黨又起勁地反共反人民。丁玲、王實味等人的文章，幫助了日本帝國主義和蔣介石反動派。

1957 年《人民日報》重新發表了丁玲的〈三八節有感〉其他文章沒有重載。「奇文共欣賞，疑義相與析」，許多人想讀這一批「奇文」。我們把這些東西搜集起來全部重讀一遍，果然有些奇處。奇就奇在以革命者的姿態寫反革命的文章。鼻子靈的一眼就能識破，其他的人往往受騙。外國知道丁玲、艾青名字的人也許想要瞭解這件事的究竟。因此我們重新全部發表了這一批文章。

謝謝丁玲、王實味等人的勞作，毒草成了肥料，他們成了我國廣大人民的教員。他們確能教育人民懂得我們的敵人是如何工作的。鼻子塞了的開通起來，天真爛漫、世事不知的青年人或老年人迅速知道了許多世事。[13]

　　毛澤東明顯地沒有看重這個所謂「丁陳反黨集團」成員在 1957 年春天鳴放整風中的言論，而是根據作協黨組織報告的材料，強化了他們的歷史問題。其實，丁玲的歷史問題，早在延安時中央組織部陳雲、李富春已簽署過結論，認為丁玲「自首的傳說不能憑信」，「丁玲

---

[13] 《建國以來毛澤東文稿》第 7 冊第 19-21 頁。

同志仍然是一個對革命忠實的共產黨員」。殊不知毛澤東自己對丁玲還
說過「我相信你是一個忠實的共產黨員」[14]，而現在據其歷史問題又
定為「丁、陳反黨集團」，確實令人玩味。

　　這個「再批判」特輯和按語，正式發表在 1958 年 1 月 26 日出版
的《文藝報》第 2 期上。除按語之外刊發了六篇文章，分別是林默涵
的〈王實味的〈野百合花〉〉、王子野的〈種豆得豆，種瓜得瓜——重
讀〈「三八節」有感〉〉、張光年的〈莎菲女士在延安——談丁玲的小說
〈在醫院中〉〉、馬鐵丁的〈斥〈論同志之「愛」與「耐」〉〉、嚴文井的
〈羅烽的「短劍」指向哪裏？——重讀〈還是雜文時代〉〉、馮至的〈駁
艾青〈瞭解作家，尊重作家〉〉。接受再批判的作品，無一例外地在《文
藝報》再登了一遍。〈再批判〉專欄的推出掀起了批判丁玲、艾青等人
的高潮，其規模之大，時間之久，恐怕是新文學運動以來所罕見，是
空前的。1958 年 6 月《文藝報》編的《再批判》一書，由作家出版社
出版。除了「專欄」文章為該書的第一輯之外，還有第二輯，收了下
列文章：張天翼的〈關於莎菲女士〉、王燎熒的〈丁玲的小說〈在醫院
中〉的反動實質〉、華夫的〈丁玲的『復仇的女神』——評〈我在霞村
的時候〉〉、陸耀東的〈評〈我在霞村的時候〉〉。所有挨批的文章和作
品當成大毒草，重新送上祭壇，作為附錄贅於書後。嚴酷的政治鬥爭
壓碎了丁玲脆弱的心靈，被甩出體制的恐懼，化成了順應體制的努力。
1958 年 6 月 12 日，她要求到艱苦的北大荒，在群眾中生活。1970 年
4 月初又遭逮捕，關進秦城監獄。1975 年 5 月 20 日釋放，安排在山西
省長治市老頂山公社嶂頭村，1979 年 1 月回北京。1984 年 8 月 1 日中
宣部發出〈關於為丁玲同志恢復名譽的通知〉徹底平反。

---

[14] 周良沛：《丁玲傳》第 426 頁。

第六章　馮雪峰及其文藝思想

　　自毛澤東批示「以反馬克思列寧主義的錯誤」去批判馮雪峰之後，就決定了馮雪峰命運的沉落。在由陸定一署名向中央寫的〈中共中央宣傳部關於中國作家協會黨組準備對丁玲等人的錯誤思想作風進行批判〉的報告中，明確預先設計好了要對馮雪峰進行批判。報告認為：「在文藝界負責的黨員幹部中，馮雪峰同志也有嚴重的自由主義、個人主義思想，這表現為他長期對黨不滿，驕傲自大，和黨關係極不正常。近年來，特別是在學習四中全會文件和檢查《文藝報》的錯誤後，馮雪峰同志是有進步的，他的自由主義、個人主義的思想作風已較前有些克服。但他的文藝思想中，則一直存在著許多唯心主義的觀點，許多地方跟胡風思想相同，而馮雪峰同志在讀者中是有一定影響的，又是文藝方面的領導之一，因此，對他的文藝思想作一次檢查和批判，是十分必要的……現已責成一些同志對馮雪峰同志的著作加以研究，以便在批評丁玲同志思想作風之後，即進一步展開對馮雪峰同志的文藝思想的批判。」[1]然瀏覽當時報刊在批判丁玲、陳企霞之後，並沒有對馮雪峰的文藝思想進行批判。馮雪峰暫時逃過這一次劫難。究其原因大概有兩個方面：一方面忙於揭批胡風反革命集團而引發的大規模的肅反運動，以及隨後進行的肅反甄別工作，一時空不出手來；另一方面是對丁、陳的批判一直到 1955 年 12 月底，而此時中央正在醞釀貫徹「百花齊放、百家爭鳴」的方針，在這樣的氛圍中，丁、陳又向

---

[1]　轉引自黎之：《文壇風雲錄》第 101 頁。

中央提交了申訴書，許多人也在議論丁、陳反黨聯盟定罪的證據不足。因此，預先設計對馮雪峰的批判暫時停止，逐漸也就被人淡忘了。

這裏有空，讓我介紹一下馮雪峰的文藝思想。馮雪峰的文學觀，主要是現實主義文學觀。從 30 年代起，他就極力倡導現實主義，認真思考現實主義創作方法的靈魂即典型化原則。而他的典型論又不停留在共性與個性統一的論述上，而是強調典型必須根據生活和歷史的內容達到應有的廣度和深度。他用「社會的，世界的，歷史的矛盾性」的提法，去概括他對深入生活，深入歷史的根本要求，這便與那種把「共性」當做某種本質的代名詞的論者區分開來。他還反對把人物及其環境「理想化」，因為「理想」後面加個「化」，就有可能拔高人物，掩飾環境醜惡的一面，容易違反真實性的原則。尤其是把「理想化」作為描寫英雄人物的一種尺度，更不利於創造藝術典型。儘管馮雪峰當時沒有很好地觸及人物個性問題，只是把典型作為社會學問題加以探討，然而馮雪峰能夠提出這一點，無疑是有創見性的。毋庸置疑，馮雪峰文藝思想與毛澤東的文藝思想有不完全一致的地方，比如對毛澤東「政治標準第一，藝術標準第二」的說法，就不十分贊同。早在 1945 年馮雪峰寫的〈論民主革命的文藝運動〉中，他就認為「文藝和政治之戰鬥的結合成了機械的結合」；「文藝服務政治的原則變成了被動的簡單的服從」。1946 年馮雪峰又發表過一篇〈題外的話〉，對政治性、藝術性的提法提出異議，認為這是「代數式的說法」。時間過去 10 年以後的一次期刊編輯會議上，他又委婉地說過，政治標準第一，這是天經地義的，但作品首先應該是藝術品，如果不是藝術品，那問題就不存在了。而馮雪峰的文藝思想與胡風的文藝思想在許多方面又是相似的。1936 年在「兩個口號」論爭中，他們兩人都是「民族革命戰爭的大眾文學」的倡導者。馮雪峰從上饒集中營出獄到重慶，與胡風第一次見面就徹夜長談，並在一次文藝界會議上說胡風辦的《七月》是沙漠中的綠草。在文藝思想上，胡風主張用「主觀戰鬥精神」去「擁抱客觀」，然後才能寫成「時代的史詩」；馮雪峰也認為作家只有用「強

大的主觀力」去「擁抱強大的人民力」，才能走向現實主義。即使胡風
被打成反革命之後，他在 1956 年一次文學期刊編輯會議上仍認為「現
實主義與其說是創作方法，不如說是創作精神，即鬥爭，為改造社會
而奮鬥的態度。僅僅說創作要忠於現實，創造典型等等，是不夠的」。
在這裏，馮雪峰重視作家在創作過程中的主觀力量，不外乎強調作家
在創作實踐中的主體地位，強調作家寫作時的主觀內在的感情、熱情
和想像力，使作家的創造精神始終得到充分的發揮。他和胡風的主觀
現實主義理論批評一樣，均以人民的思想和願望為尺度去評論作品所
反映的生活實際。這些相似之處，可能是因為他們都親聆過魯迅的教
誨，受過魯迅文藝思想的哺育有關。誠然，胡風文藝思想的形成，最
初受了馮雪峰的影響，後來發展成獨立的體系，反過來又影響了馮雪
峰。當然他們之間也有相異之處，比如馮雪峰在解決文藝的主觀與客
觀統一的途徑，與胡風有明顯的不同。他們對主觀精神的理解，也有
差異。在現實主義問題上，馮雪峰和胡風同樣強調作家的精神和態度，
但馮雪峰還同時強調文學深入生活和穿透歷史。

　　建國以後 50 年代初期，由於主觀主義創作思想的作怪和庸俗社會
學的盛行，現實主義創作思想常被丟在一邊，造成報刊上的作品與高
中的作文差不了多少的情況。針對這個事實，馮雪峰陸續寫了〈目前
中國文學上的現實主義〉、〈關於社會主義現實主義〉等文章，批評了
以主觀主義的創作思想以及離開典型化的原則去談文藝的教育作用，
離開社會實踐和現實客觀運動的法則去談文藝為政治服務的觀點。他
的這些文章，應該說對建設現代文學這門學科和克服文學創作中公式
化、概念化的傾向是有重要意義的。然 1952 年，在籌備召開第二次文
代會過程中，他與周揚在看待當前文藝界的形勢等問題上發生了嚴重
的衝突。第二次文代會原定在 1952 年召開，籌備工作開始確定由中宣
部副部長胡喬木負責。周揚由於在鄉下參加土改則不參與其事。胡喬
木確定由馮雪峰代表文聯起草大會報告，胡喬木代表中央作主要報
告。但是，在籌畫準備過程中，一個偶然事件使周揚把籌備工作接了

過去。事情是這樣，胡喬木想照搬蘇聯的經驗，取消文聯。這個消息傳到毛澤東那裏，毛對胡喬木的這種做法不滿，一氣之下就不讓胡喬木再管這件事，要周揚回來主持籌備工作。周揚回來後，馮雪峰起草的報告不被接受，他重新組織報告起草班子。因為這個緣故，第二次文代會推遲到 1953 年 9 月才召開。周揚推翻馮雪峰起草的報告稿，其原因倒還不是兩人關係不融洽所致，而是兩人對如何看待建國以來的文藝形勢，有了不可調和的分歧。馮雪峰的報告稿，以《文藝報》社論的形式在《文藝報》1953 年第 1 期上發表，題目是〈克服文藝創作的落後現象，高度反映偉大的現實〉，即今日在《雪峰文集》中看到的〈關於創作和批評〉一文。而周揚的報告題目是〈為創造更多的優秀的文學藝術作品而奮鬥〉，收入《周揚文集》第 2 卷。應該說馮雪峰與周揚都是著名的文藝理論家，但此時兩人的個人位置不同，文藝思想不同，對當前文藝的看法就有了很大分歧，從這兩個報告來看，主要分歧表現在三個問題上：第一個問題是對當前文藝形勢的估價問題。馮雪峰的觀點是「今不如昔」。他雖然肯定新中國成立後的新文藝「有一定的優秀的成績」，但更強調文藝的落後，認為三年多時間內文藝的創作竟是非常不多，而其中可稱優秀的作品更是不多。因此，人民已經日漸不能忍耐膚淺地、稀薄地反映我們現實的、思想性既低下而藝術性也拙劣的作品。對於粗製濫造以及公式化、概念化的作品，人民已經表示了大大的不滿。但是周揚在報告中卻用了三千多字的大篇幅，講了新中國成立後文藝工作的成績。他堅持「成績是主要的，缺點是次要的」，自然肯定了開國後黨對文藝工作的領導，必然把阻礙文藝創作的因素作為次要的傾向來看待。而馮雪峰則傾向於基本否定或問題嚴重，自然主張對文藝政策作重大調整。

第二個問題是文藝創作落後的原因問題。馮雪峰認為，概念化、公式化和粗暴批評的普遍存在，證明「反現實主義的文藝思想」或「主觀主義的文藝思想」佔據了統治地位，文藝的領導工作已經背離了毛澤東文藝路線。他在全國作協 1953 年 6 月 17 日的座談會上，還不點

名地批駁了周揚關於文藝創作落後原因歸於「相當多的文藝創作者相當長時間地脫離實際、脫離群眾」的觀點，認為「這樣回答不能把問題明白化，太籠統。為什麼會脫離實際？究其責任，憑心來講，這幾年的情況作家的責任較少」。「作家的能動性，向生活的戰鬥性，獨立的思考力，好像是被誰剝奪了的樣子，不像一個靈魂工程師。」作家主觀的原因，作家自己要負責，但要追究為什麼會這樣，文藝落後的最主要原因「是違反毛主席思想的主觀主義思想支配了我們創作的領導」。把作家的思想改造與創作活動分割開來，片面強調思想改造；否定間接經驗和研究，片面強調個人體驗生活；實際剝奪作家的創作活動和創造性的自由；對作家實行思想上的管制等都應該說是嚴重的錯誤。於是馮雪峰說：「創作一定要通過個人的創作，作家思想是生活的表現，作家要發揮創造性，不允許剝奪作家創造性的自由，如果是作家自己剝奪了，也是罪過。」馮雪峰還指出，「主觀主義的文藝思想」是文藝工作的行政方式的領導或種種變相的行政方式的領導的思想基礎，又賴行政方式與種種變相的行政方式的領導推行自己的影響。這樣，馮雪峰就否定了新中國成立初期的文藝領導工作，主張從指導思想上對整個文藝工作進行徹底的檢討與調整。而周揚絕不承認文藝領導存在嚴重缺點和錯誤。他在第二次文代會上針鋒相對地說：「我們的文學藝術基本上是現實主義的，」它「緊密地服從了當前的政治任務」，「對人民發揮了積極的教育作用」，「這個基本的現實主義的傾向是不容忽視或抹煞的」。許多作品存在概念化、公式化的缺陷，不過是表現了現實主義的薄弱，「有些作家在進行創作時，不從生活出發，而從概念出發，這些概念大多只是從書面的政策、指示和決定中得來，並沒有通過作家個人對群眾生活的體驗、觀察和研究，從而得到了深刻的感受，變成作家的真正的靈感源泉和創作基礎。這些作家不是嚴格地按照生活本身的發展規律，而是主觀地按照預先設定的公式來描寫生活」。「特別是年輕的作家，又還沒有充分地掌握表現生活的創作方法和文學技巧，這就形成了產生概念化、公式化傾向的最普遍最主要的

原因。」他雖然承認文藝領導存在著「往往不顧文學藝術活動的規律，對在文學藝術活動的指導上表現了粗暴的態度」的缺點，但是他堅持文藝領導基本上是正確的，不存在背離或歪曲毛主席文藝路線的問題。文藝創作中的缺點，主要責任在作家，克服公式化、概念化的途徑，主要靠作家的努力。

第三個問題是要不要寫政策的問題。「寫政策」是新中國成立前後領導層要求文藝為政治服務的重要口號。周揚口頭上也反對庸俗地理解文藝與政治的關係，然實際上他始終堅定地為這個口號辯護，甚至提倡。他在 1953 年 3 月 11 日的一次電影劇作會議的講話中說：「我們的文藝作品中一定要表現政策。」不表現政策就不能真實地反映現實，因為「政策和生活在我們的時代，在蘇聯，在中國應該是一個統一的東西，是一個辯證的統一」。而馮雪峰則把「寫政策」一類口號作為主觀主義文藝思想的典型表現，加以抨擊。他在同年 6 月 17 日的講話中說：「在領導思想上，為政策寫作，寫政策，這不是馬列主義的概念，而是政策的概念。」「黨性是生活自然的流露，黨性、政策離開了生活，是最嚴重的脫離實際，因此使得我們產生今天這樣破產了的可憐的創作路線。」他還說：「『寫政策』的提法所以錯誤，不僅在於政策不能代替生活，正如地圖不能代替地球，指南針不能代替人的走路一樣。而且這樣的提法，結果一定會把政策從實際生活和實際鬥爭中脫離出來，使它成為抽象的概念。」「文藝的任務，是寫生活，寫鬥爭，寫在生活和鬥爭中的，在實行著生活和鬥爭的人。」文藝同政策負有相同的政治任務，但它是「從描寫生活的真實和創造典型的途徑去實現這個任務」。周揚在第二次文代會上進行了反駁：「文藝作品是應當表現黨的政策的。文藝創作離開了黨和國家的政策，就是離開了黨和國家的領導。政策是根據社會發展的客觀規律制定的，是集中地反映和代表人民的根本利益的。作家在觀察和描寫生活的時候，必須以黨和國家的政策作為指南。他對社會生活中的任何現象都必須從政策的觀點來加以估量。作家必須表現政策在群眾生活中所產生的偉大力量。」

　　馮雪峰與周揚文藝思想認識上的對立，表明馮雪峰就是廣大文藝工作者的代言人，他奮力爭取的目標是打破教條主義的文藝領導，解除對於作家的束縛，爭取最大限度的創作自由。但是處於黨的文藝政策代言人地位的周揚，是不能容忍否定新中國成立後黨領導的文藝工作的。這一場馮、周衝突，以兩人的文藝理論水平而言，都是心知肚明的。然因為只是停留在紙面上，並沒有面對面的交鋒，往往為後學者所忽視。其實，從當時的歷史環境來分析，聯繫到《紅樓夢研究》批判中對《文藝報》「編者按」的無理指責，馮雪峰最後被周揚所清算，大致可以看出馮雪峰的文藝思想是不符合主流意識的，造成了他逃不過劫難的命運。

　　1957 年 7 月 25 日，中國作協黨組擴大會議復會，雖然會上有人提出馮雪峰的文藝思想問題，但並沒有借此來清算他在三十年代的問題。馮雪峰在 8 月 4 日的會議上，主動作檢討。此後，在會議主持人的引導下，在揭批丁、陳的同時，馮雪峰再也沒有機會可以逃避了。8 月 6 日即 12 次會議上，時任中宣部文藝處處長林默涵作了發言，在對丁、陳批判一通後矛頭指向了馮雪峰說：「（一）（馮雪峰）跟黨的關係長期不正常，主要根據也是由於他有嚴重的個人主義思想，有很重的包袱，有一種委屈情緒，總覺得黨對不起他。因此就容易同一些對黨不滿的分子結合起來，對於新社會，他總是容易看到陰暗面。他常常說人家做官，這就不是一種自己是新社會的主人翁的思想，這種憤憤不平的情緒，其實正是反映了他自己的強烈的地位觀念。（二）他的文藝思想是同黨的文藝思想，具體說是同毛主席的文藝思想相違背的。馮雪峰同志有一些好的文藝見解，但是有嚴重的資產階級唯心主義觀點。重要的在政治與藝術的關係問題上，看法不對。1946 年他用『畫室』的筆名在重慶《新華日報》副刊發表一篇文章，是正面反對毛主席關於政治性與藝術性的關係的說法的，而且用很輕蔑的口氣說：『提倡政治性的先生們，如果我反問三次什麼是政治性，你能回答出來嗎？（大意）他的論點是說政治性藝術性這種說法本身就不對，說藝術作

品凡是有社會價值的就是藝術高的，否則就是藝術性低的。政治性與藝術性是統一的。但同時也可以存在矛盾。怎麼能否認有些作品有較好的政治內容，而藝術性上比較幼稚一些呢？比如無產階級的文藝在初期就是如此，它的歷史很短，在藝術上比較幼稚，比較不成熟，但它有比過去的作品更高的政治思想內容。又怎麼能否定，資產階級作家有些作品，藝術性並不壞，而政治思想內容是不好的呢？正是這樣，雪峰同志對於我們的新的文學作品採取了抹煞的態度，對於蘇聯文學也加以輕視，甚至於說在現實主義的精神上不如舊俄文學。蘇聯文學在藝術上許多還未趕上舊俄作品的水平，但怎麼能否認它的革命性遠遠超過舊俄文學呢？雪峰同志的文藝思想與胡風的思想是有共同點的 。在重慶時的一個座談會上，茅盾同志批評了舒蕪的〈論主觀〉，雪峰同志卻極力為〈論主觀〉辯護。雪峰同志也和胡風一樣，抹煞馬克思主義世界觀的作用，在他所寫的〈論民主革命的文藝運動〉中，認為胡風的所謂追求主觀力量，所謂『向精神突擊』或『自然力的追求』，是對於革命的接近和追求，不是什麼危險的傾向，『是非常好的』、『為我們文藝所希望的』。當時我們指出胡風的所謂『主觀力的追求』，是借『反教條主義』為名散佈唯心主義的毒素，雪峰同志卻認為沒有這個可能。怪不得反胡風時，雪峰同志作為文藝理論家，對於胡風的文藝思想，一篇批評文字也寫不出來。這難道是偶然的嗎？有人說，在文藝思想上，過去胡風是雪峰派，後來雪峰倒成了胡風派，批評胡風的思想而不批評雪峰同志的文藝思想是不公平的。這話不是沒有道理的。雪峰同志有嚴重的宗派主義情緒，對於黨的團結廣大作家的方針有抵觸。二次文代會時，對老舍先生就表現得很不尊重，對郭老也是不夠尊重的。」[2]林默涵的講話，第一次明確提出批判馮雪峰的文藝

---

[2] 參見《對丁、陳反黨集團的批判——中國作家協會黨組擴大會議上的部分發言》1957 年 9 月編印。

思想問題。第二天《人民日報》發表的報導中就點了馮雪峰的名。人民文學出版社緊跟召開全社大會，對他進行揭發批判，搞配合作戰。

1957 年 8 月 9 日第 15 次會議，在人民文學出版社時任副社長王任叔作的長篇發言中，羅列馮雪峰在出版社種種所謂「右派」的表現後，斷言丁陳反黨集團中，馮雪峰是演了主要角色。引人注目的是王任叔在羅列了馮雪峰文藝思想上六條罪狀後，下結論地說：「而這一切，雪峰同志實際上又歸結到反對政治標準第一、藝術標準第二的毛主席的說法。所以綜合起來看，就是一條文藝路線的問題了，就是反對文藝的工農兵方向問題了。」這一結論基本上否定了馮雪峰的文藝思想而把它提高到「路線」的高度來認識。在那個年代，一提「路線」就是在政治上判了刑。同一天晚上，中央書記處召集周揚、林默涵、邵荃麟、劉白羽等人開會，談了反右派的鬥爭。根據郭小川的記載是這樣的：

> 8 月 9 日，劉白羽與邵荃麟、周揚、林默涵一起，參加了中南海會議。在這個會上，決定開展對雪峰的鬥爭。現在是要掃清週邊，然而進一步揭露丁玲及其小集團。（據我日記所記劉白羽的傳達）這個決定，顯然是根據周揚們的彙報做的，也是周揚們竭力爭取實現的一項計畫……到了 8 月 10 日，周揚們已經安排好了，周揚的正確面孔已經打扮過了，借鬥爭馮雪峰之名進行翻案的計畫已經得到合法的形式。於是，8 月 11 日下午四時，周揚便與馮雪峰談話，提出了左聯的問題。這次談話，歷時三小時，到下午 7 時才結束。我記得，周揚談了馮雪峰各個歷史時間的問題，也談了馮雪峰在人民文學出版社的問題，不過最使我震動的是左聯問題。因此，我在日記上記著：「四時，與雪峰談話，周揚談了許多過去的問題，雪峰從蘇區來，馬上懷疑周揚，相信胡風；雪峰在重慶住到姚蓬子家裏，許多事是敵友不分的；雪峰表示他怕給他加上小集團成員的帽子。」

記得，周揚問過馮雪峰：「你從陝北出發前是誰交待你的任務？」雪峰說：「洛甫同志。」（張聞天）周揚問：「他怎麼說的？」雪峰回答：「他說上海沒有黨的組織，黨的組織都被破壞了。」這以後，周揚才談到他從日本回來到處找黨的組織，結果只找到了「特科」組織（即情報組）這樣才搞起來一個攤攤，發展黨員。周揚還說「我們孤軍奮戰，我們這些人又比較幼稚；可是你可以看嘛，我們總是按照共產國際的指示，按照黨中央的宣言提口號、搞工作的。你一來，就一下子鑽到魯迅家裏，跟胡風、蕭軍這些搞到一起，根本不理我們，我們找你都找不到，你就下命令停止我們的黨的活動。」周揚似乎還講到，馮雪峰來上海之前，他們同魯迅的關係還是比較好的；馮雪峰來上海之後，就和胡風等人一起包圍了魯迅，欺騙了魯迅，魯迅是把馮雪峰看成是黨的代表，當然對周揚他們就更有惡感了。魯迅那時身體又不好，病很重，馮雪峰和胡風利用魯迅生病時拋出了幾篇文章，以魯迅的名義來反對周揚們的「左聯的黨組織」……並叫馮雪峰準備在會上作檢查。[3]

關於這次談話，馮雪峰在「文革」中的交代材料中也有這樣的追述：

我到文聯會議室時，周揚、林默涵、邵荃麟、劉白羽四人已等在那裏，當時我覺得空氣是很嚴肅的。周揚先說話，他說：叫你來，就是要告訴你，也要把你拿出來批判，同批判丁玲、陳企霞一樣，你那天檢討，我當時認為還可以，但大家並不滿意。批判丁玲、陳企霞，不批判你，群眾是通不過的。你要摸底，這就是底。這開頭的幾句話，雖然不能說是原話，但意思我記得是這樣。接著，我記得他主要說了這兩點：一、他說這一次必須把我許多問題搞個徹底，包括清查我的政治態度，他說這

---

3 郭小川：《檢討書》中國工人出版社 2001 年版第 198-200 頁。

是階級鬥爭，大是大非的鬥爭。二、他說，我的包袱太重了，
總以為自己『正確』。就在說第二點中間，他很憤激地提到三
六年的事情，說他和夏衍等人在堅持地下鬥爭，而我卻和胡風
勾結，給他們以打擊。他說，這段歷史也必須在這次批判中搞
清楚，記得周揚當時還特別憤激地說，我三六年在上海還曾經
說他和夏衍是藍衣社、法西斯，要我當面回答他（這點我當時
就回答了，說請調查）。[4]

這次談話後，在 8 月 13 日的第 16 次會議上，作協黨組書記邵荃
麟作了長篇發言，在談到關於馮雪峰反黨錯誤時，把第二次文代會馮
雪峰起草的報告，也作為罪狀之一。他說：「等稿子寫成了，我看了，
覺得很不對頭，第一，把文藝界成績否定得很厲害，幾乎沒有成績的，
批評了很多作品，似乎教條主義統治一切；第二，教條主義的根源是
主觀主義，而責任是在領導。實際上是批評了黨的領導，我當時感到，
這個報告拿到大會去，會是開不好的。現在想來，如果當時拿出這報
告去，胡風就會利用來進攻，當時送給喬木同志看，他也認為不行，
就這樣否定了。」邵荃麟在這個講話中，按照作協黨組的部署，點出
了三十年代的問題。在 8 月 14 日第 17 次會議上，夏衍根據他們預先
商量的內容，作了一次「爆炸性的發言」。發言記錄太長，摘錄幾段，
立此存照。

　　一九三六年雪峰同志從瓦窯堡到上海，據我們所知，中央是要
　　他來和周揚同志和我接上關係的。雪峰到了上海不找我們，先
　　找了魯迅先生，這一點，按當時情況完全是應該的，可是這之
　　後，你一直不找渴望著和中央接上關係的黨組織，而去找了胡
　　風，不聽一聽周揚同志和其他黨員同志的意見，就授意胡風提

---

[4]　史索、萬家驥：〈在政治大批判漩渦中的馮雪峰〉、《新文學史料》1992 年
　　第 2 期。

出了「民族革命戰爭的大眾文學」這個口號，引起了所謂兩個
口號的論爭，這是什麼緣故？……算我們是一支暫時失掉了聯
繫的游擊隊吧，中央要你來整理、領導這支游擊隊，你可以審
查我們，整頓我們，但你不能完全撇開我們而直接去找正在反
對我們，破壞我們的胡風及其黨羽，退一步說，你聽了胡風的
話，也該找我們來對證一下吧，你硬是撇開了我們，不是幫助
我們，而是孤立我們，不，實際上決不止於孤立了我們，而是
陷害了我們，章乃器等本來是同我們聯繫的，見了你之後，他
向外公開說，我已經和「陝北來人」接上了關係，今後你們不
要來找我，「陝北來人」說，上海沒有共產黨組織。我還聽人
說，這位「陝北來人」曾告訴原來由我們領導的週邊人士說，
周揚、沈端先等假如來找你，「輕則不理，重則扭送捕房」。還
有，已經過世了的錢亦石同志曾告訴周揚同志，雪峰在外面
說，夏衍是藍衣社，周揚是法西斯，這不是陷害，還是什麼？

胡風親自說過，當時雪峰同志介紹和批准了胡風入黨，而且還
把他引進了黨的工作委員會。當然，你這樣做是不讓我們知道
的。胡風就是仗著你的全力支持，掛上了共產黨的招牌，才能
恣肆地進行分裂左翼文化運動的罪惡活動。當時圍繞在胡風周
圍的是些什麼人呢？不僅有劉雪葦、彭柏山、蕭軍，而且還有
孟十還、黎烈文等等。雪峰同志，這段時期你和胡風是這樣一
種關係？這筆舊賬你向黨交待了沒有？請同志們想一想，雪峰
同志用魯迅先生的名義，寫下這一篇與事實不符的文章，聽胡
風一面之言，根本不找我們查對，缺席判決，使我們處於無法
解釋的境地，而成為中國新文藝運動史中的一個定案，究竟是
什麼居心？造成的是什麼後果？這究竟是誰的宗派。

我們對魯迅先生的尊敬，對他在革命文化運動中所起的作用，
和一心一意希望和魯迅先生搞好關係這一點，是此心耿耿，沒

有一點虛假的。這裏，造成我們和魯迅先生隔閡的，除去我們的錯誤之外，也還有別的因素，其一是我們隊伍裏也有一些不識大體，作風不正派的人，如徐懋庸（當時他不是黨員）等，以左的面貌，給魯迅先生寫了那封極其不好的信，使魯迅先生認為這是我們的意見，更重要的是有一批今天已經證明是壞人的人，如胡風、蕭軍、黎烈文、孟十還等，在魯迅先生周圍進行了長期的對黨的領導和黨員作家的挑撥、造謠和污蔑。正在這個關鍵性的時刻，雪峰同志奉黨的命令到上海來了，從常識來講，雪峰同志的任務應該是從大局著想，從革命事業的利益著想，來消除隔閡，來鞏固團結的吧，可是雪峰同志反其道而行之，不僅不努力去消除這種隔閡，反而用一切不應有的，可以說及其陰毒的手段，加深了這種隔閡，甚至有意的挑起了兩個口號的論爭，實際上是分裂了黨領導的整個文藝事業。今天，雪峰又參加了丁陳反黨集團的分裂作家協會的陰謀，事實上，他二十年前，在最困難的日子裏，已經有過一次更毒辣的分裂活動了。(《對丁、陳反黨集團的批判》)

夏衍的發言之所以被稱為是「爆炸性」的，是因為他所講的內容，是大多數與會者聞所未聞的。其中到底有幾句是事實，只有周揚、夏衍知道。不過概括起來無非就是表達：馮雪峰勾結胡風等壞人，欺騙了魯迅，陷害了周揚、夏衍，分裂了黨領導的文藝界這樣一個主題。這個表達確實震驚了一些人，會上的情況，在場的時任作協總支書記黎辛後來回憶說：

8 月 14 日第 17 次會議批判馮雪峰，這是最緊張的一次會議。會上，夏衍發言時，有人喊「馮雪峰站起來！」緊跟著有人喊「丁玲站起來」「站起來！」喊聲震撼整個會場，馮雪峰低頭站立，泣而無淚；丁玲屹立哽咽，淚如泉湧。夏衍說到，「雪峰同志用魯迅先生的名義，寫下了這篇與事實不符的文章」，

「究竟是什麼居心?」這時,許廣平忽然站起來,指著馮雪峰,
大聲責斥:「馮雪峰,看你把魯迅搞成什麼樣子了?騙子!你
是一個大騙子!」這一棍劈頭蓋腦地打過來,打得馮雪峰暈
了,蒙了,呆然木立,不知所措。丁玲也不再咽泣,默然靜聽。
會場的空氣緊張而寂靜,那極度的寂靜連一根針掉地的微響也
能聽見。爆炸性的插言,如炮彈一發接一發,周揚也插言,他
站起來質問馮雪峰,是對他們進行「政治陷害」。接著,許多
位作家也站起來插言,提問,表示氣忿。[5]

　　夏衍發言後,許廣平大概想到了周揚、夏衍的什麼,故又上臺,
換了一個角度進行發言。據文化大革命中一份材料所記載,許廣平對
夏衍所說魯迅受騙,〈答徐懋庸並關於抗日統一戰線問題〉一文是馮雪
峰勾結胡風,假用魯迅名義所寫一事,在發言中說:「找了一個死無對
證,死了二十多年的人,今天把一切不符合事實的情況完全安到魯迅
的頭上。我記得有一天魯迅寫了一封信給胡風,我就說:周起應和胡
風不對,是他們的事,與你有什麼相干?魯迅跳起來說:『你知道什麼?
他們是對我!』關於兩個口號論爭的文章,你(指馮雪峰)說是你寫
的,這篇文章,我已送到魯迅博物館。同志們可以找來看看。兩個口
號的文章是你寫的,但是魯迅親筆改的,在原稿上還有魯迅親筆改的
字。你真是了不起!這要是魯迅不革命,魯迅不同意——魯迅不同意
怎麼發表了?發表以後魯迅有沒有聲明說這篇文章是雪峰寫的,不是
我寫的?」許廣平的這些話意在批駁馮雪峰,卻道出了一個事實,魯
迅答徐懋庸的文章雖然是馮雪峰幫助起草的,卻是魯迅自己的文章。
這使不瞭解此文起草過程的周揚、夏衍等人十分尷尬。所以許廣平的
發言沒有被收入《對丁、陳反黨集團的批判》一書內。作協黨組接著
又召開了幾次會議,許多人的發言說的事,不實甚多。馮雪峰向邵荃
麟提出需要澄清一下。而邵荃麟卻說,事實是可以查對核實的,重要

---

[5]　黎辛〈我也說說,「不應該發生的故事」〉,《新文學史料》1995 年第 1 期。

問題是「勾結胡風，蒙蔽魯迅，打擊周揚、夏衍，分裂左翼文藝界」。從這個問題上準備好檢討，徹底交代。馮雪峰雖然想不通，也主動找邵荃麟交換意見，進行辯解，但沒有絲毫作用。他在政治高壓下只有按這個調子來寫檢討。

8 月 20 日會議過後，對馮雪峰問題周揚認為已經搞得差不多了。作協黨組會議開始對其他一些人的揭發。8 月 23 日會議揭發李又然、蕭三、艾青，8 月 24 日、28 日的會議揭發羅烽、白朗。這期間，周揚責成中宣部辦公室去魯迅博物館「借用徐懋庸的信的原稿」。他對許廣平發言透露出的事實，一直不甚明瞭，湧起了看一看原稿的念頭。借了三天，周揚簽字並蓋章具函說：「從你們這兒借閱的魯迅先生答徐懋庸的信原稿（共 15 頁）已用完，現退上，請查收」，而歸還時卻明確寫了「魯迅先生」，承認了是魯迅的原稿。這也難怪，因為原稿十五頁中的四頁約一千七百多字，完全是魯迅的筆跡，夏衍在爆炸性發言中指責馮雪峰不真實的那段有關『四條漢子』的文字，恰恰是魯迅寫的，前十一頁是馮雪峰的筆跡，但是經過魯迅修改過的。從原稿中完全可以得出結論，該文是魯迅授意，馮雪峰擬稿，經魯迅修改補寫而成的，是魯迅的文章。周揚查看「原稿」當然「秘而不宣」，因為對他們不利。1957 年 8 月 27 日《人民日報》頭版，以〈丁、陳集團參加者、胡風思想同路人——馮雪峰是文藝界反黨分子〉為標題，以「丁、陳反黨集團的支持者和參加者」；「人民文學出版社右派分子的青天」；「三十年來一貫反對黨的領導」；「反對馬克思主義的文藝思想和胡風一致」；「反動的社會思想」等為分標題，列舉了馮雪峰的歷史和現行罪行。這個會議報導是郭小川負責撰寫的。概括會議的揭發，寫到了兩個口號問題，周揚在最後定稿時刪掉了。之所以刪掉，周揚是由於這樣的考慮：「兩個口號問題，還是等中央講話，我們自己不要講。」[6]8 月 28 日文化部出版事業管理局奉命書面通知人民文學出版社：「你

---

[6]　郭小川：《檢討書》第 205 頁。

處　月　日報來馮雪峰的材料，報經文化部整風領導小組審核後，決定：列為右派骨幹分子。」通知是列印的通用件。「馮雪峰」，「列為右派骨幹分子」是在空白處用圓珠筆填寫的。講馮雪峰定為「右派骨幹分子」，人民文學出版社的整風領導小組未聞其事，沒有上報過什麼材料，所以「　月　日」沒填。馮雪峰的檢查是 9 月 3 日寫好的，而需要出版社補辦手續，到 1958 年 1 月才補齊。可見此份東西，反映出了那個年代的民主與法制被踐踏到了何種程度。

　　1957 年 9 月 16 日，周揚在反右總結大會上作了〈不同的世界觀，不同的道路〉的長篇報告。在這個報告中周揚對馮雪峰作了歷史和現行的全面清算。關於三十年代兩個口號的論爭做出了馮雪峰「勾結胡風、蒙蔽魯迅，打擊周揚、夏衍，分裂左翼文藝界」的定論。在這個報告以後，10 月 15 日上海出版的《文藝月報》第 10 期發表了一位作家揭發馮雪峰的文章：〈馮雪峰是一貫反黨的〉。文章第一次從敵我觀念上提出了「兩個口號」論爭雙方的是非問題。說「上海文藝界的黨組織，根據黨中央的根本精神，提出了『國防文學』口號的時候，馮雪峰便指使胡風提出另一口號，『民族革命戰爭的大眾文學』……不管他怎樣冠冕堂皇，事實上卻是在分裂文藝戰線」。「他們提出另一口號，是別有用心，對國家毫沒心肝」。文章還認為，馮雪峰代魯迅起草的〈答徐懋庸並關於抗日統一戰線問題〉的信，「比提出口號來對抗國防文學，更為嚴重」。因此，這位作家指責馮雪峰：「那時，馮雪峰把上海文藝方面的黨組織負責同志，看成敵人，而與胡風結為親密的宗派，這就使文藝界內部的矛盾，變成了敵我矛盾，而且比對國民黨的敵我矛盾，對帝國主義的敵我矛盾更加尖銳。」這種論述似乎把馮雪峰與胡風認定是「賣國賊」了。1958 年 3 月《文藝報》專門召開了學習〈文藝戰線的一場大辯論〉文章的座談會。雖然周揚在文章中沒有明確三十年代兩個口號論爭問題，但給馮雪峰定下的罪名：「一方面把胡風引為同黨，另一方面對當時上海地下黨組織給以極惡劣的宗派打擊，造成了革命文藝事業的分裂。」這樣的話已經給參加座談會的人提供了

發言的框架和發揮空間。與會者根據周揚的思想，明確認定「兩個口號」的論爭，是無產階級與資產階級、馬克思主義與修正主義的兩條道路、兩條路線的鬥爭。與會者指出：「我們現在出版的一些中國現代文學史……沒有明顯地把左翼陣營中的思想鬥爭，看作是兩條道路的鬥爭，例如關於兩個口號的論爭……往往被看作是左翼內部的學術論爭，這就不清楚了。在反胡風和反右鬥爭以前，這種情況是難怪的，但是現在必須把那些反動思想的本質揭露出來，使讀者明白，而不至於把兩條道路的鬥爭和學術論爭混淆起來。」[7]為了響應這次座談會的號召，一位教授發表了長篇論文〈關於左聯時期的兩次文藝論爭〉，按照周揚的文章和《文藝報》座談會的調子，對兩個口號論爭作了「重新考察和論述」。首先認定「國防文學」是「作家關係間的標幟」，而且已經是「一般作品原則的標幟」。因此「民族革命戰爭的大眾文學」口號是「根本反對黨提出的抗日民族統一戰線政策」的。「徐行（託派分子）和馮雪峰、胡風們」的「根本態度和看法的一致」「是毫無疑問的」。其次指責馮雪峰「代魯迅起草了那篇對同志們橫加誣陷的長信」，「不僅是對於幾個同志的誣陷，而更主要的是對於黨的進攻，是對於黨的抗日民族統一戰線的破壞！」第三，這位教授斷言馮雪峰對「宗派主義」、「關門主義」和「機械論」提出批評的〈對於文學運動幾個問題的意見〉這篇文章，「充滿了反黨思想，是反馬克思主義的修正主義的文藝思想的最好範例」。至於魯迅，這位教授說由於馮雪峰當時在上海的地位和身份，就「很容易使魯迅先生遭受他們的蒙蔽」。

　　有破才有立，推翻了舊的結論，新的結論不但要寫在文學史中，也需要用權威暗示的方式加以體現。機會正好，《魯迅全集》正在編輯，恰是一次體現的機會。馮雪峰在新中國成立以後，一直致力於魯迅著作的刊佈工作，擔任《魯迅全集》的主編。據〈在政治大批判漩渦中的馮雪峰〉一文披露，是周揚安排邵荃麟去告訴馮雪峰：「魯迅答徐懋

---

[7]　〈為文學藝術大躍進掃清道路〉，《文藝報》1958 年第 6 期。

庸信的注釋問題……所說的那些事實不符合真相，就應由馮雪峰自己
來更正。」邵荃麟找馮雪峰施加壓力，馮只好接受。在高壓下，馮雪
峰唯一的選擇就是根據對自己批判中的定調來執筆。馮雪峰寫好注釋
後，遞交人民文學出版社。1957 年 10 月 19 日《魯迅全集》負責人王
士菁發出徵求意見信。信中寫道：「送上魯迅著作《且介亭雜文》、《且
介亭雜文二集》、《且介亭雜文末編》等三本注釋稿，請您予以審閱。
在《且介亭雜文末編》中，〈答徐懋庸並關於抗日統一戰線問題〉的注
釋稿，則是由馮雪峰同志在此次批判丁、陳反黨集團之後寫的。在您
審閱之後請把意見提出，以便遵照修改。」林默涵、邵荃麟作了修改
後，送周揚定稿。12 月 2 日林默涵給王士菁寫了一封信，下令定稿。
現在把這條注釋照錄於下：

> 本篇最初發表於 1936 年 8 月《作家》月刊第 1 卷第 5 期。
>
> 　　中國共產黨於 1935 年 8 月 1 日發表宣言，向國民黨政府、
> 全國各黨各派和全國人民提出了停止內戰、一致抗日的主張，
> 到該年十二月更進一步決定了建立抗日民族統一戰線的政
> 策，得到全國人民的擁護，促進了當時的抗日高潮。在文藝界，
> 宣傳和結成廣泛的抗日民族統一戰線，也成為那時最中心的問
> 題；當時在中國共產黨領導下的革命文學界，於 1936 年春間
> 即自動解散「左聯」，籌備成立「文藝家協會」，對於文學創作
> 問題則有關於「國防文學」和「民族革命戰爭的大眾文學」兩
> 個口號的論爭。魯迅在本文以及他在六月間發表的〈答托洛斯
> 基的信〉和〈論現在我們的文學運動〉中，表示了他對於抗日
> 統一戰線政策和當時文學運動的態度和意見。
>
> 　　徐懋庸給魯迅寫那封信，完全是他個人的錯誤行動，當時
> 處於地下狀態的中國共產黨在上海文化界的組織事前並不知
> 道。魯迅當時在病中，他的答復是馮雪峰執筆擬稿的。他在這
> 篇文章中對於當時領導「左聯」工作的一些黨員作家採取了宗

派主義的態度，做了一些不符合事實的指責。由於當時環境關係，魯迅在定稿時不可能對那些事實進行調查和對證。[8]

進行這樣的注釋，就把〈答徐懋庸並關於抗日統一戰線〉作為馮雪峰體現錯誤觀點的文章，加以否定。表面看似乎在開脫魯迅的責任，實際上是在批評魯迅。至於來信，這只是徐懋庸個人的錯誤行動，周揚、夏衍等人事前並不知道，當然也沒有責任。已成為右派分子的馮雪峰、徐懋庸，只好出來承擔責任。由於這條注釋的權威性，之後公開發表的現代文學史研究、魯迅研究等文章或著作，都按這個調子來評價「兩個口號」的論爭了。與此同時，1958 年版的《魯迅全集》，關於「兩個口號」爭論的信件則被全部刪除。[9]

馮雪峰列為右派骨幹分子是 1958 年 3 月 21 日由文化部整風領導小組辦公室行文宣佈的。他的處理結論是，「右派分子馮雪峰的處分已經中央國家機關黨委批准：撤銷人民文學出版社社長兼總編輯、作協副主席、全國文學藝術界聯合會常務委員、全國人民代表大會代表等職務，保留全國文學藝術界聯合會委員、作協理事，由文藝一級降至四級。」事後又被開除了黨籍，儘管馮雪峰幾次希望能重新回到黨內，但一直到 1976 年 1 月 30 日去世之前始終沒有實現。

馮雪峰的沉落，周揚肯定有責任，表現出不厚道，但僅僅指責他的作為也可能不全對，他不過是借著反右派的風，掀起了波浪而已。其實，背後有毛澤東的作用。毛澤東在江西蘇區時就欣賞馮雪峰的詩，而且在關於魯迅的看法上也贊同馮雪峰的。故有人說，馮雪峰是毛澤東與魯迅之間的橋。在長征途中，毛澤東曾多次派人將自己弄到的紙煙特意送給馮雪峰。毛澤東還把瞿秋白在江西長汀犧牲的消息告訴了馮雪峰，並沉痛地說，我們倆都失去了一個好朋友，不讓瞿秋白參加長征是錯誤的。1936 年 4 月馮雪峰到了上海，不但找到了流落在那裏

8　《魯迅全集》人民文學出版社 1958 年版第 6 卷第 614 頁。

9　《魯迅全集》1981 年版、2005 年版的有關注釋已有實事求是的修正。

的毛澤東的兩個兒子毛岸英和毛岸青，還派人將他們送到了莫斯科。
1942 年毛澤東得知馮雪峰被囚禁在江西上饒集中營內，立即與陳雲商
量，電告在重慶的周恩來和董必武，希望營救。後來經黨的營救才被
保釋出獄，恢復黨籍，繼續為黨工作。然毛澤東與馮雪峰兩人的溫馨
友情，很快有了變化，毛澤東對馮雪峰的作品也有了另外一種評價。
1946 年 9 月馮雪峰在上海國際文化服務社出版了雜文集《跨的日子》。
丁玲在 1948 年 6 月 19 日的日記中寫道：毛主席告訴我雪峰那本書有
些教條，我答不上來，因為我沒有看。雪峰那本書是寄給我的，同時
有一本寄給毛的。[10]這個記載說明 1948 年毛澤東對馮雪峰已有了看
法，認為他有教條主義的毛病。而毛澤東一生對「本本主義」、「教條
主義」極為反感，常常以這個辭彙來否定一個人。1952 年 8 月人民文
學出版社出版了馮雪峰的《回憶魯迅》一書，毛澤東讀後表示「這本
書水分太多了，實在的東西不多」。還說「馮雪峰在青年時候寫的《湖
畔》，最初的版本不是寫得非常好嗎？為什麼現在寫的文章這麼彆彆扭
扭？寫《湖畔》那時的精神到什麼地方去了？」[11]自毛澤東為批判《文
藝報》，給馮雪峰定調後，毛澤東於 1954 年 12 月 31 日將馮雪峰的詩
〈火〉、〈三月五晨〉和寓言〈火獄〉、〈曾為反對派而後為宣傳家的鴨〉、
〈猴子醫生和重病的驢子〉等篇批給劉少奇、周恩來、陳雲、鄧小平、
彭真、彭德懷、陳毅、陸定一等人閱，又批給陳伯達、胡喬木、胡繩、
田家英等人，批語說：「馮雪峰的詩及寓言數首，可一閱。如無時間，
看第一篇〈火獄〉即可。」[12]毛澤東特別指出馮雪峰的〈火獄〉。這是
一篇雜感，收在他的《論文集》第 1 卷中，不知道毛澤東為什麼把它
列為寓言，對該文的內容有什麼看法？〈火獄〉寫的是蘇聯紅軍進攻
柏林後的大火，作者歡呼「在火光裏，全世界照見自己，照見自己的
勝利」。據周揚的秘書露菲透露，周揚說，毛主席覺得馮雪峰的文章中

---

[10] 丁玲：〈四十年生活片斷〉《新文學史料》1993 年第 2 期。
[11] 《胡喬木談文學藝術》人民出版社 1999 年版第 112 頁。
[12] 轉引自黎之：《文壇風雲錄》第 13 頁。

沒有說明戰爭的正義與非正義之分，籠統地講戰爭給人們帶來災難，不符合馬克思主義觀點。而周揚在〈文藝戰線的一場大辯論〉中，說「當 1945 年蘇聯紅軍攻克柏林的時候，由於美國陰謀家和納粹匪徒的縱火，柏林一些地方變成了一片火海，馮雪峰不但不斥責敵人的暴行，卻去讚美那『史詩般』的火獄，『史詩般』的恐怖。他把蘇軍解放希特勒德國的勝利說成是『真的恐怖的鞭子』；把解放了的柏林說成是『人類的恐怖之城』。這流露了他對於革命的恐懼和瘋狂的心理。這哪裏有一點點共產主義者的味道呢？」在 1957 年 8 月 16 日的批判會議上，何其芳批判馮雪峰時，認為〈火獄〉「狂歡的不是德國法西斯的最後崩潰和柏林人民的解放，而是英美帝國主義通訊所描寫和誇大的全城大火、屍體縱橫和黑暗淒涼。」表現了「馮雪峰同志極其陰暗的心理和他的瘋狂的對於破壞的渴望」。如此來理解〈火獄〉，實在匪夷所思。毛澤東嚴厲地批評《文藝報》的「編者按」，想來不過是批判馮雪峰的一個藉口，真實的原因是什麼？1955 年 1 月，周揚向毛澤東彙報批判胡風的計畫，臨走時，周揚對毛澤東說，雪峰同志因《文藝報》的錯誤心裏很痛苦。毛澤東說：「我就是要他痛苦！」此一時，彼一時，毛澤東對馮雪峰的態度變化，是因為馮雪峰的文藝思想引起了毛澤東的反感，還是人的地位變化所導致？答案是很難說的。不過有兩條資訊可以提供參考。第一條是文化大革命期間流行的《毛澤東思想萬歲》一書，收錄了毛澤東在 1957 年 1 月省市書記會議上的插話，其中有這樣一段話：「對蕭軍、丁（玲）、雪（峰），殺、關、管都不好，要抓他許多小辮子，在社會上把他搞臭。」1957 年 1 月正是毛澤東「遊說地方諸侯」，發動大鳴大放的階段，而在這個時候，他就有了把蕭、丁、馮搞臭的想法，馮雪峰他們還能逃脫後來的命運嗎？毛澤東在〈堅定地相信群眾的大多數〉一文中三次提到丁玲、馮雪峰「反共」，是「右派」，甚至說馮雪峰，「他在那裏放火，目的是要燒共產黨」。[13]最高領

---

[13] 《毛澤東選集》第 5 卷第 481 頁。

導的意見，馮雪峰的結局還能有所改變嗎？第二條是在 1961 年，周恩
來抓知識份子問題，陳毅、陶鑄等人倡導為知識份子「脫帽加冕」。於
是有的單位向中央提出對「右派分子」進行甄別的問題。這一年周揚
領導的文藝界，較早摘去了馮雪峰等人的「右派分子」帽子。這一情
況在《宣教動態》上反映後，毛澤東看到了很不滿意，當即批示：「劉、
周、鄧三同志閱。請調查一下是誰佈置的？是組織部、中直黨委，還
是國家機關黨委自己？此事出在中央機關內部，右派分子本人不要求
甄別，而上級硬要試點，以便取得經驗，加以推廣。事件出在六、七
月。其性質可謂倡狂之至。閱後付還。查後告我。」[14]毛澤東這段批
示，顯然與當時複雜的形勢和黨內關於知識份子問題的尖銳爭論有關，
表明毛澤東對知識份子的心態。馮雪峰的摘帽無疑也使毛澤東不滿。

　　1964 年馮雪峰化名為馮誠之被派去河南林縣搞四清。他本想繼續
寫反映紅軍長征的長篇小說《盧代之死》，但作協領導認為摘帽右派不
宜寫偉大的長征，沒有被批准。文革中，年逾花甲的馮雪峰先是被關
進「牛棚」，後發配到古稱「雲夢澤」的湖北咸寧向陽湖畔勞動改造。
馮雪峰是詩人，在他的心靈中蘊含著一種奇異的生命的光彩，一種震
撼人心的人格力量，一種難以企及的攝魂奪魄的崇高的美。1979 年 7
月 17 日為他補開的追悼會上，詩人蕭三寫了這樣一幅輓聯：「尊崇一
個忠誠正直的人，鄙視所有陰險毒辣的鬼。」

---

[14] 轉引自《周揚與馮雪峰》湖北人民出版社 2005 年版第 183 頁。

第七章 「有鬼無害」論

　　1957 年的反右鬥爭在作協可以說是「大豐收」。除丁玲、馮雪峰、艾青等人之外，還有一批文學藝術、學術研究的人被錯劃為右派，其中由著名的學者黃藥眠、鍾敬文、施蟄存、許傑、陸侃如，翻譯家黃源、張友松、馮亦代，詩人考古學家陳夢家，評論家陳湧、鮑昌、秦兆陽，作家劉紹棠、劉賓雁、王蒙、陸文夫、李國文、流沙河、蘇金傘、公木、姚雪垠、宗璞等等。全國各個階層有 55 萬人被錯劃為右派。接著在中國又飄起了總路線、大躍進、人民公社三面紅旗。同年 3 月毛澤東在成都會議上提出「搞點民歌好不好？」於是全國搞起了一場人人寫詩歌的鬧劇。周揚、郭沫若奉命編了一本《紅旗歌謠》，算新民歌運動的最權威版本。1959 年 7、8 月間，中共在廬山舉行政治局擴大會議和八屆八中全會。預先是準備總結教訓，糾正左的錯誤，但毛澤東看了彭德懷反映現實的那封信，火冒三丈，突然轉向，指責彭德懷的信是「右傾性質」。會議開始對所謂彭德懷、黃克誠、張聞天、周小舟反黨集團進行鬥爭，並發出〈中共中央關於反對右傾思想的指示〉，在全國範圍內展開反右傾機會主義分子的鬥爭，繼續折騰中國。

　　1959 年 12 月 8 日周揚在新僑飯店開了一個會，在「反右傾」的形勢下，籌備第三次文代會。周揚提出要找現代修正主義文藝的老根，挖人性論、人道主義的老底，那就是要徹底批判 19 世紀的歐洲批判現實主義文藝。國內找了巴人（王任叔）、李何林等人來作批判對象。巴人發表在《新港》1957 年第 1 期上的〈論人情〉，說人情是人和人之間共同相通的東西。花香鳥語人所共喜，生存、溫飽、發展人皆希望，這是出於人類的本性。人情也就是人道主義。在階級社會中，人性被

階級性排擠到次要地位，但仍曲折地存在。階級性是人類本性的自我異化。階級鬥爭結束後，人類還要回復本性。文藝缺少或排斥人情是不對的，要提倡研究和表現這些東西。這些話今天看來是文學的常識，但當時成了彌天大罪。《文藝報》1960 年第 2 期發表了姚文元〈批判巴人的「人性論」〉。叫囂「只有帶著階級性的人性」。其他人也跟著發表批判文章，叫喊「沒有什麼超階級的人性」。從此，巴人屢遭不幸，一直到「文革」中，精神失常，被迫害致死。李何林應天津《新港》之約寫了一篇題為〈十年來文學理論批評上的一個小問題〉，但被退了稿。然這篇未刊稿被某單位當做反面材料，編入「有錯誤傾向的論文」一書，因此李何林成了單位批判的典型。1960 年 1 月 8 日《河北日報》加了一個「編者按」，把〈十年來文學理論批評上的一個小問題〉發表了。「編者按」說「這篇文章對思想性和藝術性的論述是錯誤的，是違背毛澤東同志的文藝思想的。」作者還被迫寫了一個很長的附記，實際上是一篇檢討，表示願意「當做反面教材，來參加反對資產階級和修正主義的文藝思想的鬥爭」。同年《文藝報》第 1 期，再加了「編者按」轉載李文與附記，隨即發表早已準備好的批判文章，認為李何林在鼓吹「藝術即政治」的觀點。說他強調反映生活，就是排斥文學藝術的黨性、傾向性，是「唯真實」論。當時運用這種方式來批判人，今天想想恐怕在文學史上是僅見的。除了巴人、李何林重點批判之外，各地方、各部門也抓批判對象，上海作協開了一個 49 天會議，重點批判錢谷融、蔣孔陽；山西批孫謙，湖北批於黑丁、胡青坡，文學研究所批王淑明，等等。周揚根據當時批判人性論、人道主義、修正主義文藝思想的形勢寫了第三次文代會的報告。這個題為〈我國社會主義文學藝術的道路〉的報告反覆修改後送毛澤東審閱。毛澤東 7 月 19 日給周揚回信，說：「文件看過，寫得很好。駁人性論及繼承遺產兩部分特好，高屋建瓴，勢如破竹，讀了為之神旺。前兩部分和後一部分

較弱,能改寫一次,使與中間兩部分相稱,也是勢如破竹,神氣活現,那就更好⋯⋯另,有一些小的地方,我給你作了一點修攻。」[1]1960年 7 月 22 日至 8 月 13 日第三次文代會之後,11 月 14 日,周恩來召集中央文教部門負責人討論〈關於文教工作計畫問題的指示〉。會上周恩來重新談了他在兩年前(1958 年 12 月 28 日)關於文教工作中糾左的意見。周恩來在 1961 年 6 月 19 日在「文藝工作座談會和故事片創作會議」上作了講話,反覆論述要尊重知識份子,尊重藝術規律,特別分析了「人性論」、「人道主義」、「人類之愛」,批評了這方面一些簡單化的觀點。這就催促了《文藝十條》的產生。但這個《文藝十條》在文教組討論時,陸定一、康生提出了一些不同意見,沒有通過。隨後在周恩來的催問下,抓緊進行修改,變成《文藝八條》,以文化部、文聯黨組的名義於 1962 年 3 月 28 日送上去,4 月 30 日中央批發各級黨委。然這個文件只是一個空心湯糰,幾個月後形勢發生了急劇變化。今天看這個「十條」「八條」,實在沒有什麼新的東西,就是一種政治形勢的表述。不過在政策上也作了一些微調,給了知識份子一絲希望。

1962 年 8、9 月間,在北戴河中央工作會議和八屆十中全會上,康生首先提出小說《劉志丹》[2]有嚴重的政治問題,捕風捉影地硬把這部本來描寫西北地方革命鬥爭的歷史小說,說成是替高崗翻案,向黨進攻,並借此把關心過這部小說創作,曾參加過西北地方革命鬥爭的習仲勳、賈拓夫、劉景范(劉志丹的弟弟,作者李建彤的丈夫)等人打成反黨集團,對他們立案審查,成為一椿文字冤案。毛澤東為此還指出:「利用小說反黨是一大發明。凡事要推翻一政權,總要先造成輿論,總要先做意識形態方面的工作。革命的階級是這樣,反革命的階級也是這樣。」因此在八屆十中全會以後,文藝界根據階級鬥爭年年講、月月講、日日講的精神對文藝進行檢查工作。1963 年 3 月 29 日

---

[1] 《建國以來毛澤東文稿》第 9 冊策 236 頁。
[2] 上冊送審樣書未公開出版發行。

文化部決定停演「鬼戲」，說「鬼戲」屬於「在群眾中散播封建迷信思想」。從此孟超的《李慧娘》和廖沫沙（繁星）的「有鬼無害論」作為意識形態階級鬥爭的重要表現，開始在報刊上公開點名批判。

先說孟超改編的崑劇《李慧娘》。孟超是詩人、劇作家，改編崑劇《李慧娘》時，任人民文學出版社主管戲劇的副總編輯。1960 年因北方崑劇院負責人金紫光的建議，把傳統劇目《紅梅記》改編成六場崑劇《李慧娘》。劇本在 1961 年 7、8 兩個月合刊的《劇本》上發表，同年北方崑劇院搬演於首都舞臺。《李慧娘》一劇寫的是南宋末年，元軍進攻襄樊，都城臨安告急。而奸相賈似道卻按兵不動，沉迷於聲色犬馬；滿懷救國熱情、不畏權勢的大學士裴舜卿，在賈似道攜姬妾游西湖時，當面痛斥他荒淫無道，誤國害民；賈的侍妾李慧娘見此憂國拯民的磊落奇男，不禁傾慕讚歎脫口而出道：「壯哉少年！美哉少年！」不料被賈似道聽見，即令回府，兇殘地將李慧娘殺害，又派人將裴舜卿劫持到相府集芳園內準備害死他。埋在集芳園牡丹花下的李慧娘幽靈不散，化為鬼魂，救裴舜卿於危難之中，而且又以大義凜然之正義，怒罵賣國害民的賈似道，並一頭把他撞昏在地上。這個戲成功地塑造了敢愛敢恨、愛恨分明、被害死後變為鬼魂復仇的李慧娘的藝術形象。經過導演、演員通力合作和精湛藝術的創造，女主人公在舞臺上，更加光彩奪目，賦予一種豐富、壯美的資質。孟超在這個劇本創作過程中，曾有多次向同鄉、同學康生請教。康生看了原稿，也提出了修改意見。劇院彩排時他親臨劇場觀看，並且還說，此戲一定要出鬼魂，否則他就不看。在北京長安戲院公演時，康生又來欣賞，還登臺祝賀演出成功，與孟超及全體演員合影，讚揚孟超做了一件好事，指示北方崑劇院「今後照此發展，不要搞什麼現代戲」。10 月 14 日晚，康生又安排劇組到釣魚臺為即將出國的周恩來專門演出一場，提前把孟超和李慧娘的扮演者李淑君接到釣魚臺設宴款待，並大講戲改得好、演得好，是「北崑成立五年來搞得最好的一個戲」。孟超同事陳邇冬先生還填〈滿庭芳〉詞一首以示祝賀，題為〈北方崑曲劇院上演孟超同志

新編《李慧娘》觀後〉，上闋云：「孟老詞章，慧娘情事，一時流播京華。百花齊放，古幹發新葩。重譜臨安故實，牽遲思、緩拍紅牙；攖心處：驚弦急節，鐵板和銅琶。」當時《光明日報》、《人民日報》都發表評論加以肯定。然而，政治風雲瞬息萬變，一場「階級鬥爭」的風暴席捲而來。一貫善於看風使舵的康生就來了一個 180 度的轉彎，要孟超「不再演鬼戲了」。1963 年，報紙上開始出現批判《李慧娘》的文章，認為表現鬼魂形象的《李慧娘》是鬼戲，是「宣揚封建迷信」，是「借古諷今」，「隱射現實」，「攻擊共產黨的領導和社會主義」。甚至有人說，李慧娘報仇，就是要向共產黨報仇，唱詞「俺不信死慧娘鬥不過活平章」是在反對國務院總理周恩來，真是欲加之罪，何患無辭。1964 年孟超被「停職反省」，夏天在北京舉辦的全國京劇現代戲觀摩演出大會上，康生變臉，在講話中明確指出《李慧娘》是「壞劇本」，崑曲《李慧娘》是壞戲的典型，還聳人聽聞地說，孟超和廖沫沙要「用厲鬼來推翻無產階級專政」。於是一個普通的戲就成了一個嚴重的政治錯誤。在「文化大革命」中，康生又誣陷孟超他為「叛徒」，江青也親筆批示，孟超是「一個重要叛徒，反革命分子」。蒙此不白之冤的孟超，感到無比悲憤和萬分冤屈，在走投無路中，他選擇了以死抗爭，1976 年 5 月 5 日服毒自殺，家屬也受到株連。三年後的 1979 年 10 月 12 日，人民文學出版社在北京八寶山公墓，為孟超舉行追悼會。樓適夷送了一副輓聯「人而鬼也，鞭屍三百賈似道；死猶生乎，悲歌一曲李慧娘」。聶紺弩作〈輓孟超〉一首，詩云：「獨秀峰前幾雁行，卅年分手獨超驤。文章名世無僥倖，血寫軻書《李慧娘》。」

再說廖沫沙的〈有鬼無害論〉。1961 年 8 月 31 日繁星在《北京晚報》上發表了一篇幾百字的短文，題目為〈有鬼無害論〉。他肯定了孟超改編的《李慧娘》的演出，認為這戲「不但思想內容好，而且劇本編寫得不枝不蔓，乾淨俐落，比原來的《紅梅記》精煉，是難得看到的一齣改編的戲」。文章中他這樣說：「我們中國的文學遺產（其實不止是中國的文學遺產）——小說、戲曲、筆記故事，有些是不講鬼神

的，但是也有很多是離不開講鬼神的。台上裝神出鬼的戲，就為數不少……這類戲，如果把中間的鬼神部分刪掉，就根本不成其為戲了。人們說，『無巧不成書』，這類戲正好是『無鬼不成戲』。試想，《李慧娘》或《紅梅記》這齣戲，如果在遊湖之後，賈似道回家就一劍把李慧娘砍了，再沒有她的陰魂出現，那還有什麼戲好看的呢？」至於現代人來改編舊戲曲，可不可以接受繼承前代人的這些迷信思想？廖沫沙認為「這是一個很值得討論的問題」，他的意見是「在文學遺產中的鬼神，如果仔細加以分析，就可以發現，它們代表自然力量的色彩很少，即使它們的名稱還保存著風、雷、雲、雨，實際上它們是在參加人世間的社會鬥爭。本來是人，死後成鬼的陰魂，當然更是社會鬥爭的一分子。戲臺上的鬼魂李慧娘，我們不能單把她看作鬼，同時還應看到她是一個至死不屈服的婦女形象。」他還說：「文學作品，是現實世界的反映，在階級社會，就是階級鬥爭的反映。《紅梅記》這部遺產之所以可貴，就因為它揭露了賣國賊的荒淫殘暴，摧殘婦女；《李慧娘》之所以改編得好，就因為它把一部三十四場的《紅梅記》（玉茗堂本），集中最精彩的部分，提煉為六場戲，充分發展了這場鬥爭，而以『鬼辯』作為鬥爭的高潮，勝利地結束鬥爭。」「我們對文學遺產所要繼承的，當然不是它的迷信思想，而是它反抗壓迫的鬥爭精神。戲臺上的鬼魂，不過是一種反抗思想的形象。我們要查問的，不是李慧娘是人是鬼，而是她代表誰和反抗誰。用一句孩子們看戲通常所要問的話：她是個好鬼，還是個壞鬼？如果是個好鬼，能鼓舞人們的鬥志，在戲臺上多出現幾次，那又有什麼妨害呢？」如此一篇錯不到哪裏去的文章，其立腳點也是毛澤東的階級分析方法。根據 1978 年作者〈我寫《有鬼無害論》的前後〉一文，說作此文時正是按照 1957 年 3 月毛澤東在〈全國宣傳工作會議上的講話〉精神，有一點「牛鬼蛇神被搬上舞臺」「是用不著害怕的」，何況此時毛澤東要何其芳編一本《不怕鬼的故

事》。[3]然就是這幾百字的文字觸怒了江青。江青在 1966 年 11 月 28 日在北京文藝界大會上的講話中，有過一段回憶性的文字：

> 幾年前，由於生病，醫生建議要我過文化生活，恢復聽覺、視覺的功能，這樣，我比較系統地接觸了一部分文學藝術。首先我感覺到，為什麼在社會主義中國的舞臺上，又有鬼戲呢？然後，我感到很奇怪，京劇反映現實從來是不太敏感的，但是，卻出現了《海瑞罷官》、《李慧娘》等這樣嚴重的反動政治傾向的戲，還有美其名曰「挖掘傳統」，搞了許多帝王將相、才子佳人的東西。在整個文藝界，大談大演「名」、「洋」、「古」，充滿了厚古薄今，崇洋非中，厚死薄生的一片惡濁的空氣。我開始感覺到，我們的文學藝術不能適應社會主義的經濟基礎，那它就必然要破壞社會主義的經濟基礎。這個階段，我只想爭取到批評的權利，但是很難。第一篇真正有分量的批評「有鬼無害」論的文章，是在上海柯慶施同志的支持下，由他組織人寫的。」江青 1967 年 4 月 12 日在中央軍委擴大會議上的講話中又有一段話：「1962 年，我同中宣部、文化部四位正副部長談話，他們都不聽。對於那個「有鬼無害論」，第一篇真正有份量的批評文章，是在上海請柯慶施幫助組織的，他是支持我們的。當時在北京，可攻不開了。[4]

江青自稱是「一個流動的哨兵」，緊盯著若干刊物報紙，把正面的反面的材料，送給毛澤東參考。所謂上海的那篇文章就是 1963 年 5 月 6 日《文匯報》署名梁璧輝的〈「有鬼無害」論〉。這篇文章的發表，興起批判鬼戲的聲勢。但文藝界主流還不是一味地批判，而是力求從藝術發展規律和文藝革命化的要求的角度來進行討論。1963 年 8、9

---

[3] 廖沫沙：《甕中雜俎》中國社會科學出版社 1994 年第 233 頁。
[4] 《江青同志講話選編》人民出版社 1968 年版第 18、38 頁。

月間，文化部、作協、北京文化局召開首都戲曲工作座談會，就如何
貫徹「百花齊放，百家爭鳴」方針，以及對於傳統劇目中封建性、人
民性的理解，對於鬼戲、歷史劇、戲曲舞臺藝術的革新等問題，做了
專題研究。《光明日報》於9月9日發表有關資料和討論文章時加了〈編
者按〉，其中指出「遺產必須批判地接收，傳統戲曲必須推陳出新，這
是我們在戲曲工作中的根本原則。」目前關於戲曲改革中的一些問題，
「既包含有方針性質的討論，也包含有學術性質、藝術性質的探討。」
這個〈編者按〉是根據周揚等人的意見起草的，又經陸定一修改後，
送毛主席審閱最後定稿的。與此同時《文藝報》、《戲劇報》發表了社
論和專論。自然，在毛澤東看來，文藝界的問題，只是整個社會問題
的一個方面，他之所以關心文藝界，只是關心整個社會意識形態的一
個切入口。毛澤東在9月底的一次中央工作會議上，說得很清楚，「我
們在國內反修正主義，實際上也是給國際上反對修正主義打下基礎。
要搞他幾年。反修也要包括意識形態方面的問題。文學、藝術、戲劇、
電影、美術等等都應該抓一下。有的省已經注意了，有的省還設有注
意。過去唱戲總是那一套，帝王將相，小姐丫鬟，搞這一套不行。推
陳出新，不是出帝王將相，小姐丫鬟。內容變了，形式也得變。推陳
出新出什麼？出社會主義。要提倡搞新形式。」[5]這裏，明白表示毛澤
東希望既要有現代題材，又要有現代形式。這並不是說，把過去的舊
題材舊劇目改編一下就算是推陳出新了。於是毛澤東在這期間看了豫
劇《朝陽溝》、話劇《雷鋒》和《霓虹燈下的哨兵》，並稱讚《霓虹燈
下的哨兵》是個非常好的戲。他希望在舞臺上看到嶄新的東西。反觀
適合表現傳統題材的戲曲劇目，離他的期望距離自然很大，當然就不
那麼滿意了。此後，毛澤東一如既往地關注著這場關於戲劇改革的討
論。最令他失望的是當時《人民日報》並沒有什麼反映。因此 1964
年6月間，他批評《人民日報》過去宣傳了有鬼無害論，今天沒有批

---

[5] 轉引自《文人毛澤東》第539頁。

判有鬼無害論，這與抓階級鬥爭，進行反修宣傳自相矛盾，要求報社開個會講一下。時任人民日報社社長吳冷西傳達了毛澤東的批評，並組織人員檢查，結果發現該報 1961 年 12 月 28 日確實發表過一篇讚揚鬼戲《李慧娘》的文章，題目叫〈一朵鮮豔的「紅梅」〉，讚揚這齣鬼戲改編得好。同時又查到了 1963 年 3 月文藝部組織來的一篇批評有鬼無害論的文章，總編輯審閱時未同意發表。吳冷西解釋，當時他的想法是，「有鬼無害論」是錯誤的，但不能說所有鬼戲都壞，再說毛澤東指導編選的《不怕鬼的故事》剛出版，禁止一切鬼戲不好吧。

但是，善於揣摩毛澤東心思的柯慶施在上海出了兩個新招。一個就是 1963 年元旦，召開了一個上海文藝工作者座談會。在這個座談會上，柯慶施提出了一個新口號：「寫十三年」。1 月 6 日《文匯報》報導了柯慶施的講話。他說，文藝的題材決定文藝的性質，只有「寫十三年」的「現代題材」，「才能幫助人們樹立社會主義思想」；也只有反映建國十三年來的生活，才能是社會主義的文藝。甚至連中國共產黨領導的民主革命的歷史題材，都成了禁區。這種荒謬的規定致使題材狹隘化日趨嚴重。周恩來出席文化藝術工作者 1963 年春節聯歡會，在會上作了〈要做一個革命的文藝工作者〉的報告，提出了與柯慶施不同的看法，認為我們不要只局限在「寫十三年」，還要把近百年鬥爭，世界革命鬥爭都在自己作品裏刻畫出來。對「寫十三年」的口號，當時文藝界展開了激烈的爭論。周揚、林默涵、邵荃麟都表示這個口號有片面性。特別批評了只有寫社會主義時期的生活才是社會主義文藝的觀點。而上海方面張春橋、姚文元則提出「寫十三年」的十大好處，為自己辯護。對立形勢由此形成。北京方面是周恩來的看法，又是中宣部、文化部這樣權威的機構，而上海方面則有政治局委員、上海市委第一書記柯慶施的撐腰，柯慶施背後還有江青的支持。雖然沒有劍拔弩張，但公開較量已不可避免。於是柯慶施便組織了署名梁璧輝的那篇文章〈「有鬼無害」論〉，批評《李慧娘》和廖沫沙。柯慶施做的第二招，就是開展故事會活動，用講故事的方式，對工農兵進行階級

教育。1963 年 12 月 9 日中宣部文藝處編印的《文藝情況彙報》登了
一篇題為〈柯慶施同志抓曲藝工作〉的材料。其中說柯親自抓曲藝工
作，一個是抓長篇評彈新書目建設，一個是抓故事會。「柯慶施同志提
到，有沒有更多的在思想和藝術上都不錯的長篇現代節目，是關係到
社會主義文藝能不能佔領陣地的問題。」「講故事是上海近年來蓬勃開
展的業餘文藝活動的一種形式。故事配合社會主義教育運動，大講革
命故事，起紅色宣傳員的作用，這支隊伍開始是在農村，現在工廠、里
弄都建立起來了，很受群眾歡迎。」這個材料，毛澤東相當仔細地看了，
多次畫了著重線。社會主義能不能佔領文化陣地，正是他反覆掂量的大
方向。柯慶施做法引起了他特別的興趣和共鳴，進而引發他對整個文藝
界的聯想，導致他 12 月 12 日在《文藝情況彙報》上寫下了以下指示：

> 彭真、劉仁同志：
>
> 　　此件可一看。各種藝術形式——戲劇、曲藝、音樂、美術、
> 舞蹈、電影、詩和文學等等，問題不少，人數很多，社會主義
> 改造在許多部門中，至今收效甚微。許多部門至今還是「死人」
> 統治著。不能低估電影、新詩、民歌、美術、小說的成績，但
> 其中的問題也不少。至於戲劇等部門，問題就更大了。社會經
> 濟基礎已經改變了，為這個基礎服務的上層建築之一的藝術部
> 門，至今還是大問題。這需要從調查研究著手，認真地抓起來。
> 　　許多共產黨人熱心提倡封建主義和資本主義的藝術，卻不
> 熱心提倡社會主義的藝術，豈非咄咄怪事。[6]

　　這個批示就是後來很著名的「文藝兩個批示」中的第一個批示。
批示是寫給並不負責文化戰線工作的中央政治局委員、北京市委第一
書記彭真和第二書記劉仁，顯然有深意。北京和上海是兩個文化中心，
兩個城市的一把手都是政治局委員，可上海抓得緊做得好，新招迭出，

6　《建國以來毛澤東文稿》第 10 冊第 436 頁。

相比之下，北京顯得墨守陳規，遷就文藝界自身的做法，難免使得毛澤東失望。一般情況下，中宣部列印的《文藝情況彙報》之類簡報，是不會送給毛澤東的，這其中江青起了很大作用。彭真、劉仁接到批示後的反應，我們尚不得而知。而柯慶施又得風氣之先，率先把批示內容在華東地區話劇觀摩演出會上捅了出去，並且發揮地說：對於反映社會主義的現實生活和鬥爭，十五年來成績寥寥，不知幹了些什麼事。他們熱衷於資產階級、封建階級的戲劇，熱衷於提倡洋的東西、古的東西，大演「死人」、「鬼戲」，所有這些，深刻地反映了我們戲劇界、文藝界存在著兩條道路、兩種方向的鬥爭。

毛澤東的批示，使中央領導人和文藝界的注意力從此不得不發生重大變向。1964 年 3 月初開始，中宣部領導文聯及各協會進行整風。對文化部副部長齊燕銘、夏衍、徐光霄、徐平羽、陳荒煤，作協黨組邵荃麟，全國文聯副主席陽翰笙，全國劇協主席田漢等一批文藝界代表人物，進行了錯誤的批判。此時，毛澤東對周揚的不滿也逐漸顯露出來，特別是 1964 年 6 月，中宣部就一年來文藝界整風的情況，起草了給中央的報告，題目為〈中宣部關於全國文聯和所屬各協會整風情況報告〉。實際上這是一份檢討，其中說到文藝界在貫徹執行黨的文藝方向方面存在著方向模糊、認識不清的問題，對反映當前現實鬥爭的作品缺乏理解，甚至發表了一些借古諷今、發洩對現實不滿情緒的作品。在文藝批評方面，也旗幟不鮮明，戰鬥性不強，缺乏深入地研究和宣傳毛澤東文藝思想。報告中還提到，工作人員中資產階級思想相當嚴重，個人主義思想相當普遍和突出，隊伍政治面目不清等。這個檢討原本還沒有定稿，卻被時任中宣部文藝處副處長的江青急急忙忙交給了毛澤東。6 月 27 日毛澤東讀後在上面又批示：

> 這些協會和他們所掌握的刊物的大多數（據說有少數幾個好的），十五年來，基本上（不是一切人）不執行黨的政策，做官當老爺，不去接近工農兵，不去反映社會主義的革命和建設。

最近幾年，竟然跌倒了修正主義的邊緣。如不認真改造，勢必在將來的某一天，要變成像匈牙利裴多菲俱樂部那樣的團體。[7]

這個批示就是後來很著名的「文藝兩個批示」中的第二個批示。接著它作為中央正式文件下發。中宣部於 7 月初召開全國文聯各協會和文化部負責人會議，提出要貫徹毛澤東的這個批示。文藝界的整風運動由此繼續向縱深發展，一直到 1965 年 9 月才結束。其間 2 月 18 日《人民日報》發表繁星的檢討文章：〈我的「有鬼無害論」是錯誤的〉，檢討了三點錯誤「一、為孟超的反黨反社會主義的鬼戲《李慧娘》捧了場，作了它的『護法』。這個錯誤是最嚴重的。二、贊成演鬼戲，說演鬼戲『無害』。這是我的文章的中心內容，是錯誤的主要部分。三、我對文學遺產有錯誤的觀點，這是我犯錯誤的思想基礎。」，3 月 1 日發表齊向群的文章〈重評孟超新編《李慧娘》〉，並加了編者按說「《李慧娘》是一株反黨反社會主義的毒草。」1966 年 5 月，廖沫沙與鄧拓、吳晗打成「三家村」反黨集團。其冤案在 1979 年得到平反昭雪。

---

[7] 《建國以來毛澤東文稿》第 11 冊第 91 頁。

第八章　「中間人物」論

　　1960 年第三次文代會召開以後，中國的經濟政策步入調整時期，各個領域相繼制定一些條例，以克服大躍進的左傾錯誤，文藝界也制定了《文藝八條》[1]，開始出現一種比較活躍的氣象。這當然與周恩來的支持態度有關。1961 年 6 月間，中宣部在新僑飯店召開文藝工作座談會，全國電影故事片創作會議也同時在那裏舉行。兩個會議的初衷是想要糾正左傾的錯誤。但會議上意見並不一致。於是他們請周恩來來到會上講話。周恩來在 19 日那天去講了話。那就是有名的〈在文藝工作座談會和故事片創作會議上的講話〉，其中反覆地說必須提倡藝術民主，研究和尊重藝術規律。當時正在批判電影《達吉和她的父親》的人情味，周恩來卻說：《達吉和她的父親》，「小說和電影我都看了，這是一個好作品。可是有一個框子定在那裏，小說上寫到漢族老人找到女兒要回女兒，便說這是『人性論』。」「現在還在那裏定框子，一個框子把什麼都框住了，人家所說所做不合他的框子，就給戴帽子，『人性論』、『人類之愛』、『溫情主義』等等都戴上去了。接著是抓辮子、挖根子、戴帽子、打棍子，那就不好了。」「以政治代替文化，就成為沒有文化了，還有什麼看頭呢！」當時，「人性論」、「人道主義」之類正在當作修正主義觀點接受批判，是個非同小可的禁區，而周恩來碰了它。1962 年 1 月召開「七千人大會」，切實貫徹調整國民經濟的方針，毛澤東在講話中作了自我批評。2 月 17 日周恩來在紫光閣對在京的話劇、歌劇、兒童劇作家發表了講話，給文藝界打氣。周恩來說：「文

---

[1]　1962 年 4 月 30 日中央正式批准下發。

藝工作上的缺點錯誤，大多數和由執行總路線的具體工作上的錯誤派
生出來的……這幾年樹立了許多新的偶像，新的迷信，也就是大家所
說的框框。比如寫一個黨委書記，只能這樣寫，不能那樣寫，要他代
表所有的黨委書記。這樣就千篇一律，概念化。這樣就一個階級只能
有一個典型，別的典型不能出現，反面人物也只能有一個典型。把代
表人物和典型完全混同起來了，這還有什麼典型？」讓文藝工作者格
外親切的是，周恩來說到了曹禺建國後的創作，說曹禺在重慶時「他
拘束少，現在好像拘束多了。生怕這個錯，那個錯，沒有主見，沒有
把握。這樣就寫不出好東西來……《膽劍篇》有它的好處，主要方面
是成功的，但我沒有那樣受感動。作者好像受了某種束縛。」這個講
話對文藝界是一個鼓舞。乘著這樣的東風，文化部和中國劇協於 3 月
間在廣州召開了話劇、歌劇、兒童劇創作座談會，討論百花齊放，繁
榮創作，鼓勵題材風格多樣化。會議還對《同甘共苦》、《洞簫橫吹》、
《布穀鳥又叫了》等幾個當時受到批判的作品重新作了肯定的評價。
最難忘的是周恩來、陳毅、陶鑄在會上講了話，並在會上共同商定了
一個說法「勞動人民知識份子」。陳毅、陶鑄在會議上公開為知識份子
「脫帽加冕」，即脫資產階級之帽，加無產階級之冕。但考慮到這個說
法沒有經過毛澤東同意，陶鑄補充了一句，說這是廣東的地方糧票，
不好在全國通用。而陳毅說得爽快，他說「我想現在的問題，是大家
都有氣，今天要來出出氣。我們黨領導的思想改造運動，總的說來是
正確的，但在運動中間也發生了一些缺點、錯誤，有的地方出現了過
火鬥爭，搞得很多人心情很痛苦。黨的工作者、政治工作者和作家之
間的三個組成部分，他們是主人翁。不能夠經過十二年的改造、考驗，
還把資產階級知識份子這頂帽子戴在所有知識份子的頭上，因為那樣
做不合乎實際情況。」[2]毛澤東在會後當然知道「勞動人民知識份子」
的這個新說法，但沒有表態。3 月底召開第二屆全國人民代表大會第

---

[2] 參見《黨和國家領導人論文藝》文化藝術出版社 1982 年版。

三次會議，周恩來作〈政府工作報告〉，再次指出知識份子的絕大多數已屬於勞動人民的知識份子，不應該把他們當作資產階級知識份子。我們想，該政府工作報告按慣例是要中央通過的，那麼關於知識份子的新提法，應該是毛澤東審閱過的。但是主管意識形態的陸定一明確表示不同意周恩來的提法。相持不下的時候，鄧小平出面敲定：「一切按總理在人大報告中所說，那是中央批准的。」然這一爭論弄到毛澤東那裏，周恩來要求毛澤東表態：「毛澤東竟沒有說法。這個情形是後來黨對知識份子、知識、文化、教育的政策再次出現大反覆的預兆。」[3]

然而，並不知情的文藝界仍然按照糾左的思路往前走著。這年 8 月 2 日中國作家協會於大連海濱召開農村題材短篇小說創作座談會。會上肯定了受到批評的一些寫落後人物狀態的作家作品，並肯定了「寫中間人物」的主張。大連會議參加的人數不多，有邵荃麟、周立波、侯金鏡、陳笑雨、胡采、李滿天、康濯、趙樹理、黎之、馬加、方冰、韶華、李准、劉澍德、李束為、西戎等人。茅盾當時剛從蘇聯回來在大連休息，也從住地來賓館參加了會議。會議由時任作協黨組書記邵荃麟支持。這是一次神仙會，既無主席臺，首長席，也無開幕式。十六七位知名作家在沙發上就坐，暢所欲言，互相探討。邵荃麟在講話中說，作家要認識社會改造的長期性、複雜性和曲折性，而不宜作簡單膚淺的或超越了階段的估計。社會主義要正確處理國家、集體、個人三者關係，不宜簡單地抹煞集體和個人的利益。他針對近年來文藝創作主題狹窄、方法簡單、模式化和教條主義傾向，提出了文藝題材和創作方法多樣化的要求。他主張不僅要寫正面人物、反面人物，還要寫中間人物，要向現實生活突進一步。他從「五四」以來農村題材小說創作談到今天農村題材創作的意義，要求發揚現實主義的傳統，實現文學創作的現實主義深化。他認為，強調寫英雄人物是應該的，但還應重視對中間狀態的人物的描寫。社會的矛盾往往集中在中間人

---

[3] 胡繩《中國共產黨的七十年》，中央黨史出版社 1991 年版第 377 頁。

物身上，因此描寫他們很重要；把典型說成是「萌芽」的東西是對的，但從大量現象概括出來的東西，也是典型，否則只寫萌芽，創作的路子就窄了。要使創作的路子寬廣起來，就應該多寫一些從大量現象概括出來的中間人物。茅盾在會議上也發了言，他用具體的作品，分析了人物形象的複雜性，多樣性，提出「兩頭小中間大」，英雄人物和落後人物是兩頭，中間狀態的人物是大多數，文藝主要教育的對象是中間人物，寫英雄是樹立典型，但也應該注意寫中間狀態的人物。但會議上談得比較多的是農村形勢。他們大都剛從農村來，帶著泥土氣息和對農村形勢的困惑和問題，講了不少大躍進以來農村形勢日趨惡化的情況。趙樹理在會上多次發言，說到農村刮五風（即平調風、瞎指揮風、浮誇風、強迫命令風、幹部特殊風）和如何反映的問題。這裏插幾句。趙樹理非常熟悉農村，1959 年 8 月 20 日，他把自己在農村看到的困難、自己的苦惱和創作上的困境寫信給陳伯達。陳伯達時任《紅旗》雜誌主編，晚些時候把這篇文章轉到作協黨組。不知哪個編輯在「來稿處理單」上寫著「我覺得這篇文章中的一些觀點很怪，有的甚至很荒謬。」廬山會議批彭德懷以後，趙樹理的觀點無疑是與中央政策大唱反調的，因此，批判趙樹理的的戰火悄然點起，進行了一個多月大會批、小會幫。其實批判趙樹理的人，自已思想上對大躍進、人民公社也都有疑慮。然他們仍然火藥味很濃地批判趙樹理。例如邵荃麟說：「趙樹理採取與黨對立的態度，有些言論是污蔑黨的，說中央受了哄騙，這難道不是說中央無能，與右傾機會主義的話有什麼區別……」夠了，不必舉例，上綱上線，輪番衝擊、鬥爭氣氛直線上升。隨後，趙樹理開始寫長篇的書面檢查，從根子上追究所謂犯錯誤的原因，但最有戲劇性的是，當他苦思冥想尋找根子的時候，反右傾戛然而止。趙樹理有驚無險，突然的轉折使他誠恐了一段時日。不僅創作上出現衰竭，身心也變得疲憊煩躁，不堪重負。這次到大連開會，他才放鬆下來。邵荃麟在大連會議上首先對 1959 年批判趙樹理表示歉意，並說「這次要給以翻案，為什麼稱讚老趙？因為他寫出了長期性、

艱苦性，這個同志是不會刮五風的。在別人頭腦發熱時，他很苦悶，我們批評了他。現在看來他是看得更深刻一些，這是現實主義的勝利。」還說「我們的社會常常忽略獨立思考，而老趙，認識力、理解力、獨立思考，我們是趕不上的。1959年他就看得深刻。」周揚8月8日由於中央批轉了《文藝八條》，挺高興，由瀋陽來到大連，9日作了發言，也稱讚趙樹理對農村情況熟悉，肯定他寫的書面意見是正確的：「他對農村有自己見解，敢於堅持，你貼文字報也不動搖。」他還說：「作家要寫你所見、所感。你不相信就不要寫嘛，如大躍進中某些浮誇的東西，你不相信，還要寫，還教人去相信，這多難喲！」一再鼓勵作家們打破顧慮大膽寫作。會議上對趙樹理的《鍛煉鍛煉》、《實幹家潘永福》、《套不住的手》、《老定額》等作品作了充分肯定。同時也談了西戎的〈賴大嫂〉，肯定它寫得貼近生活真實、風格清新。還談到張慶田的《老堅決外傳》，認為是篇好小說，但不過癮，應該寫「老堅決」那樣頂五風的人物，但作者有顧慮，沒有挖到更深的地方。8月16日大連座談會結束。

　　殊不知大連座談會開始的前一周即1962年7月25日，毛澤東主持的中央工作會議在隔海相望的北戴河召開，已開始大抓階級鬥爭，狠批「利用小說反黨」。接著八屆十中全會預備會議開始。9月5日林默涵要黎之把大連會議情況寫個材料。內容是：一、關於形勢的看法；二、關於中間人物；三、關於現實主義，並佈置搜集文藝方面階級鬥爭的動向。9月22日林默涵召集在京文藝報刊和各大報副刊開會，講了毛澤東提出抓階級鬥爭的精神，佈置檢查，會上點了大連會議的「中間人物」問題。9月27日八屆十中全會結束，傳達了毛澤東關於階級、形勢、矛盾問題的講話。毛澤東把階級鬥爭作了擴大化絕對化的論述，斷言在整個社會主義歷史階段中資產階級都將存在，並存在資本主義復辟的危險，強調階級鬥爭必須年年講、月月講、天天講。還錯誤地批判了鄧子恢等人的「單幹風」，彭德懷、習仲勳的「翻案風」和「黑暗風」（指對當時嚴重困難形勢作充分估計的觀點），從而形成了他那

「無產階級專政條件下繼續革命」的理論，標誌著政治思想上左傾錯誤的嚴重發展。

《文藝報》1962年第9期，發表了沐陽（謝永旺）根據大連會議精神寫的隨筆《從邵順寶、梁三老漢所想到的……》其中有兩段話：「我們有些優秀作品，是以提高人們對生活的認識和精神境界，但，其中一個值得注意的弱點，就是人物還不夠多樣。一些作品中的人物，有男女、老少、胖瘦、高矮等外部類型，而且似乎是向正面與反面兩個極端分化，或者是一些由落後到先進的『轉變人物』。而不好不壞、亦好亦壞、中不溜兒的芸芸眾生似乎很少著力去寫他們；寫了，也不大能引起人們的注意。」「創造出豐滿的體現無產階級理論的、與一切舊的傳統觀念徹底決裂的英雄典型，給人們樹立典範，這是我們責無旁貸的任務；創造出集中一切傳統陋習、落後意識於一身的反面人物，以為警戒，自然也有著重要的社會意義。此外，像《創業史》、《沙桂英》那樣，在創造新英雄人物的同時，把生活中大量存在的處於中間狀態的多種多樣的人物真實地描繪出來，在這種真實的描繪中自然地流露出作家的評價，幫助群眾更全面地認識生活，從而得到思想上的啟發，這也是不可忽略的。文藝作品中，所創造的人物性格越多樣，對社會生活的多樣化、複雜性反映得才會越充分，其幫助群眾推動歷史前進的作用才會更加有力。梁三老漢、邵順寶和嚴志和（《紅旗譜》）、亭麵糊（《山鄉巨變》）、喜旺（《李雙雙小傳》）、糊塗塗、常有理（《三里灣》）……這些多樣的人物性格的認識意義、教育意義是不可懷疑的。」

此篇文章的發表，並未有多大的反響，然林默涵和張光年認為，《文藝報》要再寫篇文章，表明一下態度，並指定黎之寫，來與沐陽商榷。黎之在《文藝報》第12期上，發表了〈創造我們時代的英雄形象——評《從邵順寶、梁三老漢所想到的……》〉，文章承認文學藝術是反映現實生活的，「作品中的人物只要寫得好，不能是中間狀態的人物、落後人物或反面人物，都可以起幫助讀者認識生活的作用，但是，在這

方面，正面英雄人物的形象就起著其他人物形象所不能代替的更大的作用。廣大讀者特別是年青一代的讀者，對文藝作品還有更高的要求，他們總是把文藝作品中的英雄人物作為自己效仿的榜樣，作為自己生活的楷模。」其實，作者黎之是從作品所起的政治教育作用的角度來闡述刻畫英雄人物的。所提出的問題，也許是為了典型創造，多開蹊徑、放寬路子而已。這篇文章發表後引起了讀者一些反映。《文藝報》當時也整理了一份材料列舉各種不同意見。但這個材料引起了江青、張春橋、姚文元的注意。1963 年 4 月中宣部召開的文藝工作會議上，上海組反覆提出對「中間人物」的批評。自毛澤東關於文藝的「兩次批示」以後，江青要求組織寫批判「中間人物論」的文章。如何點名批判邵荃麟的「中間人物」論，周揚、林默涵、張光年進行了反覆研究。以前，周恩來反覆提出過，寫批判文章要根據被批判者正式發表的言論為準，不能把人家在會議上的發言斷章取義。而邵荃麟、茅盾、趙樹理等人的發言從未正式發表，包括周揚的發言都是在「文化大革命」以後出版個人文集時才公開收入的。因此，大連會議的講話，只是旁人的記錄，並未經發言人過目，因此只好由《文藝報》編輯部根據一些人的回憶和大連會議的記錄，斷章取義，編了一本〈關於寫「中間人物」的材料〉。並由張光年執筆寫了一篇題為〈寫中間人物是資產階級的文學主張〉的文章，以編輯部名義發表在 1964 年《文藝報》第8、9 合刊上。〈關於寫「中間人物」的材料〉作為附件同時發表，邵荃麟被點名並戴上了「資產階級」的帽子，並且宣佈：「我們同邵荃麟同志的爭論，不是一般的文藝理論上的爭論，而是文藝上的社會主義道路和資本主義道路的鬥爭，是無產階級的社會主義的文藝路線同資產階級的反社會主義的文藝路線的鬥爭，是大是大非之爭。」從此，邵荃麟作為反面人物而名聲大噪。〈寫中間人物是資產階級的文學主張〉一文被《人民日報》於 1964 年 10 月 31 日轉載。之後，各地報刊上出現了許多批判中間人物論的文章，在半年期間內，《人民日報》、《光明日報》、《文藝報》、《文學評論》等七家報刊，就刊發了 100 多篇文

章，其中有姚文元寫的〈使社會主義蛻化變質的理論——提倡寫「中間人物」的反動實質〉、〈駁「寫普通人」——對於一種「寫中間人物」論點的批判〉兩篇；張羽、李輝凡寫的〈「寫中間人物」的資產階級文學主張必須批判〉；朱寨寫的〈從梁三老漢的評價看「寫中間人物」主張的實質〉；賈文昭寫的〈創造光輝燦爛的新英雄形象——駁邵荃麟同志的「寫中間人物」理論〉；李輝凡寫的〈「現實主義深化」論批判〉等等。不管怎麼說，這些文章的批判已經夠上綱上線了，但江青還是不滿意，嫌沒有聲勢，要求報刊發動群眾批判「中間人物論」。因此，報刊上發表了不計其數的讀者來信，批判邵荃麟，形成所謂人民戰爭的架勢。張光年又支持編了一個〈十五年來資產階級是怎樣反對創造工農兵英雄人物的？〉，以《文藝報》本刊資料室名義發表在《文藝報》1964 年第 11、12 期合刊上。將胡風、馮雪峰、丁玲、陳企霞、秦兆陽等人再次拉出來鞭撻，並新添了邵荃麟，與他們拼在一個譜系示眾。隨著毛澤東「兩個文藝批示」的深入貫徹，作協的文藝整風也加劇加強，不斷地開會「幫助」邵荃麟，邵成了鼓吹寫中間人物、反對寫英雄人物的資產階級罪魁。許多作家竟成了陪綁批判的對象。僅從 1964 年下半年到 1966 年初《文藝報》的版面上看，點名批判的有馬烽的〈三年早知道〉，西戎的〈賴大嫂〉，康濯的〈代理人〉、〈水滴石穿〉，張慶田的〈「老堅決」外傳〉、〈對手〉，劉澍德的〈老牛筋〉。這些作品都是健康有益的佳作，但因為寫的人物是從落後到進步的轉變，就附會為所謂「中間人物」，或者作品真實地寫了現實生活的矛盾，涉及了陰暗面，就附會為所謂「現實主義深化」論的創作實踐。有的作品因在大連會議被提到過，就大加撻伐。對邵荃麟的批判，也由「中間人物論」、「現實主義深化論」是資產階級的文學主張，自然升級為反黨反社會主義性質的政治鼓吹，配合國內外階級敵人，向黨向社會主義的猖狂進攻。作協還同時拋出了 16 開兩大冊資料，分門別類地搜集了 60 年代數十部文學作品，作為大毒草提供大家批判。僅在《文藝報》上點名批判的就有歐陽山和他的《三家巷》、《奮鬥》、《在軟席臥車裏》；舒

群和他的《在廠史之外》；陳翔鶴和他的《陶淵明寫「輓歌」》、《廣陵散》；菡子的《父子》；羽山和徐昌霖的《東風化雨》；劉澍德的《歸家》；漢水的《勇往直前》；黃秋耘的雜文《破水瓢的啟示》和《人盡其才》等等。重點批判趙樹理、周立波，說趙樹理是寫中間人物、落後人物的代表。迫使趙樹理於 1965 年 2 月 22 日攜全家回山西，直至 1970 年被迫害而死。邵荃麟也於 1971 年被迫害致死。這些示眾撻伐，豈不令人寒心？

　　下面我想簡單說一說當時文化部整風的概況。自毛澤東「文藝兩個批示」以後，中宣部組成整風領導小組。1964 年 10 月組成以周揚為首，成員有林默涵、劉白羽等人的整風檢查小組進駐文化部。對文化部，毛澤東早在 1963 年 9 月和 11 月就有過兩次談話。9 月 27 日的那次，毛澤東說：「文藝部門、戲曲、電影方面也要抓一下推陳出新問題。舞臺上儘是帝王將相，家員丫鬟。內容變了，形式也要變，如水袖等等。推陳出新，出什麼？封建主義？社會主義？舊形式要出新內容。按這樣子，二十年後就沒有人看了，上層建築總要適應經濟基礎。」11 月份在一次談話時說：「《戲劇報》儘是牛鬼蛇神，聽說最近有些改進，文化方面特別是戲劇大量是封建落後的東西，社會主義的東西很少，在舞臺上無非是帝王將相。文化部是管文化的，應注意這方面的問題。為之檢查，認真改正。如不改變，就改名帝王將相、才子佳人部，或者外國死人部。如果改了，可以不改名字。」1964 年暑假，毛澤東與毛遠新談話，其中說：「蘇聯還不是赫魯雪夫當權，資產階級當權。我們也有資產階級把持政權的……文化部是誰領導的？電影、戲劇都是為他們服務的，不是為多數人服務的！你說是誰領導的呢？」[4]因此，文化部是檢查整風的重點。而首當其衝的是主持文化部的常務副部長，在戲曲改革中做過大量工作的齊燕銘和分管電影的副部長夏

---

[4]　轉引自《毛主席對文藝工作的重要指示》，上海作協：《文學風雷》1967 年第 1 期。

衍、陳荒煤。齊燕銘曾任國務院副秘書長、總理辦公室主任。夏衍、
陳荒煤在電影工作上經常聆聽周總理指示，三個人與周總理的關係都
比較密切，但罪名是「資產階級把持政權」，這裏的蹊蹺就不知道了。
江青、康生的魔影似乎在閃動。1964 年 7 月在全國京劇現代戲觀摩演
出大會的總結會上，康生與江青點名批判了田漢的京劇《謝瑤環》，孟
超的崑曲《李慧娘》，電影《早春二月》、《北國江南》、《舞臺姐妹》、《逆
風千里》、《林家鋪子》、《不夜城》、《兵臨城下》、《抓壯丁》、《紅日》
等等統統打成大毒草。1964 年 12 月在討論大型音樂舞蹈史詩《東方
紅》改拍電影的會上，江青一口氣點了五、六十部的影片，她說看了
《球迷》覺得「噁心得要吐」，嚴寄洲導演的《哥倆好》裏的「那些兵
活像瘋子」，王蘋拍的《霓虹燈下的哨兵》「醜化了人民解放軍，把反
帝的內容抽調了，這是夏衍、陳荒煤他們搞掉的」。她又說水華導演的
《紅岩》「沒有生活，沒有時代特點……」她提出要把這些作品「拿出
來見見太陽」。從此，全國報刊上出現了各種各樣的批判，形成了群眾
性的批判運動。而文化部在整風運動中承擔著戲曲「宣傳封建帝王將
相、才子佳人」和牛鬼蛇神的罪行。而夏衍最大的罪行，周揚在文化
部整風報告中所說的「離經叛道」，即所謂「離革命之經，叛戰爭之道」。
其實夏衍的原話是說「『老一套』的革命經、戰爭道，不能起到好的藝
術效果」，根本沒有否定革命經、戰爭道，否則無法解釋夏衍自己為什
麼要改編導演，讚美革命戰爭和地下鬥爭的電影《革命家庭》呢？陳
荒煤則被批評在電影界「推動了修正主義路線」。他們三人被停職調離
文化部。當然那位掛名部長沈雁冰（茅盾）也被批評了。有人說他是
「資產階級文藝思想的總代表」，也有人指斥他與黨爭奪青年人，並舉
了例子說，江蘇青年作家陸文夫、上海工人作家胡萬春，茅盾都寫了
讚揚文章，這是一個值得注意的動向。毛澤東於 1964 年 11 月底在文
化部送來的《檢查工作簡報》上作出判斷：「整個文化系統不在我們手
裏，究竟有多少在我們手裏？我看至少一半不在我們的手裏。整個文
化部都垮了。在部長、副部長裏面，有沒有一個人站得住？現在看，

都垮了。文化部長為什麼不能撤掉？」[5]結果，茅盾也免去了部長職務，由陸定一兼任。1965 年 4 月的一天，周揚召集文化部系統和文聯各協會的黨員大會，作了整風總結報告。周揚在會上點名批評田漢、陽翰笙、夏衍。說田漢寫《謝瑤環》「『為民請命』，把我們黨跟人民對立了起來。在社會主義社會裏，這是反動的啊！陽翰笙同志，在《北國江南》裏，寫了一個瞎眼的共產黨員，你宣傳虛偽的人道主義，夏衍，你要『離經叛道』」。田漢是劇協主席，陽翰笙是文聯負責人。其他還點名批評了邵荃麟、孟超、張庚等人。周揚當時一一指斥這些幾十年來與自己合作的夥伴，當然有他的心理矛盾和難言無奈之處。根據張光年回憶：「1965 年，毛主席把周揚找去，表面上態度和緩，實際上厲害。他相信康生、江青的材料，認為「四條漢子」專橫地把持文藝界，要公開批其中的另外三位：夏衍、田漢、陽翰笙。毛對他說：『你和這些人有千絲萬縷的聯繫，下不了手吧？』後來，根本不相信周揚，就假手林彪、康生、江青的部隊文藝座談會。」[6]因此，他遵照毛澤東的指示，只能這樣做。這樣做了，還想可以保住中宣部和他們幾個管文藝的人，其實完全錯了。周揚此時在文藝界事實上已無所作為了。這些中國文化界的精英人物成為文化大革命前夕最早的犧牲品，遭遇到長期苦難之外，只能是為後來江青在林彪支持下搞出的、毛澤東批發的、使文藝界全軍覆沒的〈部隊文藝工作座談會紀要〉中的黑八論，提供了現成的結論。等文化大革命一發動，中宣部陸定一、周揚、林默涵等頭兒，都成了最先被拋出的人。

另外，1964 年夏季開始，這種批判擴大到哲學、經濟學、歷史學、教育學、美學各個學術領域。哲學界批判楊獻珍的合二為一論；經濟學界批判孫冶方、顧准的經濟思想，歷史學界批判翦伯贊、羅爾綱、吳晗的「讓步政策」論，美學上批判周谷城的「時代精神匯合論」等

---

[5] 轉引自《文人毛澤東》第 571 頁。
[6] 《憶周揚》第 9 頁。

等。在學術觀點上存在不同看法，自由爭鳴是正常的，但當時都把它當成兩個階級、兩條道路、兩條路線來進行批判，百家爭鳴變成一家獨唱，並且以學術觀點給人定罪，錯誤地戴上修正主義分子、反黨分子的帽子。其實這些都是毛澤東發動文化大革命作的戰略準備。

第九章　新編歷史劇《海瑞罷官》

　　《海瑞罷官》是北京市副市長、明史學家吳晗，寫於1960年，發表在1961年第1期《北京文藝》上的一個九場京劇。海瑞（1515-1587）號剛峰，是廣東瓊州人，明朝著名的清官。他反對貪污，反對浪費，主張用重刑嚴懲貪腐，建立廉潔的清明政治；主張節約財力；嚴格執行政府規定的制度，抑制豪強；主張舉辦減輕貧民力役的一條鞭發；還大辦興修水利，減輕苛捐雜稅；重視審判案件，平反冤獄，反對為非作惡的貪官污吏，惡霸鄉官。當然，他是忠於封建統治明王朝的忠臣，雖然罵過皇帝，因此坐牢，幾乎被殺，然得知皇帝死後，又哀痛欲絕，大哭一場。《海瑞罷官》沒有寫他的一生，只寫他做應天巡撫任上的一部分事情。時間是1569年6月到1570年1月，計7個月。這年海瑞54歲。地點在蘇州，當時的應天巡撫駐地。應天巡撫管應天、蘇州、常州、鎮江、松江、徽州、寧國、安慶、太平、池州十府。巡撫職權：一、管理民政；二、總理糧餉；三、提督軍務；四、彈劾官吏。劇本主角是海瑞，對立面是退休宰相徐階以及它所代表的官僚集團。故事的情節大致是：通過徐階的第二個兒子徐瑛，仗勢霸佔民田，氣死農民趙玉山的獨子，又在清明節搶走趙玉山的孫女趙小蘭，毒打趙玉山，趙小蘭的母親洪阿蘭到縣衙告狀，縣官王明友庇護徐家，不予受理。徐瑛用賄賂買通了王明友和松江知府，叫家人徐富偽裝縣學生員，上堂作證，證明清明節徐瑛並未出城，當堂仗殺趙玉山，斥逐洪阿蘭結案。描寫封建時代政治的黑暗腐敗，鄉官的豪橫，人民被壓迫的慘狀。海瑞便報到任，在路上從洪阿蘭和眾鄉民口中，知道徐瑛的案情和當時民眾被鄉官霸佔土地的情況。海瑞拜訪徐階，徐階教育

海瑞，要他嚴厲執法，王子庶人一般看待。其意思就是要海瑞用重法制裁「刁民」頑訟，保護鄉官利益。海瑞提出趙玉山一案，徐階矢口抵賴。海瑞決心平反冤獄，命令鄉官退還搶佔平民的田地。他與家人商量，海瑞母親極力贊成，更堅定了決心。第六場斷案，海瑞當場揭穿徐瑛家奴的偽證，依法判罪，當堂處理了一批貪官污吏。徐瑛被判死刑。徐階親訪海瑞，講過去交情，要求從寬處理。海瑞依法駁斥，不顧情面，展開了面對面的鬥爭。徐階提出交田贖罪，海瑞嚴正指出，佔田要退，犯法要辦。徐階又恫嚇這樣做犯眾怒會丟官，海瑞仍不為所動。最後聲明絕交，徐階發怒而去。誠然徐階不甘心失敗，和親友密商反攻，派人上京城買通宮裏太監和朝官，罷免海瑞。新巡撫戴鳳翔趕來上任，海瑞已得秋審朝旨，處決徐瑛、王明友二犯，戴鳳翔多方阻撓，海瑞不為所動，下令處決，再交巡撫印信，罷官歸田。整個戲實際是一齣清官戲，與我國傳統的包公戲並沒有很大的不同。它著重寫海瑞的剛直不阿，不為強暴所屈，不為失敗所嚇倒，失敗了再幹的堅強意志。海瑞在這場鬥爭中丟了官，但他並不屈服，並不喪氣。當時人民因為他做了點好事擁護他，歌頌他。海瑞的歷史地位應該說是肯定的，他的一些好品德，也是我們應該學習的。

學習海瑞，其實是毛澤東提倡的。大躍進的失敗，與當時領導的工作方式有關，包括毛澤東在內，不大聽得進反面的和謹慎的聲音，對冒進之舉，心存共鳴，對浮誇之辭，嗜有好焉。因此，毛澤東當時覺得應該提倡說真話，敢於「廷爭」。1959 年 4 月 4 日，在上海舉行的八屆七中全會上，毛澤東明白地說：「我的缺點，你們也要批評，現在搞成一種形勢，不大批評我的缺點，你用旁敲側擊的方法來批評也好嘛。你看海瑞那麼尖銳，他寫給皇帝的那封信就很不客氣，皇帝看了，幾次丟在地下，幾次又撿起來看一看，想一想，覺得這個人還是好人。但終歸把海瑞關起來，準備殺掉。我們的同志有海瑞那樣勇敢？」[1]這

---

[1]　轉引自《文人毛澤東》第 481 頁。

次講話，毛澤東還向幹部們推薦了一齣叫《三女搶牌》（即《生死牌》）的湘劇，該劇說的就是海瑞公正斷案的故事。海瑞剛直不阿的形象，給毛澤東頗多感觸。於是海瑞因毛澤東的提倡，一時成了知識界的明星，周揚在上海鼓勵周信芳演《海瑞上疏》，胡喬木在北京給吳晗透露了毛澤東的講話內容，鼓勵他多寫海瑞，宣傳海瑞精神。吳晗遂寫了〈海瑞罵皇帝〉、〈論海瑞〉的文章在《人民日報》上發表，後來又應北京京劇院馬連良的約請，寫了《海瑞罷官》。上海《解放日報》上也發表了〈南包公──海瑞〉和〈海瑞的故事〉。不過這些文章和戲，毛澤東是否看過，我們現在沒有確切的材料證明。然毛澤東對吳晗是相當熟悉的。作為歷史學家，吳晗在 40 年代就追隨共產黨。他的著作《朱元璋傳》早在 1948 年 11 月毛澤東在西柏坡就看過了，曾多次與吳晗當面討論書稿中的細節，還專門寫信說：「此書用功甚勤，掘發甚廣給我啟發不少」，希望吳晗以「歷史唯物主義作為觀察歷史的方法」，再「加力用一番工夫」。此後吳晗又兩易其稿。據說在毛澤東故居書房裏，還保留著親自批畫的 1955 年春的油印本《朱元璋傳》，可見毛澤東是又讀了一遍。1959 年吳晗奉命寫〈論海瑞〉，即將寫完時，廬山會議風雲突變，彭德懷被打成右傾機會主義分子，毛澤東此時提出了要區分左派海瑞和右派海瑞的問題，所以吳晗連忙在文末加寫了一段，以示與「假海瑞」彭德懷劃清界限云云。我們不能說，吳晗《海瑞罷官》的創作和演出，以當時提倡的「古為今用」的時尚一定沒有聯繫。但要把劇本與彭德懷罷官聯繫起來，說成是為彭德懷翻案，當時的文化人即使有豹子膽，也是不敢的。吳晗 1960 年寫就的劇本原是《海瑞》，在徵求意見時，正好植物家蔡希陶出國考察路過北京看望老友吳晗。蔡希陶讀了劇本，認為劇本並非寫海瑞的一生，為區別於其他海瑞戲，建議改為《海瑞罷官》，可見此戲與廬山會議罷彭德懷的官完全是不搭界的兩碼事。何況，《海瑞罷官》上演後，毛澤東在家裏接見過馬連良，一同吃了飯，馬連良還唱了幾段戲。毛澤東連說「戲好，海瑞是好人。」

　　然後毛澤東對《海瑞罷官》的看法，發生了變化。這與江青、康生的讒言有關。康生在 1966 年 5 月 5 日中央政治局擴大會議上有個發言，其中說：「姚文元的文章我很晚才看。1964 年我同主席講過，吳晗的《海瑞罷官》和彭德懷向黨進攻是一回事。去年（1965 年）9 月中央工作會議上，主席經過長期的考慮，認為吳晗是為資產階級復辟準備輿論的。在大區書記的會議上，主席問彭真，吳晗是不是可以批判？彭答，吳晗有些問題，可以批評。」[2] 看來康生首先向毛澤東提出《海瑞罷官》與彭德懷事件聯繫起來。毛澤東開始是否接受和重視了康生的讒言還不得而知，但到了 1965 年 9 月毛澤東明確表態，同意了康生的看法，說了姚文元的文章沒有打中要害，「要害是罷官」。而江青也有個自我表白。那就是 1967 年 4 月 12 日在軍委擴大會議上的講話，其中在談了柯慶施支持她批判「有鬼無害論」後，說：「批判《海瑞罷官》也是柯慶施同志支持的。張春橋、姚文元同志為了這個擔了很大的風險啊，還搞了保密。我在革命現代京劇會演以前，作了調查研究，並且參與了藝術實踐，感覺到文藝評論也是有問題的。我那兒有一些材料，因為怕主席太累，沒有給主席看。有一天，一個同志，把吳晗寫的《朱元璋傳》拿給主席看。我說：別，主席累得很，他不過要稿費嘛，要名嘛，給他出版，出版以後批評。我還要批評他的《海瑞罷官》哪！當時彭真拼命保護吳晗，主席心裏是很清楚的，但就是不明說。因為主席允許，我才敢於去組織這篇文章，對外保密，保密了七八個月，改了不知多少次。春橋同志每次來北京一次，就有人探聽，有個反革命分子判斷說，一定和批判吳晗有關。那是有點關係，但也是搞戲，聽錄音帶，修改音樂。但是卻也在暗中藏著評《海瑞罷官》這篇文章。因為一叫他們知道，他們就要扼殺這篇文章了。」[3] 這段講話，其實透露了這樣三個問題。其一，實際上江青很早就要批判

---

[2]　轉移自《文人毛澤東》第 584 頁。
[3]　《江青同志講話選編》第 38 頁。

《海瑞罷官》。1962 年 7 月康生曾向夏衍傳達江青對戲劇的批評：舞臺上出了不少壞戲，是個嚴重問題。《海瑞罷官》存在嚴重政治問題，應該停止演出。江青就有意組織文章批判《海瑞罷官》，也和毛澤東談過，但受到毛澤東的阻止。第二，在江青籌畫批判《海瑞罷官》的過程中，毛澤東是知道的並允許的，對江青的意圖也清楚。由於彭真保吳晗，批不批吳晗實際上涉及彭真，這就是說，批吳是表，打彭是裏。毛澤東開始或許不主張批，但到了 1965 年 9 月間，他明確提出中央很可能出修正主義，而且表示出對彭真和北京市委的不滿。江青摸到了毛澤東的意思，率先組織人批判吳晗，毛澤東自然也同意了。其三，表明組織姚文元批判《海瑞罷官》的文章，江青是背著中央其他領導人，在上海秘密進行的。整個過程得到柯慶施的全力支持，上海市委宣傳部長張春橋合謀，由《解放日報》姚文元執筆的，其主要意見是江青提出的。毛澤東又是怎樣評說批判《海瑞罷官》這件事呢？我們從他 1966 年 2 月 3 日接見阿爾巴尼亞軍事代表團時的談話，可以看出他的評價。談話中有這樣一段話：「我國的無產階級文化大革命應該從 1965 年冬姚文元同志對《海瑞罷官》的批判開始。那個時候，我們這個國家在某些部門，某些地方被修正主義把持了，真是水潑不進，針插不進。當時我建議江青同志組織一下寫文章批判《海瑞罷官》，但就在這個紅色城市無能為力，無奈只好到上海去組織，最後文章寫好了我看了三遍，認為基本上可以。讓江青同志拿回去發表，我建議再讓一些中央領導同志看一下，但江青同志建議：『這文章就這樣發表，我看不用叫恩來同志、康生同志看了。』姚文元的文章發表以後，全國大多數的報紙都登載了，但就是北京、湖南不登，後來我建議出小冊子，也受到抵制，沒有行得通。」[4] 這段話可看出，提出批《海瑞罷官》，毛澤東說是自己的建議，這與江青說得到毛澤東的「允許」而自己去組織，不大相同。但姚文元這篇文章的政治目的清楚地是針對北京的，

---

[4]　轉引自《文人毛澤東》第 588 頁。

寫好後發表前，毛澤東看過文章並同意發表，而且同意了江青的意見，預先沒有給其他領導人看過。因為「一叫他們知道，他們就要扼殺這篇文章了」。毛澤東把這篇文章視為文化大革命運動的開端。

姚文元的文章，題目是〈評新編歷史劇《海瑞罷官》〉，正式發表在 1965 年 11 月 10 日的《文匯報》上。它是如何出籠的呢？大致情況是這樣的：江青為批《海瑞罷官》在 1964 年 10 月找李希凡寫批判文章，李起先理解為一篇學術文章，要與吳晗討論「歷史真實」與「藝術真實」的關係。然江青要他與 1962 年的單幹風、翻案風聯繫，那就很為難了，因為兩者扯不到一起，所以沒有寫成。江青於是到上海找市委第一書記柯慶施，然後通過張春橋將任務交給姚文元。姚文元在 1948 年讀中學時參加了共產黨，他是寫文學評論的。他引起毛澤東的注意，是 1957 年 2 月 6 日他在《文匯報》上發表的〈教條和原則——與姚雪垠先生討論〉，對姚雪垠關於文藝創作的看法提出商榷，這是小人物向大人物挑戰。毛澤東喜歡培養思想文化戰線上的「小人物」，就向柯慶施打聽「姚文元是何許人也」？柯慶施當時調到上海不過一年，當然不知道姚文元何許人。而張春橋向柯慶施介紹了姚文元其人。柯趕緊向毛澤東作了彙報：「姚文元是姚蓬子的兒子。」毛澤東當然知道姚蓬子，是詩人又是叛徒，卻並不介意。1957 年 2 月 16 日毛澤東在一次講話中，談到兩點論時，他說：「最近姚蓬子的兒子姚文元，寫了一篇文章（指〈教條和原則〉），我看是不錯的。」「姚文元的片面性比較少。」毛澤東的話，姚文元頓受青睞。然姚文元真正起家的文章是「反右」運動中 6 月 10 日在《文匯報》上發表的〈錄以備考——讀報有感〉。這篇文章將《文匯報》的版面與其他報紙作對比，批判《文匯報》的辦報方向不對。毛澤東看了這篇一千多字的文章後，就讓《人民日報》在 6 月 14 日轉載了這篇文章，並親自以「人民日報編輯部」的名義寫了〈文匯報在一個時期內的資產階級方向〉。於是姚文元一夜之間成了「反右」英雄，從此成為黨意識形態領域的尖兵，這是毛澤東為姚文元安排的政治角色，而姚文元自覺地進入了這個角色。又一

次引起毛澤東注意的是姚文元與周谷城的論戰。周谷城在 1962 年 12 月《新建設》雜誌上發表了〈藝術創作的歷史地位〉，提出在階級社會裏由壓迫與被壓迫，剝削與被剝削不同階級的各種思想意識匯合而成為當時的時代精神；這種時代精神是一個統一體，廣泛流傳於整個社會；它通過不同階級乃至個人反映出來，進入文藝創作，由此形成創作的獨創性和文藝作品的具體性、特殊性。這個觀點被概括為「時代精神匯合論」，引起了文藝理論界、美學界、哲學界的廣泛討論。不少人同意這個觀點，也有人不同意這個觀點，但都是從學術角度進行立論的。然姚文元在 1963 年 9 月 24 日《光明日報》上，發表〈略論時代精神問題——與周谷城先生商榷〉一文，說時代精神匯合論是「脫離階級分析的歷史唯心論」，是宣揚「階級調和論」，「客觀上適合於保衛腐朽的舊制度不被滅亡」。討論由此升溫。周谷城讀後在 1963 年 11 月 7 日《光明日報》上發表了〈統一整體與分別反映〉一文，對姚文元的觀點進行反駁。姚文元 1964 年 5 月 10 日在《光明日報》上再發表〈評周谷城先生的矛盾觀〉，重申他的觀點。不久，《光明日報》收到金為民、李雲初〈關於時代精神的幾點疑問——與姚文元商榷〉的文章。毛澤東在 1964 年 7 月 5 日，看了姚文元〈評周谷城先生的矛盾觀〉和尚未見報的金為民、李雲初的文章排樣，就讓人通知中宣部把這兩篇文章合在一起，編成小冊子，發給來京參加京劇現代戲會演的人員閱讀。他又以「編者」的口吻寫了一個按語：「這兩篇文章，可以一讀。一篇是姚文元駁周谷城的，另一篇是支持周谷城反駁姚文元的。都是涉及文藝理論問題的。文藝工作者應該懂得一點文藝理論，否則會迷失方向。這兩篇批判文章不難讀。究竟誰的論點較為正確，由讀者自己考慮。」中宣部接到通知後，自然不能怠慢，立即印成小冊子，定命為《關於文藝理論的兩篇文章》。毛澤東的按語，對雙方的觀點沒有明確表態，但從過程和基調來看，姚文元的觀點或許更接近他的想法。事實上，此後不久，周谷城的觀點與楊獻珍的「合二為一」、邵荃麟的「中間人物」一起當作資產階級修正主義觀點來批判了。毛澤東

看重姚文元，江青去上海把批《海瑞罷官》的任務交給姚文元，也是情理之中了。

姚文元的〈評新編歷史劇《海瑞罷官》〉是揭開「文化大革命」大幕的文章。凡經歷過「文化大革命」的人，無不讀過。然歲月的流逝畢竟會模糊人們的記憶，何況年輕的一代很少有機會從塵封的報紙上翻閱此文。原文過於冗長，無法全文照錄。先摘錄此文的一頭一尾，錄以備考。開頭一段，便於今日讀者瞭解一些背景資料。結尾一段，是整篇文章的要害，也是爭論最激烈的所在。

> 一九五九年六月開始，吳晗同志接連寫了〈海瑞罵皇帝〉、〈論海瑞〉等許多歌頌海瑞的文章，反覆強調了學習海瑞的「現實主義」。一九六一年，他又經過七次改寫，完成了京劇《海瑞罷官》，還寫了一篇序，再一次要求大家學習海瑞的「好品德」。劇本發表和演出後，報刊上一片讚揚，有的文章說它「深寓著豐富的意味」，「留給觀眾以想像的餘地」，鼓吹「羞為甘草劑，敢做南包公」；有的評論文章極口稱讚吳晗同志「是一位善於將歷史研究和參加現實鬥爭結合起來的史學家」，「用借古諷今的手法，做到了歷史研究的古為今用」，這個戲更是「開闢了一條將自己的歷史研究更好地為社會主義現實、為人民服務的新途徑」；有的文章還說：人們在戲裏表揚「清官」……是在教育當時的做官的，起著「大字報」的作用。

> 《海瑞罷官》及其讚揚者提出了這麼重大問題，並且廣泛地宣揚了他們的主張，我們就不能不認真地進行一次研究。」（以上為開頭）

> （下面為結尾）「現在回到文章開頭提出的問題上來：《海瑞罷官》這張「大字報」的「現實主義」究竟是什麼？對我們社會主義時代的中國人民究竟起什麼作用？要回答這個問題，就要

研究一下作品產生的背景。大家知道，一九六一年正是我國因為連續三年自然災害而遇到暫時的經濟困難的時候，在帝國主義、各國反動派和現代修正主義一再發動反華高潮的情況下，牛鬼蛇神們刮過一陣「單幹風」、「翻案風」。他們鼓吹什麼「單幹」的「優越性」，要求恢復個體經濟，要求「退田」，就是要拆掉人民公社的台，恢復地主富農的罪惡統治。那些在舊社會中為勞動人民製造了無數冤獄的帝國主義者和地富反壞右，他們失掉了製造冤獄的權利，他們覺得被打倒是「冤枉」的，大肆叫罵什麼「平冤獄」，他們希望有那麼一個代表他們的利益的人物使他們再上臺執政。「退田」、「平冤獄」就是當時資產階級反對無產階級專政和社會主義革命的鬥爭焦點。階級鬥爭是客觀存在，它必然要在意識形態領域裏用這種或那種形式反映出來，在這位或者那位作家的筆下反映出來，而不管這位作家是自覺的還是不自覺的。這是不以人們意志為轉移的客觀規律。《海瑞罷官》就是這種階級鬥爭的一種形式的反映。如果吳晗同志不同意這種分析，那麼請他明確回答：在一九六一年，人們從歪曲歷史真實的《海瑞罷官》中到底能學到一些什麼東西呢？

我們認為：《海瑞罷官》並不是芬芳的香花，而是一株毒草。它雖然是頭幾年發表和演出的，但是歌頌的文章連篇累牘，類似的作品和文章大量流傳，影響很大，流毒很廣，不加於澄清，對人民的事業是十分有害的，需要加以討論。在這種討論中，只要用階級分析的觀點認真地思考，一定可以得到現實的和歷史的階級鬥爭的深刻教訓。

　　批《海瑞罷官》文章發表後，《文匯報》在張春橋的指示下，編了一個《文彙情況》的內部刊物，專門收集各地特別北京對文章的反響。成立了一個專門班子負責。打出「百家爭鳴」的旗號，準備開闢〈關

於《海瑞罷官》問題的討論〉之一、之二、之三地連續刊出，以便「引蛇出洞」。可惜的是，開始沒有人出來爭鳴，這使張春橋、姚文元犯愁了，於是召見《文匯報》總編，指示在讀者來信中找一個「反對者」。於是找出了十七歲的中學生馬捷的來信，並輔導他寫得更有深度，更尖銳一些。馬捷的文章〈也讀《海瑞罷官》〉一文在 11 月 30 日《文匯報》〈關於《海瑞罷官》問題的討論〉通欄標題下發表。還有一個張春橋親自撰寫的「編者按」。編者按：「姚文元同志的〈評新編歷史劇《海瑞罷官》〉一文，於 11 月 10 日在本報第二版發表以後，引起了各方面的重視。史學界、文藝界、出版界、教育界有的單位已進行了各項討論，有的正在展開討論。對這篇文章，提出了各種贊成的、反對的或者懷疑的意見。許多同志來信把討論中提出的各種意見和問題告訴了我們，要求在報紙上展開討論。我們非常歡迎這個建議。黨中央和毛澤東同志經常教導我們，百花齊放、百家爭鳴的方針，是促進我國的社會主義文化繁榮的方針。革命的戰鬥的批評和反批評，是揭露矛盾，解決矛盾，發展科學，藝術，做好各項工作的好方法。我們發表姚文元同志的文章，正是為了開展百家爭鳴，通過辯論，把《海瑞罷官》這齣戲和它提出的一系列原則問題弄清楚，促進社會主義文化繁榮昌盛。我們熱烈地歡迎廣大讀者繼續來稿來信，各抒己見，參加討論。現在把馬捷同志的來稿發表於下。」這個編者按，實際上是張春橋、姚文元「引蛇出洞」的廣告。唯恐人不知，竟一字不易地接連重複刊登了六天。馬捷的名字是陌生的，誰也不會猜到他竟是個中學生，而會猜想他是某專家的化名。不言而喻，這大大提高了這篇反駁文章的聲望。我現在引錄兩段看看：「姚文元同志在〈評新編歷史劇《海瑞罷官》〉中不僅反對了《海瑞罷官》，而且還指責了《海瑞上疏》。他說：『不論清官、好官多麼清、多麼好，他們畢竟只能是地主階級對農民實行專政的清官、好官，而決不可能相反。』從這段話中我們完全可以看出，作者不僅僅認為海瑞是封建統治階級的爪牙，還認為歷史上所有的『官』全是壞蛋，在他的眼睛裏，什麼越王勾踐，什麼劉、關、

張，什麼諸葛亮，什麼包公，什麼岳飛，什麼楊家將，什麼林則徐，什麼鄧世昌。他們統統是封建統治階級的爪牙和幫兇。那麼請問，歷代人民對他們的尊敬，是不是全是受了封建階級的騙，也就是說，我國人民是上了圈套，全是愚昧的？按照姚文元的邏輯，豈不是可以把所有的史書燒光嗎？」另一段是：「文藝作品，特別是社會主義的文藝作品，要讀者從中吸取優秀人物的精神，要用作品中優秀形象激勵自己為社會主義貢獻力量，為共產主義奮鬥終身，這是連小學生都知道的道理。但是，姚文元同志偏不認識這小學生都懂的道理，以為戲中有『退田』，我們也『退田』；戲中有『平民冤』，我們也『平民冤』；戲中有『反官僚』，我們也『反官僚』。總之，文藝作品中的主人公幹啥我們也幹啥，按照這種荒謬絕頂的邏輯，我們讀《鐵道游擊隊》就要學劉洪等人飛車搞機槍；讀《紅岩》我們就要像許雲峰到敵人魔窟再鬥爭，在臨死前要學江姐。」最後馬捷說：「姚文元同志斷章取義地引用他人文章，斷章取義地分析作品，其卑鄙程度是令人詫異的。從根本上看，姚文元同志還對毛主席關於從歷史中吸取精華的教導採取了反對態度，這正是階級和階級鬥爭的一個反映，不管是自覺的還是不自覺的。」馬捷當時雖然被張春橋、姚文元當羔羊宰割，但他是純真的，其正義感是可嘉的。

自從馬捷文章一刊出，如張春橋所意料，讀者來信激增，來稿也不斷增多。於是《文匯報》選發了一些反姚文章，作者有蔡成和、燕人、林丙義、張家駒、羽白等人。然大多數權威人士仍然按兵不動。於是張春橋發出指示，請他們來。12 月 31 日由《文匯報》出面，召開座談會，請來了周予同、周谷城、蔣星煜、譚其驤、李俊民、李平心、魏建猷、張家駒、陳向平、陳守實等一批教授和學者。為了使與會者無拘無束，張春橋、姚文元回避了。主持人開始還宣佈「內部座談，聽聽各位意見，不算帳。」但在會議結束時，主持人又說：「謝謝各位。今天的發言，我們準備整理成文見報。」這些老專家才知道上了大當。但一言既出，駟馬難追，悔之晚矣。此時，北京也傳來了「引

蛇出洞」成功的消息。元史專家翁獨健教授出來說：「姚文元最後一段
議論提出《海瑞罷官》影射現實，過了頭，超過了學術範圍。」北京
大學歷史系主任翦伯贊教授也替吳晗打不平，說「如果整吳晗，所有
進步的知識份子都會寒心。」當然這些意見還只是民間性質，而更為
尖銳的鬥爭在上層，是毛澤東與彭真的糾葛。

　　姚文元文章發表後，北京市委和《人民日報》不知道文章的背景，
幾次向上海市委宣傳部詢問，張春橋嚴令上海方面托辭不答，使北京
方面不知底細而處於非常被動的境地。毛澤東 11 月 17 日到上海，見
北京不轉載姚文元文章，11 月 20 日就要上海立即把姚文元的文章印
成小冊子，由全國新華書店發行，形成南北賭氣的局面。據朱永嘉的
回憶，打破這個僵局的是時任上海市委第一書記陳丕顯（柯慶施在 4
月 9 日已病逝）。11 月 25 日，陳丕顯在上海將文章的背景告訴了羅瑞
卿，並托羅瑞卿轉告周總理。羅瑞卿讓《解放軍報》轉載。總理讓《人
民日報》、《北京日報》在 11 月 29 日轉載了。[5]根據周恩來、彭真的意
見寫成並經過他們修改的「按語」說，「對海瑞和《海瑞罷官》的評價，
實際上牽涉到如何對待歷史人物和歷史劇問題，用什麼樣的觀點來研
究歷史和怎樣用藝術形式來反映歷史人物和歷史事件的問題。」「我們
希望，通過這次辯論，能夠進一步發展各種意見之間的爭論和相互批
評。我們的方針是：既容許批評的自由，也容許反批評的自由，對於
錯誤的意見，我們也採取說理的方法，實事求是，以理服人。」《人民
日報》特意把姚文元的文章安排在第五版「學術討論」欄目上，借此
表示了自己的態度。鄧拓化名向陽生發表了〈從《海瑞罷官》談到道
德繼承論〉和〈是革命呢，還是繼承呢？〉。周揚化名方求發表了〈《海
瑞罷官》代表一種什麼社會思潮〉，北京市委宣傳部長李琪化名為李東
石發表了〈評吳晗同志的歷史觀〉。這些文章力求把這場批判引上學術
討論的軌道，對姚文元那種生拉硬扯、無限上綱的錯誤做法進行了抵

5　《炎黃春秋》2011 年第 6 期。

制。用江青、張春橋的話說是「假批判，真包庇」。可見，在批判《海瑞罷官》的問題上，當時已經形成了兩個領導中心。一個是符合組織程序，以彭真為首的中央文化革命五人領導小組[6]和中宣部。一個是以上海為據點，以江青、張春橋、姚文元為骨幹的不合組織程序的群體。這兩個中心的鬥爭，關鍵是毛澤東的態度。雖然毛澤東和兩方面都有接觸，但他偏袒於後一個中心是很明顯的，並且同前一個中心的對立情緒已然引發。江青當時不斷地把一些材料送給毛澤東看，其中有《光明日報》記者去看吳晗，談起姚文元的文章。記者把吳晗的談話概括為這樣幾點：說正在給彭真同志寫報告說明情況；談了自己為什麼不寫答辯文章；說這個劇本有缺點，但不能說是毒草；姚文元這樣牽強附會地批判，誰還敢談歷史。吳晗這個談話，毛澤東看了。還有一份材料，第一個小標題是「翦伯贊認為，現在學術界的顧慮並未解除，姚文元亂來一通，不利於百家爭鳴」，毛澤東看後在前面畫了三個圈。毛澤東還看了中國科學院文學研究所討論姚文元文章的材料，上面有俞平伯說了一句「我同意姚文元意見」，就躺在椅子上，閉起了眼睛。還有北京大學法律系師生通過查閱眾多歷史書籍以及地方誌、筆記、案例彙編而整理的材料，報給彭真，彭送給毛澤東，並附言說：「我覺得這種做法好，方針對」。這種做法，儘管也是批判，但畢竟是從史實的角度來做的。彭真的意思很明顯，就是想以此來同姚文元亂扣帽子的批判方式進行對照。毛澤東只在上面批了幾個字：「已閱。退彭真。」其實毛澤東心裏已有了更為宏大的策略。12月21日毛澤東在杭州召見了陳伯達、田家英、關鋒、艾思奇、胡繩談話。毛澤東說了一段話：「戚本禹的文章很好[7]，我看了三遍，缺點是沒有點名。姚文元的文章也很好，對戲劇界、歷史界、哲學界震動很大，缺點是沒有擊中要害。《海瑞罷官》的要害問題是『罷官』。嘉靖皇帝罷了海瑞的官，一九五

---

[6] 1964年7月初由毛澤東提議建立的，由彭真任組長，陸定一任副組長，周揚、康生、吳冷西任組員，領導文化界整風的組織。
[7] 指《為革命而研究歷史》。

九年我們罷了彭德懷的官，彭德懷也是『海瑞』。」[8]由此可見，毛澤東的認識有了變化，《海瑞罷官》的要害由「退田」即「單幹風」的路線問題，已經升級為「罷官」的政治問題，有誰來掌握政權的問題，這當然與彭真他們認定的學術問題相距太遠了。談話的第二天，彭真、康生代表中央文化革命五人小組到杭州，毛澤東當面又講了這個看法。彭真當即解釋，我們經過調查，沒有發現吳晗同彭德懷有什麼組織聯繫。當時彭真或許已經意識到，他們合法的中央五人小組和中宣部已經不可能獲得這場批判運動的指導權了。但彭真回北京後沒有立即公開毛澤東關於要害是「罷官」的意見。而得風氣之先的關鋒、戚本禹先後把自己攻擊《海瑞罷官》的要害是「罷官」的文章交給中宣部，當中宣部堅持要他們改寫時，關鋒、戚本禹有恃無恐地拒絕，中宣部只好把此事上報中央文化革命五人小組。彭真認識到如何確立文化批判的基本原則已是迫在眉睫。於是 1966 年 2 月 3 日，召開了「中央文化革命五人小組」擴大會議，討論批判《海瑞罷官》的情況和繼續批判的原則問題。彭真強調吳晗與彭德懷，《海瑞罷官》與廬山會議並無聯繫，並提出「在真理面前人人平等」這一原則。會議形成《五人小組向中央的彙報提綱》，即《二月提綱》。《提綱》首先肯定了這場大辯論的性質是思想意識形態領域裏的鬥爭，是「在學術領域中清除資產階級和其他反動或錯誤思想的鬥爭」。接著《提綱》確定了鬥爭的方針，說「堅持毛澤東同志 1957 年 3 月在黨的全國宣傳工作會議上所講的『放』的方針，也就是讓各種不同意見（包括反馬克思主義的東西）都充分地放出來，在針鋒相對的矛盾的鬥爭中，用擺事實、講道理的方法對反動或錯誤的思想加以分析批判，真正地駁倒和摧毀它們。」並且提出了「要堅持實事求是、在真理面前人人平等的原則，要以理服人，不要像學閥一樣武斷和以勢壓人。要提倡「堅持真理，隨時修正錯誤」，同時提出「要准許犯錯誤的人和學術觀點反動的人自

---

[8] 轉引自《文人毛澤東》第 590 頁。

己改正錯誤，對他們採取嚴肅和與人為善的態度，不要和稀泥，不要
『不准革命』。」對吳晗也有明確的看法，《提綱》說：「對吳晗這樣用
資產階級世界觀對待歷史和犯有政治錯誤的人，在報刊上的討論不要
局限於政治問題，要把涉及到各種學術理論的問題，充分地展開討論，
如果最後還有不同意見，應當容許保留，以後繼續討論。」「警惕左派
學術工作者走上資產階級專家、學閥的道路。要重視在鬥爭中出現的
優秀的青年工作者，加以培養和幫助。」這個《二月提綱》經在京的
中央政治局常委討論通過後，2 月 8 日彭真、陸定一、康生等人飛赴
武漢，當面向毛澤東彙報。談話中毛澤東兩次問能不能講吳晗是反黨
反社會主義的問題，並重申了《海瑞罷官》的要害是「罷官」，批判要
聯繫廬山會議。彭真提出左派也要整風，毛澤東表示：「這樣的問題三
年以後再說。」整個談話，毛澤東沒有表示對《二月提綱》的不同意
見，自然不是表示他支持這個《二月提綱》。然彭真當即代中央起草了
一個批語，電傳北京，經在京中央政治局常委同意後，1966 年 2 月 12
日《二月提綱》作為中共中央正式文件發往全國。彭真彷彿有一種如
釋重負的感覺，幾個月來的壓頂之勢，頃刻間就減輕了。

其實彭真錯了，更大的壓力還在後頭，接著就發生了直接交鋒的
場面。3 月上旬，張春橋派上海市委宣傳部長楊永直到北京摸《二月
提綱》的底。他同中宣部副部長、五人小組學術批判辦公室主任許立
群談了幾次，提出了幾個問題：《二月提綱》裏說的「學閥」有沒有具
體對象，指的是誰？上海要批判一批壞影片，包括《女跳水隊員》，因
為裏面有大腿，行不行？重要的學術批判文章要不要送中宣部審查？3
月 11 日，許立群將談話內容向彭真電話彙報，並請示如何回答。彭真
很有火氣地回答：學閥沒有指具體的人，是阿Q，誰頭上有疤就是誰。
《女跳水隊員》裏有大腿的事，你去問張春橋、楊永直，他們遊過泳
沒有？重要批判文章送中宣部的事，過去上海發表姚文元的文章，連
招呼都不打，上海市委的黨性到哪裏去了？楊永直接到許立群的回答
立即趕回上海。張春橋聽了彙報，心裏就有了把握，這個《二月提綱》

的矛頭是針對姚文元的，也可以說指向毛澤東的。於是立即把彭真帶有火氣的話報告了毛澤東，這大大惡化了毛澤東的情緒，促使他增加了對北京方面的反感。

彭真想不到，事態沒有按照他的預料發展。3 月中旬，毛澤東在杭州召開中央政治局常委擴大會議提出：現在學術批判還沒有開展起來，要對資產階級學術權威進行切實的批判，要培養自己的年輕的學術權威，不要怕青年人犯「王法」。「3 月 28 日至 30 日毛澤東在杭州三次同康生、江青等人談話，嚴厲指責北京市委、中宣部包庇壞人，不支持左派。他說：北京市針插不進，水潑不進，要解散市委；中宣部是『閻王殿』，要『打倒閻王，解放小鬼』；說吳晗、翦伯贊是學閥，上面還有包庇他們的大黨閥（指彭真）；並點名批評鄧拓、吳晗、廖沫沙擔任寫稿的《三家村札記》和鄧拓寫的《燕山夜話》是反黨反社會主義的。毛澤東還號召地方造反，向中央進攻，說各地應多出一些孫悟空，大鬧天空。」3 月 31 日康生從杭州回北京，向周恩來、彭真傳達了毛澤東對《二月提綱》的批評。4 月 9 日至 12 日，中共中央書記處在京開會，批判彭真在這場文化學術批判運動中以及歷史上的一些錯誤，決定起草一個撤銷並徹底批判《二月提綱》的通知，同時解散中央文化革命五人小組，另外成立以陳伯達為首的中央文化革命文件起草小組。陳伯達主持起草的《通知》，經毛澤東在杭州七次修改，於 5 月 16 日通過，即《五·一六通知》。這個《通知》宣佈了《二月提綱》的十大罪狀，最後毛澤東寫下了如下一段意味深長的話：「混進黨裏、政府裏、軍隊裏和各種文化界的資產階級代表人物，是一批反革命的修正主義分子，一旦時機成熟，他們就會要奪取政權，由無產階級專政變為資產階級專政。這些人物，有些已被我們識破了，有些則還沒有被識破，有些正在受到我們信用，被培養為我們的接班人，

---

9   《中國共產黨歷史大事記》，中共中央黨史研究室編，人民出版社 1991 年版第 274 頁。

例如赫魯雪夫那樣的人物，他們現正睡在我們的身旁，各級黨委必須充分注意這一點。」這段話標誌著文化大革命正式全面開始。

下面簡單地說一下批判鄧拓。鄧拓自 1961 年 3 月 19 日開始以「馬南邨」的筆名寫《燕山夜話》，每星期二、四在《北京晚報》上發表，一共寫了 153 篇隨筆。這些在思想文化領域中提倡破除迷信、解放思想的作品，當時幾乎家喻戶曉，影響遍及全國。1961 年 10 月，北京市委的《前線》雜誌又刊出了以吳南星為筆名的《三家村札記》。這是吳晗、鄧拓、廖沫沙的共同筆名。他們相約在《前線》上每期刊登一篇，三人輪流寫。這一專欄以兼具思想性、知識性、趣味性，而受到黨內外讀者的歡迎。但隨著形勢的變化，批判《三家村札記》、《燕山夜話》是不可避免的。1966 年 5 月 8 日，由江青主持寫作，署名高炬的文章〈向反黨反社會主義的黑線開火〉在《解放軍報》上發表。文章已是謾罵和恐嚇，點名鄧拓是他和吳晗、廖沫沙開設的『三家村』黑店的掌櫃，污衊鄧拓「對黨和社會主義懷有刻骨仇恨」，「為資本主義復辟鳴鑼開道」。《燕山夜話》是「地地道道的反黨反社會主義的黑話」。同日，《光明日報》刊登關鋒化名「何明」的文章〈擦亮眼睛，辨別真偽〉，矛盾直指時任北京市委書記鄧拓和統戰部長廖沫沙，直逼彭真。而更嚴厲的是，姚文元的文章。姚文元原先的標題是〈評反黨反社會主義的大黑店『三家村』──《燕山夜話》《三家村札記》的反動本質〉。其稿毛澤東閱後，覺得標題冗長，便寫上了〈評《三家村》〉四字，把原先的「反黨反社會主義的大黑店」刪去。這篇被吹噓為「經過主席親筆改定」的文章，於 5 月 10 日《文匯報》、《解放日報》同時發表。〈評《三家村》〉一文，充滿殺氣，血光照人，說「在《燕山夜話》和《三家村札記》中，貫穿著一條同《海瑞罵皇帝》、《海瑞罷官》一脈相承的反黨反社會主義的黑線；污衊和攻擊以毛澤東同志為首的黨中央，攻擊黨的總路線，極力支持被『罷』了『官』的右傾機會主義分子的翻案進攻，支持封建勢力和資本主義勢力的倡狂進攻。」姚文元危言聳聽，把鄧拓、吳晗、廖沫沙打成反革命集團。此文章在下

午就空運到北京,當天的《文匯報》在中央政治局擴大會議上散發,翌日《人民日報》全文轉載。5 月 11 日出版的《紅旗》雜誌第七期也全文轉載。文章發表的第六天,《五‧一六通知》出臺。就在這一天,全國各報同時轉載了戚本禹發表在《紅旗》第七期上的文章〈評《前線》、《北京日報》的資產階級立場〉,文章中竟造謠說:「鄧拓是一個什麼人?現在已經查明,他是一個叛徒,在抗日時期又混進黨內。他偽裝積極,騙取黨和人民信任,擔任了《人民日報》的重要職務。他經常利用自己的職權,歪曲馬克思列寧主義、毛澤東思想,推行宣傳他的資產階級修正主義思想。一九五七年夏天,他是資產階級右派方面一個搖羽毛扇的人物。」對於這些無中生有,莫須有的罪名,他不能忍受這種污辱,不能沉默,他要向市委申訴。5 月 17 日夜,他寫了一封給彭真、劉仁,說明真相,辯白冤屈的信,有六千字,用盡了最後的心力,句句泣淚,字字滴血,最後留下了「粉身碎骨全不怕,要留清白在人間」的絕唱而訣別了人間,年僅 54 歲。第二天,5 月 18 日林彪作了那次大念「政變經」的著名講話,誣陷彭真聯合羅瑞卿、陸定一、楊尚昆搞政變,炮製出「彭、羅、陸、楊反黨集團」的大冤案。

田家英也是為《海瑞罷官》而自殺的一位。田家英是毛澤東的秘書,為人正直剛毅。他在整理毛澤東 1965 年 12 月 21 日在杭州談話紀要時,把談及戚本禹、姚文元文章的那段話刪去。當時艾思奇提醒田家英,刪去這段話,會惹出大麻煩的。田家英還是堅持刪去。等談話紀要印出來,陳伯達、張春橋、姚文元、戚本禹冒火三丈連連跳腳,江青心急似火,去問毛澤東,那段話是誰刪去的?當明確是田家英刪去後,怒不可遏,咬牙切齒。於 5 月 22 日,宣佈田家英「篡改毛主席指示」,停職檢查,並勒令 23 日滾出中南海。23 日上午,田家英悲憤交集,棄世於中南海,年僅 44 歲,距鄧拓自殺僅相隔 6 天。

最後,我們交代一下吳晗一家子的結局。吳晗一家四口,1969 年 3 月 18 日,妻子、歷史學家袁震在苦風淒雨中離世。10 月 11 日,被打成胸積淤血的吳晗慘死於北京獄中,終年 60 歲。他的女兒吳小彥受

到株連，挨鬥受批，患了精神分裂症。1975 年秋因罵「四人幫」而被北京市公安局逮捕，於 1976 年 9 月 23 日自殺。唯一熬過十年苦難的是兒子吳彰，在粉碎「四人幫」之後考上了大學。1979 年 3 月 2 日經中央批准，北京市委為吳晗冤案平反。主演《海瑞罷官》的馬連良在文革開始時飲恨而亡。主演《海瑞上疏》的周信芳，被打成反革命，受盡凌辱而屈死。批判《海瑞罷官》所株連者甚多，令人目觸心驚。

第十章　「文藝黑線」

　　所謂「文藝黑線」是〈林彪同志委託江青同志召開的部隊文藝工作座談會紀要〉中提出的命題。因此我們需要從江青炮製這個〈紀要〉說起。1966 年 1 月 21 日，丙午年正月初一，江青專程到蘇州向林彪拜年。林彪時任國防部部長、中央軍委副主席，主持軍委常委工作。江青想在中國政治舞臺上成為一顆新星，就需要借助林彪之力以便托起。而林彪也明白「第一夫人」江青的份量，借助於她，對自已的進一步上升也至關重要。於是他倆出於政治的需要，通過這次拜年，一拍即合，江青稱謂請到了「尊神」。林彪立即指示中國人民解放軍總政治部，派出總政治部第一副主任劉志堅，總政文化部部長謝鏜忠，副部長陳亞丁和總政宣傳部部長李曼村以及劉景濤、黎明兩名二作人員去上海參加江青召開的文藝座談會。會議從 2 月 2 日到 20 日在上海錦江飯店小禮堂召開。會議一開始就宣佈了紀律：不准記錄，不准外傳，不准讓北京知道。會議非常神秘。江青在會議上印發了必讀文件：〈毛主席同音樂工作者的談話〉、〈毛主席對文藝界的兩次重要批示〉以及〈毛主席一九四四年在延安看了《逼上梁山》後寫給平劇院的信〉。這封信是 1944 年 1 月 9 日毛澤東寫給楊紹萱、齊燕銘的信。因為齊燕銘於 1965 年 4 月 7 日所任文化部副部長職務已被免除，所以江青改成這個題目。而且把其中「郭沫若在歷史話劇方面做了很好的工作，你們則在舊劇方面做了此種工作」一句刪去。被刪改過的信曾發表於 1967 年 5 月 25 日《人民日報》。直至 1982 年 5 月 22 日《人民日報》重新發表此信時才恢復原貌。這封信中有這樣一段話：「歷史是人民創造的，但在舊戲舞臺上（在一切離開人民的舊文學舊藝術上）人民卻成了渣滓，由老爺太太少爺小姐們統治著舞臺，這種歷史的顛倒，現在

由你們再顛倒過來，恢復了歷史的面目，從此舊劇開了新生面，所以
值得慶賀。」江青借此發揮著說：「我們的文藝界不像樣，讓帝王將相、
才子佳人、洋人死人統治舞臺」，「有一條與毛主席思想相對立的反黨
反社會主義的黑線專了我們的政」，「現在該是我們專他們的政的時候
了」。江青這裏的講話實際上為這次座談會和後來的〈紀要〉定了調子。
一共十九天的會議，正如江青所言，「主要是看電影，在看電影中講一
點意見」。在會議上總共看了三十多部電影和三場戲。看什麼電影都由
江青指定。江青到場看了十三場，張春橋有時也來看。陳伯達到上海
也來看了幾場。江青一邊看電影，一邊隨時說些意見。江青還找人個
別談話，找劉志堅談了八次。正兒八經的集體座談只有四次。二月九
日江青到杭州毛澤東那裏，打聽彭真的動向。因為彭真在二月八日到
武漢向毛澤東彙報《二月提綱》。二月十六日座談會繼續舉行，到十九
日江青說她有事，暫告一個段落，座談會算結束了。整個座談會其實
只有江青一個人談，其餘的人不過是用耳朵聽聽罷了。江青那些斷斷
續續、零零碎碎、東言西語的話，總括起來大致上有如下幾個方面：
1、自我吹噓，抬高自己。說自己是山東諸城人，十幾歲到青島，以
後到上海，和毛主席結婚後在主席身邊。在延安時當協理員。進了北
京給主席當秘書，管「外參」。這幾年主席讓我當「文藝哨兵」。她戴
著大口罩到戲院看戲，她發現牛鬼蛇神，帝王將相、才子佳人統治我
們的舞臺，文藝界有許多問題。於是她把情況彙報了主席。她說《武
訓傳》的錯誤也是她發現的，評《海瑞罷官》是她在上海搞的。同時
吹噓她如何搞京劇改革，如何搞芭蕾等等。2、吹捧林彪。說她搞京
劇改革，抓文藝批判沒人支持，她向林彪談了自己的意見，她要請尊
神，請解放軍這個尊神。林彪完全同意了她的意見。3、誣稱在文藝
方面有一條反黨反社會主義的黑線。江青多次說毛主席在24年前的講
話，一直貫徹不下去，這是因為在文藝方面有一條反黨反社會主義的
黑線專了我們的政，十七年來，他們一直在專我們的政，再也不能這
樣下去了。4、攻擊、誣陷周總理等中央領導同志和文藝界的領導同

志。說她開了一個音樂座談會，提出樂隊要中西合璧，文化部把它封鎖起來，不向下傳達。周總理另外開了個民族音樂座談會，講了先分後合，要洋的就是洋的，中的就是中的，搞純粹的民族樂隊，不許混雜。這是錯誤的，不符合毛主席思想的，他是應該作檢討的。她還說北京市委不支持她，主席的話都不聽。江青還攻擊誣陷周揚、夏衍等同志，說他們不聽主席的話。有的原來就是特務、有的叛變了，有的掉隊了。還說夏衍這班傢伙主張「離經叛道」，完全是反對毛主席的。她還攻擊文化部不像共產黨領導的文化部。5、指責和否定大量的電影和文學作品。江青看一部電影就否定一部。說有的是不寫正確路線，專寫錯誤路線；有的是美化敵人，歌頌叛徒；有的是醜化勞動人民和軍隊的；有的是頌揚戰爭苦難；有的是宣傳和平主義；有的是寫談情說愛，低級趣味；有的是不寫英雄人物專寫中間人物；有的寫英雄人物，寫一個死一個；有的是為活著的人樹碑立傳。看了幾十部電影，江青沒有一部滿意的。對一些外國電影也無端指責。此外江青還談了一些創作方法、電影技巧等問題。[1]

那麼〈紀要〉是怎樣炮製的呢？二月二十日座談會結束後，劉志堅他們需要向總政治部彙報，於是劉志堅、李曼村、謝鏜忠一起回憶討論，由黎明記錄，陳亞丁幫助修改，整理成一份「彙報提綱」，約三千字。然江青看了這個「彙報提綱」後認為歪曲了她的本意，沒有能夠反映她的意見。命令這個「彙報提綱」不要傳達，不要下發。並且將此事告訴了毛澤東。毛澤東要陳伯達、張春橋、姚文元參加稿子的修改。這一突然變化，劉志堅感到意外，便向總政治部主任蕭華作了彙報。蕭華決定派陳亞丁去上海參加修改。並且關照，「江青要怎麼改，你就怎麼改，有什麼問題回來再說。」陳亞丁返回上海，2月26日張春橋把陳亞丁接到錦江飯店商量稿子修改事宜。陳見到江青後，才知

[1] 參見劉志堅：〈部隊文藝工作座談會紀要產生前後〉，《回首「文革」》上冊中共黨史出版社 2000 年版。

道那份「彙報提綱」太簡單，太粗糙，要重寫一份《江青同志召開的
部隊文藝工作座談會紀要》。陳伯達、張春橋參加了修改工作。陳伯達
提了兩點意見：第一，「17 年文藝黑線專政的問題，這很重要，但只
是這樣提，沒頭沒尾。要講清楚這條黑線的來源。它是三十年代上海
地下黨執行王明右傾機會主義路線的繼續。把這個問題講清楚，才能
更好地認清解放後十七年的文藝路線，這條黑線是從那個時候開始
了。」第二，「要講一段文藝方面的成績。江青同志親自領導的戲劇革
命，搞出了像《沙家浜》、《紅燈記》、《智取威虎山》、芭蕾舞《紅色娘
子軍》、交響音樂《沙家浜》等，這些，真正是我們無產階級的東西。
這些都要寫一下。這樣，破什麼立什麼就清楚了。」對陳伯達的指點，
江青歡欣鼓舞，說「擊中要害，很厲害。」該〈紀要〉在 2 月 28 日完
稿時，約為五千五百字，江青鉛印了一份送毛澤東審閱。毛澤東作了
第一次修改，有十一處作了改動。其中重要的有：在標題上加了「林
彪同志委託」六個字。使題目成了〈林彪同志委託江青同志召開部隊
文藝工作座談會紀要〉。從而江青出師有名，是受林彪委託而召開座談
會的，抬高了江青的身價。在原文「徹底搞掉這條黑線」之後，毛澤
東加上「搞掉這條黑線之後，還會有將來的黑線，還得再鬥爭。」就
在這條後面接著寫了一段「過去十幾年的教訓是：我們抓遲了。毛主
席說，他只抓過一些個別問題，沒有全盤的系統的抓起來，而只要我
們不抓，很多陣地就只好聽任黑線去佔領，這是一條嚴重的教訓。一
九六二年十中全會作出要在全國進行階級鬥爭這個決定之後，文化方
面的興無滅資的鬥爭也就一步一步地開展起來了。」在原文「要破除
對三十年代文藝的迷信」後面，毛澤東加上「三十年代也有好的，那
就是以魯迅為首的戰鬥的左翼文藝運動。」在原文「要破除對中外古
典文學的迷信」後面，毛澤東加上「古人、外國人的東西也要研究，
但一定要用批判的眼光研究，做到古為今用，外為中用。」毛澤東修
改後批示：「請陳伯達同志參加，再做充實修改。」因此江青 3 月 8

日至 14 日找來陳伯達、張春橋在上海對稿子再充實。又讓劉志堅、陳亞丁參加。經過數次的修改，〈紀要〉增至一萬字左右。

3 月 14 日江青把修改稿寄給毛澤東。毛澤東看到稿子後又作了第二次修改，有十多次改動。重要的有：把「文化革命解放軍要帶頭」，改寫為「文化革命解放軍要起重要作用」，並刪去末尾「高舉毛澤東思想偉大紅旗」一句。在原文第五條中，把「左翼文藝工作者並沒有解決同工農兵相結合這個問題」，改寫為「有些左翼文藝工作者，特別是魯迅，也提出了文藝要為工農服務和工農自己創作文藝的口號，但是並沒有系統地解決文藝同工農兵相結合這個根本問題」。又在第一次修改的「古人、外國人的東西也要研究」後面，加了「拒絕研究是錯誤的」。在第九條，把「採取毛主席提出的革命的現實主義和革命的浪漫主義相結合的方法」中的「毛主席提出的」六個字刪去。在第十條「黨性原則是我們區別於其他階級的顯著標誌」後面，加了「須知其他階級的代表人物也是有他們的黨性原則的，並且很頑強」一句。在稿子的最後加了一句：「以上整個座談記錄所說內容，僅供領導同志們參考。」3 月 17 日毛澤東在江青來信的第一頁上批示：「此件看了兩遍，覺得可以了。我又改了一點，請你們斟酌。此件建議用軍委名義，分送中央一些負責同志徵求意見，請他們指出錯誤，以便修改。當然首先要徵求軍委各同志的意見。」[2]

3 月 19 日江青給林彪寫信說：「根據你的委託，我於 2 月 2 日至20 日，邀請志堅等四同志就部隊文藝工作問題進行了座談。座談後，他們整理了座談紀要送給你和軍委其他領導同志，也送給我一份。我看了，覺得座談紀要整理得不夠完整，不夠確切，因此請春橋、亞丁兩同志一起座談修改，然後送主席審閱。主席很重視，對紀要親自做了修改，並指示請伯達同志參加，再作充實和修改……現將座談紀要送上，請審批。」3 月 22 日林彪給軍委常委賀龍、榮臻、陳毅、伯承、

---

2 《建國以來毛澤東文稿》第 12 冊第 23 頁。

向前、劍英寫信，說「這個紀要，經過參加座談會的同志們反覆研究，又經過主席三次親自審閱修改，是一個很好的文件，用毛澤東思想回答了社會主義時期文化革命的許多重大問題，不僅有極大的現實意義，而且有深遠的歷史意義。」「十六年來，文藝戰線上存在著尖銳的階級鬥爭，誰戰勝誰的問題還沒有解決。文藝這個陣地，無產階級不去佔領，資產階級就必然去佔領，鬥爭是不可避免的。這是在意識形態領域裏極為廣泛、深刻的社會主義革命，搞不好就會出修正主義。我們必須高舉毛澤東思想偉大紅旗，堅定不移地把這一場革命進行到底。」紀要中提出的問題和意見，完全符合部隊文藝工作的實際情況，必須堅決貫徹執行，使部隊文藝工作在突出政治、促進人的革命化方面起重要作用。」3月24日毛澤東把自己第三次的修改稿退給了江青，又作了幾處改動：把第二部分第二條中「歌頌我們偉大的黨和偉大的領袖毛主席英明領導的文藝作品」，改為「歌頌我們偉大的黨，黨的領袖和其他同志們英明領導的文藝作品」。把第五條中「從根本上消除一切剝削階級的意識形態的革命」。改為「從根本上消除一切剝削階級毒害人民群眾的意識形態的革命」。在第七條中「文藝批評」一句前面，加上「使專門批評家和群眾批評家結合起來」。這次修改，〈紀要〉算正式定稿。4月10日〈林彪同志委託江青同志召開的部隊文藝工作座談會紀要〉作為中共中央（66）211號機密文件，印發全黨。4月18日《解放軍報》以題為〈高舉毛澤東思想偉大紅旗積極參加社會主義文化大革命〉的社論，基本上公佈了〈紀要〉的內容，全文有9800多字。而1967年5月29日《人民日報》公開發表〈林彪同志委託江青同志召開的部隊文藝工作座談會紀要〉，全文8600多字，與211號文件相比，有20多處文字或內容上的變動。這些變動是何時、何人所為，參加座談會的人都不知道。至今也沒有資訊可證明。因為在〈紀要〉公開發表以前劉志堅、李曼村、謝鏜忠已相繼被扣上「反對文化大革命」等罪名打倒了。從〈紀要〉的形成過程看，它其實並不是一個座談會的紀要，開始是江青一言堂，顛顛倒倒地說了一通，後來乾

脆由江青、陳伯達、張春橋一夥精心起草，有關文藝問題的一個「很系統很完善」的文件了。這個文件一印發，清楚顯示了江青的崛起。更為顯赫的是在文件中說明毛澤東「三次親自修改」，是「林彪同志委託」的，充分表明江青的後臺是何等之硬，從此她以一顆「政治新星」的姿態在全國政治舞臺上亮相。

〈林彪同志委託江青同志召開的部隊文藝工作座談會紀要〉為「文化大革命」的發動，作了輿論準備，說明文化方面非來一個大風暴不可。〈紀要〉的核心，是提出了「文藝黑線專政」論。在〈紀要〉第二部分第一條中有著這樣的論述：「文藝界在建國以來，卻基本上沒有執行，被一條與毛主席思想相對立的反黨反社會主義的黑線專了我們的政，這條黑線就是資產階級的文藝思想、現代修正主義的文藝思想和所謂三十年代文藝的結合。『寫真實』論、『現實主義廣闊的道路』論、『現實主義的深化』論、反『題材決定』論、『中間人物』論、反『火藥味』論、『時代精神匯合』論，等等，就是他們的代表性論點，而這些論點，大抵都是毛主席〈在延安文藝座談會的講話〉中早已批判過的。電影界還有人提出所謂『離經叛道』論，就是離馬克思列寧主義、毛澤東思想之經，叛人民革命戰爭之道。在這股資產階級、現代修正主義文藝思想逆流的影響或控制下，十幾年來，真正歌頌工農兵的英雄人物，為工農兵服務的好的或者基本上好的作品也有，但是不多；不少是中間狀態的作品；還有一批是反黨反社會主義的毒草。我們一定要根據黨中央的指示，堅決進行一場文化戰線的社會主義大革命，徹底搞掉這條黑線。搞掉這條黑線之後，還會有將來的黑線，還得再鬥爭。所以，這是一場艱巨、複雜、長期的鬥爭，要經過幾十年甚至幾百年的努力。這是關係到我國革命前途的大事，也是關係到世界革命前途的大事。」〈紀要〉在這裏不僅全盤、系統地否定和批判了建國十七年來的文藝成果，並且提出了「文藝黑線專政」論。它是毛澤東「兩個文藝批示」以來對文藝界不斷進行批判的必然結果，也是文藝批判運動的一次空前總結。以此為標誌，文藝完全政治化。在文化藝

術領域開始的文化革命和整個社會政治領域的大革命合在一起了。當時在毛澤東「打倒閻王，解放小鬼」的號召下，周揚他們的命運必然徹底陷落。

〈紀要〉的第二部分第五條中還有一段關於三十年代左翼文藝運動的文字，以便表明所謂「文藝黑線」的歷史根源：「要破除對所謂三十年代文藝的迷信。那時，左翼文藝運動政治上是王明的『左傾』機會主義路線，組織上是關門主義和宗派主義，文藝思想實際上是俄國資產階級文藝評論家別林斯基、車爾尼雪夫斯基、杜勃羅留波夫以及戲劇方面的斯坦尼斯拉夫斯基的思想，他們是俄國沙皇時代資產階級民主主義者，他們的思想不是馬克思主義，而是資產階級思想。資產階級民主革命，是一個剝削階級代替另一個剝削階級的革命，只有無產階級的社會主義革命，才是最後消滅一切剝削階級的革命，因此，決不能把任何一個資產階級革命家的思想，當成我們無產階級思想運動、文藝運動的指導方針。三十年代也有好的，那就是以魯迅為首的戰鬥的左翼文藝運動。到了三十年代的中期，那時左翼的某些領導人在王明的右傾投降主義路線的影響下，背離馬克思列寧主義的階級觀點，提出了『國防文學』的口號。這個口號，就是資產階級的口號，而『民族革命戰爭的大眾文學』這個無產階級的口號，卻是魯迅提出的。」這段話就是江青給三十年代文藝運動的評價。況且從「三十年代也有好的」到「卻是魯迅提出的」一段，除了「左翼的某些領導人在王明的右傾投降主義路線」一句之外，其他的都是毛澤東加上去的。[3]可見，這個評價的最高權威性。不過其中指王明在三十年代中期犯右傾投降主義路線，不符合黨史事實。王明在 1935 年 1 月遵義會議前，是犯有左傾冒險主義的錯誤；1937 年 11 月從蘇聯回國後擔任中共中央長江局書記，在任期內犯有右傾錯誤。王明的錯誤只在局部地區產生過影響，1938 年 9 月中共中央六屆六中全會糾正了。江青把 1936 年

---

[3]　《建國以來毛澤東文稿》第 12 冊第 26 頁。

的「兩個口號」爭論與王明的右傾路線搞在一起，當然並非她忘記了黨史，而是出於政治需要，有意搞亂歷史。江青所針對的不僅是主張「國防文學」口號的同志，集中矛頭針對周揚。而且主張「大眾文學」口號的同志，並非被他們掛上「無產階級」招牌而減輕陷害，馮雪峰等人仍被納入「文藝黑線」人物而無一倖免。江青不過是一箭雙雕，為她自己的政治陰謀需要罷了。

周揚自 1937 年從上海來到延安後，作為文藝界領導人，一直為毛澤東所倚重。建國後，周揚先後擔任了文化部副部長兼黨組書記，中央宣傳部副部長等職務。在「文化大革命」前的十七年中，周揚一直是中國意識形態領域的主要領導人之一，被人稱為毛澤東思想的權威解釋者、執行者。但是毛澤東對他的工作並不滿意，後來毛澤東相信康生和江青的材料和讒言，認為他「政治上不開展」，也就是說周揚在對知識份子的政治思想鬥爭中手有點太軟。這可能也是事實，周揚以「方求」署名的文章〈《海瑞罷官》代表一種什麼社會思潮〉可算一個明證。它是周揚根據彭真的要求及自己對運動的理解而寫的。在當時的條件下，周揚無意與姚文元批判《海瑞罷官》的文章完全對立，只想把姚文元的荒謬、蠻橫的批判說得更周全一些。他把《海瑞罷官》作為一種社會思潮，而不是作為一個具體的政治問題來批判。作為一種思潮，周揚的批判把《海瑞罷官》舉得很高，似乎批判升級了，顯得很左。但作為一個政治問題，周揚卻把它輕輕放下，似乎它不是政治問題，而是一個思想學術問題。這使深知其意的張春橋懷恨在心。所以，「方求」等人的文章後來被指責為周揚和中宣部反對批判《海瑞罷官》，搞「假批判，真包庇」的陰謀。毛澤東假手林彪、江青搞〈紀要〉，提出「文藝黑線專政」論。周揚作為祭旗者的命運已被註定了，是無法逃脫的。

自〈紀要〉作為中央文件下發以後，4 月 18 日《解放軍報》以社論形式公佈其內容，翌日《人民日報》轉載這篇社論，號召批判「文藝黑線專政」論。同日發表題為〈破除對「三十年代」電影的迷信〉，

批判程季華主編的《中國電影發展史》。從此批判「文藝黑線」運動全
面展開。《文藝報》第五期發表楊廣輝題為〈《文藝報》專論《題材問
題》必須徹底批判〉的文章，並加「編者按」，稱「專論」是「反黨反
社會主義的毒草，說它宣傳了反「題材決定」論，宣傳了資產階級現
代修正主義的文藝思想。7 月 1 日《紅旗》雜誌重新發表毛澤東〈在
延安文藝座談會上的講話〉，並且加了一個題為〈無產階級文化大革命
的指南針〉的「編者按」。在這個「編者按」內提到「文藝黑線專政」
論，點名批判周揚：「毛澤東同志的這篇講話，針對以周揚同志為代表
的三十年代資產階級文藝路線作了系統的批判。以周揚為代表的三十
年代資產階級的文藝路線，在政治上，是王明的右傾投降主義和『左』
傾機會主義的產物；在思想上，是資產階級小資產階級世界觀的表現；
在組織上，是為了個人或小集團利益的宗派主義。二十四年來，周揚
等人始終拒絕執行毛澤東同志的文藝路線，頑固地堅持資產階級、修
正主義的文藝黑線。」這個「編者按」，使一個曾參與毛澤東〈講話〉
稿起草，並歷來堅持宣傳、解釋、貫徹〈講話〉精神的周揚，瞬息間
竟然成為反對〈講話〉的敵人，這是不可思議的。接著 7 月 4 日《人
民日報》全文轉載了《紅旗》發表的〈周揚顛倒歷史的一支暗箭——
評《魯迅全集》第六卷的一條注釋〉。7 月 6 日《人民日報》全文轉載
了《紅旗》發表的〈「國防文學」是王明右傾機會主義路線的口號〉。7
月 13 日《人民日報》開始出現通欄大標題〈高舉毛澤東思想偉大紅旗，
向以周揚為首的文藝黑線開火〉，集中發表各地、各單位批判周揚的大
字報。7 月 17 日《人民日報》發表〈駁周揚修正主義文藝綱領〉。這
篇署名武繼延的文章列出了周揚八大罪狀：一、周揚反對宣傳毛澤東
思想，妄圖抽掉無產階級文藝的靈魂；二、周揚明目張膽地反對毛主
席制定的為工農兵服務的文藝方向，鼓吹修正主義的「全民文藝」；三、
周揚歪曲黨的「百花齊放，百家爭鳴」的政策，大搞資產階級自由化；
四、周場大量販賣資產階級反動的文藝觀，反對馬克思主義的文藝觀；
五、周揚瘋狂地鼓吹崇洋復古，頑固地抗拒對文藝的社會主義改造；

六、周揚反對無產階級的文藝批評，攻擊文藝戰線上的興無滅資鬥爭；

七、周揚散佈階級鬥爭熄滅論，陰謀對整個文藝隊伍實行「和平演變」；

八、周揚反對黨對文藝工作的領導，妄圖篡黨奪權，實行資本主義復辟。這篇文章結尾處號召人們：「現在，周揚等一夥丑類已經暴露在光天化日之下了，我們一定要把他們緊緊地揪住不放，把他們批倒，批臭，使他們永遠不能再放毒氣，永遠不能再害人。」其他地方報紙上也連篇累牘發表批判周揚的文章。《解放日報》在 7 月 17 日發表〈周揚是反革命黑幫「創新」合唱的總指揮〉。《天津日報》在 7 月 21 日發表〈周揚的「全民文藝」是徹頭徹尾的修正主義貨色〉。《光明日報》在 8 月 16 日發表〈駁周揚反對文藝配合中心任務的謬論〉。《新華日報》在 8 月 27 日發表〈剝開畫皮看黑貨——駁周揚的〈文藝戰線上的一場大辯論〉〉等等。1967 年《紅旗》雜誌第 1 期發表了姚文元的長文《評反革命兩面派周揚》1 月 3 日《人民日報》從第一版到第五版全文轉載。姚文元的文章不厭其煩地歷數 1951 年到 1965 年間一次又一次所謂思想鬥爭中周揚的表現，說「周揚是一個典型的反革命兩面派」，是反黨反社會主義文藝黑線「總頭目」。姚文元在文章中將周揚奉為「當代語言藝術大師」的五位作家：茅盾、巴金、老舍、趙樹理、曹禺說成「資產階級權威」。文章中點了不少人的名，有胡風、馮雪峰、丁玲、艾青、秦兆陽、林默涵、田漢、夏衍、陽翰笙、齊燕銘、陳荒煤、邵荃麟、何其芳、翦伯贊、于伶等等都說成是「這條黑線之內的人物」。1967 年 7 月 17 日《人民日報》發表長篇報導〈中央直屬文化系統革命派高舉毛澤東思想的革命批判旗幟，聯合起來向文藝黑線總後台及其代理人發起總攻擊〉，集中公開點名批判陸定一、周揚、林默涵、夏衍、齊燕銘、田漢、陽翰笙、蕭望東、陳荒煤、邵荃麟等，稱他們是文藝界黨內最大的一小撮走資本主義的當權派。中國整個文藝界被徹底砸爛了。

「打倒閻王，解放小鬼」是最高指示，也是 1966 年最為響亮流行的口號。中宣部被毛澤東冊封為「閻王殿」。正副部長都冠以「閻王」

稱號。當時紅衛兵「橫掃牛鬼蛇神」的黑風惡浪席捲著中國大地。「閻
王殿」當然被列入搗毀砸爛之內。陸定一是「大閻王」,已經被打入「彭、
陸、羅、楊」反黨集團。周揚就是「二閻王」,其他的副部長張子意、
張磐石、林默涵、許立群、姚溱依次排列,均屬「閻王」級。其他各
處的負責人就是「判官」,「牛頭馬面」,一般幹部稱為「小鬼」,完全
是陰曹地府的稱號。一個中央機關,一夜之間成了陰曹地府,並在領
導與被領導之間劃為「閻王」和「小鬼」,人為地製造敵對的人際關係。
在全國又掀起「搗毀閻王殿」的運動。中宣部大院內,全國第一張大
字報的炮製者聶元梓來點火了。各種各樣的紅衛兵,造反派,各種各
樣的工人糾察隊也來了,他們可以任意揪鬥中宣部的任何人,稱為「革
命行動」。周揚被扣上了「文藝黑幫總頭目」,「三十年代文藝黑線祖師
爺」,「反對魯迅」,「包庇丁玲、胡風、馮雪峰」等等的罪名,最後戴
上了「叛徒、特務」,「反革命兩面派」的帽子。甚至有人編造出一些
荒唐的謠言,胡說「四條漢子」同胡喬木組成「反革命托派集團」,還
說周揚等人利用「中斷與中央的聯繫」,「狂妄地想成立偽中央,以此
來與毛主席的革命路線頑抗到底」。這種謠言在某造反小報上傳播,產
生了極其惡劣的影響。為此,全國的報紙,廣播殺氣騰騰地喊著打倒
周揚。中宣部的大樓內外,街上貼滿了批判、誹謗、誣陷的標語和大
字報。1966 年 7 月 29 日《人民日報》有報導說,中宣部裏舉行會議,
「高舉毛澤東思想偉大紅旗,憤怒聲討文藝界黑幫頭子周揚」。表明在
中宣部裏開始揪鬥「閻王」了。這次批鬥會,周揚因肺癌開刀,劉少
奇安排他在天津養病,因此造反派沒有找到他。

周揚在天津養病的日子沒過多久。1966 年 12 月 1 日,按照江青、
張春橋、陳伯達的指示,要周揚回京接受批鬥。周揚從天津回來,立
刻被送到北京衛戍區一個師部駐地關押起來。接著是接受各式各樣的
批鬥。中宣部造反派率先召開批鬥大會。當年作為「判官」的龔育之
也在陪鬥之列。他回憶說:「當鬥爭群眾怒聲質問周揚為什麼要提『國
防文學』口號的時候,周揚很委屈地說,『那時候我才二十多歲嘛,很

幼稚嘛，又同黨組織失去了聯繫，得不到黨組織的指示，處境很困難。從蘇聯雜誌上看到他們提國防文學，從巴黎《救國時報》上看到〈八一宣言〉，知道黨主張團結抗日，就寫文章提出這個口號。」鬥爭會上，被鬥對象的申辯，通常都要受到大聲斥罵的。但是我注意到，周揚這個申辯，沒有人起來斥罵，場上冷了一會兒，立刻有人提出另外的質問，從這個題目上轉移開了。」[4]中宣部批鬥後，電影界又拉去批鬥。李屏錦回憶他看到鬥崔巍、周揚的場面：「旁觀周揚挨鬥是一道稀見的風景，他反應的敏捷、老到，教人懂得什麼叫智慧。不由人不驚歎，鬥爭哲學原來是一套如此值得反覆操練的絕活。不管會場如何狂躁，如何虛張聲勢，如何威逼不饒，他都能從容以對，滴水不漏。不管問他多少『為什麼』？他總是一言以蔽之曰：『我反對毛主席！』好像是說，你要的最高價不就是『惡攻』麼，給你！於是，會場裏『誓死捍衛』『打倒』之類的口號聲震耳欲聾；於是，施虐的人便大獲全勝，心滿意足；於是，他也便乘機擺脫糾纏，得以喘息。皆大歡喜。這是人們一向追求的最高境界，他深諳此道。他不像有些人那樣『乏』，饒費口舌地去辯解，結果是拖長了挨鬥時間，挨了不少臭罵甚至吃了不少皮肉之苦，最後還是被『抗拒從嚴』了。遺憾的是，周揚不爭氣，當時他重病在身，每鬥一小時，還得吃一次藥，大煞風景。」[5]此後九年的時間，周揚與家人幾乎斷絕了聯繫。只有一次他兒子周邁隨北京航空學院師生員工去工人體育場參加批鬥大會。那次是批鬥彭真、陸定一、林楓、周揚等人。林楓抗拒做低頭彎腰噴氣式，陸定一大聲喊冤，兩人都遭到一陣拳打腳踢。「父親體力不支，趴倒在地。周圍的人注視著我，我若無其事地跟著念語錄，舉手喊口號，這些我早已習以為常。臨散會時兩個年輕人把父親提起從批鬥台的一頭拖到另一頭示眾，幾次揪他的頭髮猛拉猛按，使他的頭時仰時俯。這時我深深體會到，一

---

[4] 《在旋渦的邊緣》河南人民出版社1998年版第40頁。
[5] 《青春之歌的遭遇》《新聞出版交流》2000年第2期。

個人的未來遭遇是無法想像的，我那能想到第一次看到病後的父親竟
然是在一個野蠻、醜陋，沒有人的尊嚴的大露天體育場裏。」[6]大概這
次批鬥後，周揚一直被關起來了，家屬幾次聽到「周揚已經死了」的
傳言，甚至連周揚的戶口也註銷了。其實周揚沒有死，先被關在北京
衛戍區，後來被送進秦城監獄。林默涵、夏衍等人也隨之送到秦城監
獄。中央成立「周揚專案組」，正式被列入周揚一案的有八十多人，有
的被關押，有的被監護，有的被立案審查。主持審理此案的正是江青。

　　1971 年 9 月 13 日林彪乘專機叛逃，摔死在蒙古溫都爾汗，史書
稱為「九‧一三」事件。1974 年鄧小平出來工作，擔任國務院副總理，
開始在各方面做大量的調整、整頓工作。「解放」幹部是調整工作中的
一項。1975 年 3 月黨中央、毛澤東批准〈關於專案審查對象處理意見〉
的請示報告，決定對絕大多數關押、監護或在原單位立案審查者予以
釋放，未做結論的先釋放再做結論。其中屬於「周揚一案」和文藝界
受審查的大多數人，在 5 月份分別釋放和解除監護。然被稱為「文藝
黑線祖師爺」的四條漢子：周揚、夏衍、陽翰笙、田漢（已故）卻不
在此列。因為江青、張春橋、姚文元他們還在臺上，仍然抓住「文藝
黑線」不放。1975 年 6 月 24 日發配到江西豐城縣的原中宣部副部長
林默涵給毛澤東寫了一封信。說中央對他解除監護、恢復自由，使他
深感黨是真正愛護幹部的，希望繼續留在黨內。表示要把自己的一切
獻給黨和人民的事業。7 月 2 日雙目幾近失明的毛澤東聽了機要秘書
讀罷此信後，拿起筆在來信上寫了一段批示：「周揚一案，似可從寬處
理，分配工作，有病的養起來治病。久關不是辦法。請討論酌處。」[7]
這一最高指示的下達，支持日常工作的鄧小平立即執行，決定釋放周
揚、夏衍、陽翰笙。夏衍、陽翰笙 12 日走出監獄，周揚 14 日走出監
獄。8 月 7 日中央專案審查小組辦公室為周揚作過一個「審查結論」。

---

[6]　李輝：《往事蒼老》花城出版社 1998 年版第 398 頁。
[7]　《建國以來毛澤東文稿》第 13 冊第 441 頁。

這個結論雖然定性為「人民內部矛盾」，但仍舊保持著「反對魯迅」，「推行王明投降主義路線」，「追隨劉少奇推行修正主義路線」的罪狀。8月27日周揚看到了這個結論。處於當時的歷史環境，他對這個定性是認可的。但是，他就所謂的「反對魯迅」，以及「推行王明投降主義路線」等罪狀，給中央上書。據說上書是以談30年代「兩個口號」的爭論為主線的，詳細講述了「兩個口號」論爭的過程。限於資料，至今我們還不知道這封上訴信是通過何種渠道遞上去的，也不知道是否有過什麼結果。1977年7月22日中央給周揚做了第二次結論，但仍然留有「尾巴」。1980年中央第三次給他做結論，才徹底平反。

第十一章　批林批孔，評法批儒

　　1974 年初在全國開展的批林批孔運動，是在「文化大革命」實際證明已經失敗的情況下，再度強制推行「文化大革命」理論和路線錯誤的一場批判運動。它的緣起是這樣的：「九‧一三」林彪事件以後，毛澤東陷入在痛苦的思考中，對「文化大革命」雖然認為「基本正確」，「七分成績」，但也認為「有所不足」，「三分錯誤」。「打倒一切，全面內戰」是兩個錯誤。[1]因此他同意幹部政策的落實，解放了一大批老幹部。並讓周恩來主持中央日常工作，由葉劍英主持軍委日常工作，在全國範圍內開展批林整風運動，批判極左思潮，循序漸進地糾正「文化大革命」的極左錯誤。周恩來在多次會議上指出「極左思潮要批透」，反傾向鬥爭，「批極左是重點」。在周總理的關懷下，國家文物局成立，召開了出版工作座談會，《文物》雜誌得以復刊。《人民文學》也在積極籌備復刊。《魯迅全集》及一些古典名著也予出版。《金光大道》、《大刀記》、《義和拳》等一批現代小說也出版了。文藝界在批極左思潮中，逐漸恢復元氣。教學界在周總理批極左思潮講話精神的鼓勵下，周培源在 1972 年 10 月 6 日的《光明日報》上發表了題為〈對綜合大學理科教育革命的一些看法〉。強調要重視和加強自然科學基礎理論的學習和研究。張春橋、姚文元控制的《文匯報》攻擊這篇文章，並要追查周培源的後臺。《人民日報》於 10 月 14 日，根據周總理關於極左思潮要批透的精神，也組織了一批批判無政府主義的文章：龍岩的〈無政府主義是假馬克思主義騙子的反革命工具──學習筆記〉、紀眾言的

---

[1]　《建國以來毛澤東文稿》第 13 冊第 488 頁。

〈堅持無產階級鐵的紀律——讀〈共產主義運動中的「左」派幼稚病〉的一點體會〉、李定的〈一個陰謀家的醜史——讀《巴枯寧》〉。這些文章集中批判林彪鼓吹的極左思潮，明確指出林彪是煽動極左思潮的罪魁禍首。文章在全國引起熱烈反響。但是姚文元看後就提出「當前要警惕右傾思潮抬頭」。江青在一個外事會議的報告上就寫下了「應批林彪賣國賊的極右，同時也應著重講一下無產階級文化大革命的勝利。」張春橋攻擊《人民日報》三篇文章是毒草。江青他們借機在《人民日報》社內大批「修正主義右傾回潮」運動，並且逐步控制了《人民日報》社。這樣，在批判林彪問題上，形成了批極左，還是反右傾回潮，兩種對立的思路。《人民日報》理論部王若水等人出於對江青反右傾回嘲，矛頭針對周總理的作法不滿，於 1972 年 12 月 5 日寫信給毛澤東，表示很同意周恩來關於《人民日報》等單位要批透極左思潮的意見。信中還反映了張春橋、姚文元反對批極左的情況。這封信促使了毛澤東對激烈交鋒的兩種不同意見進行最後裁決。作為在指導思想上仍堅持「文化大革命」基本正確的毛澤東，此時是不可能改變他那「文化大革命」錯誤理論和路線的，也就是不可能贊成周恩來那批透極左思潮的意見。12 月 17 日毛澤東在與張春橋、姚文元的談話中，明確表示反對批極左思潮。認為王若水來信中的觀點不對，林彪是「極右。修正主義，分裂，陰謀詭計，叛黨叛國。」[2] 毛澤東支持了江青他們的意見，斷言批林整風的方向是批林彪的「極右」，強行統一全黨批林的口徑。這突然的轉向，引起了廣大幹部和群眾的極大困惑。毛澤東支持江青，是因為他感到有一股否定文化大革命之風正在全國上下悄然興起。在毛澤東看來，這場「文化大革命」是完全必要和正確的，它是反修，防修，鞏國社會主義制度所必需的。在他的一生中只做了兩件事，一件打敗了蔣介石，另一件就是發動「文化大革命」。[3] 儘管毛

2　《中國共產黨歷史大事記》第 305 頁。
3　《毛澤東傳》下冊，中央文獻出版社 2004 年版第 1645 頁。

澤東也認為「文化大革命」有不足之處，但他萬萬容不得有人懷疑、否定「文化大革命」，或者改變「文化大革命」的理論和路線。這次批極左思潮，他深深地擔憂「文化大革命」有被否定的危險，修正主義有重新抬頭的可能。於是毛澤東感到有必要進一步開展一場意識形態領誠內的革命，使人們重新理解和擁護「文化大革命」的理論和實踐。毛澤東自 1973 年起多次提到要抓路線方向，防止出修正主義的問題，對周總理、葉劍英的工作也多有批評。在這個背景下，毛澤東發起了批林批孔，評法批儒的運動。

　　毛澤東一向把孔子看作封建文化的象徵。「文化大革命」前期，1967年 3 月毛澤東把批孔和批劉少奇聯繫起來，說劉少奇的〈論共產黨員修養〉是孔孟之道。1968 年 10 月八屆十二中全會上，毛澤東講話中說楊榮國、趙紀彬反孔，郭沫若、馮友蘭、范文瀾尊孔，不過這是古董他不勸同志們研究這一套。1973 年 5 月毛澤東在中央工作會議上提出要批孔，說只注意生產，不注意上層建築、路線，不對，要批判孔子。同月毛澤東給江青念了一首詩：「郭老從柳退，不及柳宗元，名為共產黨，崇拜孔阿二。」7 月 4 日毛澤東約張春橋、王洪文談活：「郭老在《十批判書》裏頭自稱人本主義，孔夫子也是人本主義，跟他一樣。郭老不僅是尊孔，而且是反法，國民黨也是一樣啊！林彪也是啊！我贊成郭老的歷史分期，奴隸制以春秋戰國為界。但是不能大罵秦始皇。」[4] 8 月 5 日毛澤東把江青叫去，向她講述在中國歷史上儒法鬥爭的情況。說有作為、有成就的政治家都是法家，他們都主張法治，厚今薄古；而儒家則滿口仁義道德，主張厚古薄今，開歷史倒車。他當場念了所寫的一首題為〈讀《封建論》呈郭老〉的七言律詩：「勸君少罵秦始皇，焚坑事業要商量。祖龍魂死秦猶在，孔學名高實秕糠。百代都行秦政法，十批不是好文章。熟讀唐人封建論，莫從子厚返文

王。」⁵這首詩之所以寫給郭沫若，是因為郭沫若在研究中國思想史時，多有揚儒抑法的傾向。其代表性的言論，是他在重慶時期寫的《十批判書》。這本書裏否定秦始皇，稱讚孔子是順應著當時社會變革潮流的。毛澤東多次說過郭沫若尊孔反法，他不同意郭老的觀點。對秦始皇歷來遭受非議的「焚書坑儒」之事，毛澤東也多有辯護。1958 年在中共八屆二次會議上他就說：「秦始皇算什麼？他只坑了四百個儒⋯⋯我們鎮反，還沒有殺掉一些反革命的知識份子嗎？我同民主人士辯論過，你罵我們是秦始皇，不對，我們超過秦始皇十倍。」⁶這些，毛澤東大致都寫進了詩內。至於他推崇秦始皇的原因，詩內也寫了，那就是「百代都行秦政法」。所謂「秦政法」，就是秦始皇統一六國之後，廢除了「封建制」改成「郡縣制」，不再將爵位和土地賜給諸侯，不再在封定的區域內建立世襲的邦國。而郡縣長官都由中央王朝任命，隨時可以罷免，從而穩固了中央集權，成為二千多年來中國政治體制的一個基本格局。但秦始皇以後，有的政治家仍然認為封建制優於郡縣制，並說封建制是上古聖人所定，不應改變。唐代柳宗元為此專門寫了〈封建論〉，反駁了這種復古倒退的觀點。所以毛澤東在詩中讓郭沫若熟讀柳宗元這篇文章，防止退到孔夫子所羨慕的周文王時代。這是一首借詠史發政論，學究味很濃的詩。他借詠史而渴求現代堅持改革的新人，借批林而評古代儒法，表明毛澤東晚年那種內心的焦慮。8月 7 日《人民日報》發表經毛澤東批准的楊榮國文章〈孔子——頑固地維護奴隸制的思想家〉。9 月 23 目毛澤東接見埃及副總統沙菲時說：「秦始皇是中國封建社會第一個有名的皇帝，我也是秦始皇，林彪罵我是秦始皇。中國歷來分兩派，一派講秦始皇好，一派講秦始皇壞。我贊成秦始皇，不贊成孔夫子。」毛澤東此時提出批儒揚法，是以歷史題材作現實文章，要從歷史發展的大背景中說明「文化大革命」的

---

⁵　《毛澤東傳》下冊第 1657 頁。
⁶　轉引自黎之：《文壇風雲續錄》人民文學出版社 2010 年版第 133 頁。

重要性和必要性，要人們相信「文化大革命」是一場深刻的變革。當前批判林彪，是批極左還是批極右之爭論，這與歷史上儒家反對變革和法家堅持變革有相似之處。因此，通過批孔批儒和肯定秦始皇、法家的進步作用，可以在全黨全國進行一次思想政治路線方面的教育。這對反擊「右傾翻案」，肯定「文化大革命」，對反修防修都有普遍的教育意義。

　　毛澤東對「文化大革命」的焦慮心態為江青一夥所利用。1973年8月中共召開第十次全國代表大會以後，江青集團的一批骨幹分子進入了中央。在政治局，江青、王洪文、張春橋、姚文元結成「四人幫」。他們借大張旗鼓的批林批孔，評法批儒運動，對1972年以來批林整風，糾正「文化大革命」錯誤，進行兇猛的反撲。9月8日遲群以國務院科教組名義，召開教育戰線批判孔子座談會，由楊榮國作了〈儒法兩家的鬥爭和孔子反動思想的影響〉的報告。遲群在會議上提出：要把批孔作為貫徹黨的十大精神，深入批林彪的一項大事來抓，各類學校都要批孔，反對批孔，就是復辟。江青控制的寫作班子紛紛登臺亮相，9月5日梁效在《北京日報》上發表〈儒家和儒家的反動思想〉；9月15日上海由張春橋、姚文元控制的《學習與批判》雜誌創刊，寫作組以石侖筆名發表〈論尊儒反法〉一文；9月27日《人民日報》發表中央黨校寫作組，署名唐曉文的〈孔子是「全民教育家」嗎？〉；10月1日《紅旗》第10期轉載石侖文章〈論尊儒反法〉，說「要不要批判尊儒反法思潮，也是黨內兩條路線鬥爭的一個重要內容」。把當時評法批儒運動與黨內路線鬥爭聯繫起來。11月1日《紅旗》第11期發表上海寫作班子羅思鼎〈秦王朝建立過程中復辟與反覆辟的鬥爭──兼論儒法論爭的社會基礎〉一文。著重批判宰相，批判折衷主義。12月26日在《學習與批判》上又發表了一篇批宰相的文章〈漢代的一場儒法大論戰──讀《鹽鐵論》札記〉，文章歪曲歷史，借批大司馬霍光和丞相田千秋，影射攻擊周總理。康生還指使唐曉文炮製〈柳下蹠痛罵孔老二〉的文章在《人民日報》上發表，借《莊子》中〈盜蹠篇〉

的故事掀起一股揪孔老二徒子徒孫的惡浪。這些「四人幫」控制的寫作班子，直接秉承江青集團的意圖炮製批孔批儒批周公的文章，以幾十個筆名在全國報刊上搖唇鼓舌，南呼北應，造成了相當大的聲勢，左右了全國的輿論。

在炮製批孔批儒批周公文章的同時，遲靜、謝靜宜領著梁效寫作班子整理了從毛家灣林彪家裏收集到的材料，其中有林彪所謂尊孔的條幅，如「悠悠萬事，克己復禮，唯此為大」之類。謝靜宜就向毛澤東彙報了這一情況，毛澤東說，噢，凡是反動的階級，主張歷史倒退的，「都是尊孔反法的，都是反秦始皇的」。然後，毛澤東要謝靜宜搞個材料，題目就叫〈林彪與孔孟之道〉。1974 年 1 月 12 日，王洪文、江青寫信給毛澤東建議轉發這個材料，18 日毛澤東批准作為中共中央 1974 年 1 號文件下發。中央在轉發這份材料的通知中說，林彪是「一個地地道道的孔老二的信徒。他和歷代行將滅亡的反動派一樣，尊孔反法，攻擊秦始皇，把孔孟之道作為陰謀篡黨奪權，復辟資本主義的反動思想武器。」〈林彪與孔孟之道〉，以林彪的言論與孔孟的言論相對照，編了八個部分，重點是第一部分：「效法孔子『克己復禮』，妄圖復辟資本主義」。它生搬硬套了一些孔孟的語句，注解定為反動沒落的思想，作為立論前提。以為數不多的林彪摘錄的古代哲人言論或其他言論筆記相對照，作為根據，通過批判「克己復禮」把批林與批孔貫連起來，說明林彪搞的極左那一套，只是表面的「克己」韜略，實質是極右的「復禮」，即復辟資本主義，搞倒退。2 月 1 日《紅旗》發表短評〈廣泛開展批林批孔運動〉，翌日《人民日報》發表社論〈把批林批孔的鬥爭進行到底〉2 月 20 日《人民日報》又發表社論〈批「克己復禮」——林彪妄圖復辟資本主義的反動綱領〉。3 月 15 日《人民日報》再發社論〈再批「克己復禮」〉這些文章的中心在於說明，只有通過批孔孟之道，才能把林彪的極左與「文化大革命」區分開來，才能認識林彪搞復辟倒退的極右實質。「從而解決正確對待無產階級文化大革命的問題」。「鞏固和發展無產階級文化大革命的偉大成果」。於是

他們連篇累牘地拋出文章，如〈孔子殺少正卯說明了什麼？〉、〈從王安石變法看儒法論戰的演變〉、〈從〈鄉黨〉篇看孔老二〉、〈秦統一六國起決定作用的是什麼？〉、〈略論秦始皇的暴力〉、〈研究儒法鬥爭的歷史經驗〉、〈論北宋時期愛國主義與賣國主義的鬥爭〉、〈論李斯〉、〈趙高篡權與秦朝滅亡〉、〈有作為的女政治家武則天〉、〈孔丘其人〉等等。他們採取虛構事實、以史喻今的手法，把周總理落實幹部政策，歪曲為「興滅國，繼絕世，舉逸民」。他們打著批林批孔的旗號，製造聲勢，推波助瀾，實際矛頭就是針對周總理、葉劍英等一大批黨、政、軍的領導幹部，妄圖把批林批孔運動演變成第二次文化大革命，第十一次路線鬥爭。

〈林彪與孔孟之道〉文件下發後，江青如有了尚方寶劍，就大肆活動起來。1974 年 1 月 24 日，正是大家歡度春節的時候，江青突然把在北京的軍委直屬機關和在京部隊單位的幹部集中起來，開了一個批林批孔動員大會。下一天，又把中共中央直屬機關和國務院直屬機關的幹部集合到北京體育館開批林批孔動員大會。會上遲群、謝靜宜成了主講人，借著〈林彪與孔孟之道〉編寫的經過和主要內容介紹，強調批林批孔是兩個階級、兩條路線的鬥爭。會議上還煽動群眾「反走後門」。江青、姚文元在會議上不時插話，一唱一和，趾高氣揚。周總理在大會上作自我批評。郭沫若被江青點名，在主席臺上站了起來。整個會場氣氛異常，令人莫明其妙。江青還想乘機奪取軍權，接二連三地以江青個人名義給海軍、空軍、南京軍區，廣州部隊機關寫信，派人送批林批孔材料，所謂「放火燒荒」。江青惟恐天下不亂，還製造了一系列事件。毛遠新在遼寧製造了「白卷英雄張鐵生」，反對上大學進行文化考試。謝靜宜製造了一個 12 歲的小學生「反師道尊嚴」的典型。遲群在清華搞了三個月「反右傾回潮」運動，對教職員工進行打擊迫害。

在文藝界最有名的是「黑畫事件」。當時根據外交形勢的需要，周總理多次過問工藝美術品、出口畫和賓館佈置的工作，提出賓館的佈

置要體現中國悠久的歷史文化和藝術水平，要有民族風格和時代特色，要陳列國畫。文化部門根據周總理的指示精神，在北京、上海等地組織美術工作者創作了一批國畫，在北京民族文化宮和農業展覽館展出，有一萬多件。這些美術名家當時大多數被下放或還關在「牛棚」裏，周總理要他們重握畫筆，其激動是無法用語言所能表達的。然如此皆大歡喜的事情，「四人幫」看在眼裏，卻恨在心裏。1974 年 1 月批林批孔文件一下發，江青就說畫展「是文藝黑線回潮的急先鋒」。於會詠稱美術館主辦了「文藝黑線回潮的黑畫展」。2 月 25 日國務院文化組專門編了一期《文化動態》[7]題為〈當前美術創作中存在的一些嚴重問題〉，並附了 12 幅彩色的「黑畫」。說這是「否定無產階級文化大革命，文藝黑線回潮，值得注意的嚴重傾向。」其中說黃永玉，1973 年 9 月畫了幅睜著一隻眼，閉著一隻眼的貓頭鷹棲息在林樹上，惡毒寓意：只睜著一隻眼，閉著一隻眼來看我們這個社會。說宗其香，從來不畫虎，但在林彪事件以後，卻畫了一幅三虎圖，並題「虎虎有生氣」。該畫以「三虎為彪，隱隱地為林彪招魂。」說程十髮的畫〈秋〉，牧童披頭散髮，兩頭水牛半死不活，兩隻小鳥呆滯在牛背上，一片衰亡景象。說林風眠的畫〈山區〉，把社會主義山區畫得死氣沈沈。說黃冑的〈任重道遠〉，竟畫了兩個爛毛駱駝。他們認為這些畫販賣的是封、資、修。另一件事就是 2 月 28 日《人民日報》發表初瀾的長文〈評晉劇《三上桃峰》〉，不知如何東拉西扯地把《三上桃峰》同「四清」時期的「桃園經驗」聯繫在一起，說它是為劉少奇、王光美翻案，典型的否定「文化大革命」。3 月 11 日《人民日報》又發表〈奉行孔孟之道的政治庸人〉，批判《三上桃峰》裏的青蘭形象是孔孟之道。在批林批孔，反擊「文藝黑線回潮」的時候，《人民文學》復刊之事也受到了批判，復刊籌備組只好解散。隨著批林批孔，反擊右傾回潮運動的開展，小人得志更猖狂，全國再度陷入動亂，派性鬥爭再度興起，有的

---

[7]　第 12 期。

地方重新拉起戰鬥隊，甚至又開始武鬥，社會秩序迅速惡化。這時毛澤東又作出了新的指示，要江青「謹慎小心」，「不要搞成四人小宗派」，[8] 江青不得不有所收斂。中央緊接著發出通知，對批林批孔運動的政策作了新的規定，對全國局面的穩定起到了積極作用。

8　《建國以來毛澤東文稿》第 13 冊第 374、394 頁。

.

第十二章　批《水滸》，批宋江

　　批《水滸》，批宋江運動發生在 1975 年下半年。《水滸》是建國後最早整理出版的古典小說名著。1951 年人民文學出版社剛剛成立，聶紺弩在馮雪峰領導下就認真地整理校訂，新注本《水滸》於 1952 年 9 月出版。《人民日報》當時發表了短評〈慶賀《水滸》的重新出版〉，肯定了該書出版的意義。《水滸》的出版不僅受到廣大讀者的熱烈歡迎，而且引起了許多文學研究機構的討論。馮雪峰在 1954 年《文藝報》上，連續 5 期發表長文〈回答關於《水滸》的幾個問題〉。聶紺弩也寫了不少關於《水滸》的專論，後來收在他《中國古典小說論集》的集子中。《水滸》從 1952 年出版到「文化大革命」前的幾年內，多次重印，影響很大。學術界對其文學史地位，作品的思想性、藝術性，書中各類人物的評價，以及對金聖歎其人和他對《水滸》的刪節等等問題的認識基本上是一致的。在不少評論文章中也引用過魯迅的有關文字，但並未得出否定《水滸》的結論。1971 年周總理支持的全國出版工作座談會後，1972 年 4 月人民文學出版社根據 1954 年第二版，重新校訂，出版了七十一回本《水滸》。其中有個「再版說明」，表達了當時學術界的基本看法。「再版說明」不算很長，現抄錄如下：

> 《水滸》是我國描寫農民戰爭的著名古典小說。

> 以宋江為首領的農民起義，發生在西元十二世紀初，北宋徽宗（趙佶）宣和（1119-1125）年間，活動範圍在今山東、河北、河南、江蘇一帶地區。

從此以後，就有「水滸」英雄人物的鬥爭故事，流傳在廣大人民群眾之中。由於人民群眾的口頭流傳，就逐漸被某些較下層的知識份子採錄為文籍；由於人民群眾的善聞樂見，就不斷產生出許多以「水滸」英雄故事為題材的平話和戲曲。由南宋到元末，將近兩個半世紀，歷久不衰，愈傳愈盛，不斷匯合進新的鬥爭事蹟和經驗，反映出人民群眾切身感受的愛憎和理想，成為宋元時代許多次農民起義的富有典型性的藝術概括。

我們現在看到的著名長篇小說《水滸》，相傳是元末明初人施耐庵所作。可以說，他是在豐富的民間文學創作基礎上的再創作。

偉大領袖毛主席教導說：「必須將古代封建統治階級的一切腐朽的東西和古代優秀的人民文化即多少帶有民主性和革命性的東西區別開來。」據我們的學習體會，《水滸》一書可以看作「古代優秀的人民文化」的代表性的作品，它有鮮明的革命性和深厚的民主性。《水滸》在由明及清的長期流傳過程中，所發生的最主要的社會作用，是鼓舞廣大受剝削受壓迫的勞苦群眾，起來造封建地主階級的反，並通過很多具有唯物辯證法的生動事例，提供了與封建統治階級進行針鋒相對的武裝鬥爭的經驗和策略。它所歌頌的英雄人物，不是代表封建統治和維護封建統治的帝王將相，而是反抗和搗毀封建統治的勞苦群眾及其領袖人物。正因為如此，它深受廣大群眾的歡迎和愛護，而為封建統治階級所切齒仇恨，恐懼不安。我們應該遵照毛主席的教導，有批判地繼承《水滸》這一份優秀遺產，肯定它的歷史進步作用，吸取對我們有用的民主性和革命性的精華，借鑒它在藝術上所達到的高度成就，同時，思想上剔除其封建性的糟粕，這才是「尊重歷史的辯證法的發展」。《水滸》中關於忠孝節義等道德觀念的說教，對婦女的某些方面的歧視，把宋江寫成軟弱動搖、念叨「招安」的形象，以及鬼神迷信和野蠻

行為的種種描寫等，儘管其原因需要用歷史唯物主義的觀點，多方面作深入細緻的分析，但屬於封建性的表現，是明顯的。

為了滿足讀者的需要，現在我們據一九五四年整理本重版印行。它所採取用的底本是金聖歎（名人瑞，明末清初人）批改的七十回本，這是因為：一、已經包括《水滸》的精華和主要部分；二、文字上較之其他版本洗煉和統一些。

但是，金聖歎批改《水滸》的根本立場是反動的。他的好些批改，意在污蔑和中傷農民起義。整理中採取了這樣一些針鋒相對的措施：

一、全部排除金聖歎加的批語。
二、金聖歎刪去了原本七十一回以後的部分，卻偽造了盧俊義的一個「噩夢」作為結束，意思是要把《水滸》英雄斬盡殺絕。整理時即將「噩夢」刪去，依照百二十回本，恢復原來面目；又相應地把金本的「楔子」略加剪裁（主要是刪去插入的目錄），改為第一回（這樣，全書的回次就有七十一回）；並把最後一回回目「驚噩夢」，恢復為「排座次」。
三、金聖歎為了污蔑中傷宋江和其他英雄人物，對正文所作別有用心的改動，凡屬校勘中發現了的，都依照百回本和百二十回本改回原樣。

此外，書中寫了一些兇殘野蠻情節，各本略同，只有一百十五回本（《漢宋奇書》）比較簡潔，就按照這個本子，酌加刪節。

為了便利廣大讀者的閱讀，對於現在已不慣用、不習見的一些語詞，盡可能地加了注解。

這個「再版說明」的指導思想，實際上是根據毛澤東 1939 年寫的〈中國革命和中國共產黨〉一文中所論述的歷代農民起義的意義而寫

的。那時毛澤東說：「宋朝的宋江、方臘」，「都是農民的反抗運動，都是農民的革命戰爭」，「反抗地主階級的統治」。「只有這種農民的階級鬥爭、農民的起義和農民的戰爭，才是歷史發展的真正動力。」[1]長期以來，中國學術界在分析《水滸》的得失和宋江等人物的複雜性時都大段引用毛澤東的論述，既肯定宋江為農民起義的代表，又指出歷史上農民起義的局限性。毛澤東對《水滸》沒有全面論述的文章和談話，誠然他的文章和談話中也像他引用其他古典名著那樣，經常引到《水滸》中的人物和事例。1944 年毛澤東在看了楊紹萱、齊燕銘編導的《逼上梁山》後，給編導寫了信，肯定該戲的成就。後來他看了任桂林等編導的《三打祝家莊》也給任桂林寫信，祝賀演出成功。應該說是他從側面表示對《水滸》的肯定。毛澤東在談話中引用《水滸》中的人事為例時，大都同他談話的中心內容有關。如講到要鼓足幹勁時則多次提到「拼命三郎」；講到打仗時則舉「三打祝家莊」；在談到要允許人家革命時則聯繫到白衣秀士王倫，說高崗像王倫一樣「不准人家革命，結果還不是把自己的命革掉了」。這些談話，一般是順便提及，並非全面評價《水滸》。然 1975 年 8 月 14 日毛澤東有了一段評《水滸》的談話。與他自己原先的評價大相徑庭。這是北京大學女教師蘆荻在給毛澤東朗讀中國古典文藝作品時的談話。具體內容如下：

> 《水滸》這部書，好就好在投降。做反面教材，使人民都知道投降派。

> 《水滸》只反貪官，不反皇帝。屏晁蓋於一百零八人之外。宋江投降，搞修正主義，把晁的聚義廳改為忠義堂，讓人招安了。宋江同高俅的鬥爭，是地主階級內部這一派反對那一派的鬥爭。宋江投降了，就去打方臘。

---

[1] 《毛澤東選集》第 2 卷人民出版社 1962 年版第 619 頁。

這支農民起義隊伍的領袖不好，投降。李逵、吳用、阮小二、
阮小五、阮小七是好的，不願意投降。

魯迅評《水滸》評得好，他說：「一部《水滸》，說得很分明：
因為不反對天子，所以大軍一到，便受招安，替國家打別的強
盜——不『替天行道』的強盜去了。終於是奴才。」[2]

金聖歎把《水滸》砍掉了二十多回。砍掉了，不真實。魯迅非
常不滿意金聖歎，專寫了一篇評論金聖歎的文章〈談金聖歎〉[3]。

《水滸》百回本、百二十回本和七十一回本，三種都要出。把
魯迅的那段評語印在前面。[4]

這個談話最初送給姚文元。姚文元立即寫報告給毛澤東，說接到
主席關於《水滸》的評論後，覺得這個問題很重要。從發展馬克思主
義文藝評論的需要看，開展對《水滸》的評論和討論，批判《水滸》
研究中的階級鬥爭調和論的觀點，是很需要的，對於反修防修，是有
積極意義的。為執行主席提出的任務，擬辦以下幾件事情：1、將主
席批示印發政治局在京同志，增發出版局、人民日報、紅旗、光明日
報以及北京、上海的寫作組，並附此報告。2、找出版局、人民文學
出版社傳達落實主席的指示。3、在《紅旗》發表魯迅的評論段落，
並組織或轉載評論文章。這個報告毛澤東批示「同意」。

在姚文元的安排下，輿論機關迅速作出反應。8月23日劉禎祥、
聶敬華在《光明日報》上率先發表〈《水滸》是一部宣揚投降主義的反
面教材〉，著重批判階級調和論。8月30日《光明日報》發表梁效文
章〈魯迅評《水滸》評得好——讀〈流氓的變遷〉〉，說魯迅揭示了投
降派的反動本質，分析了孔孟之道是投降主義的思想根源。8月31日

[2] 《三閑集·流氓的變遷》。
[3] 見《南腔北調集》。
[4] 《建國以來毛澤東文稿》第13冊等457頁。

《人民日報》轉載《紅旗》雜誌第 9 期短評〈重視對《水滸》的評論〉，
特別強調了宋江把晁蓋「排除在一百零八人之外」。短評中說：「《水滸》
是怎樣對待梁山農民起義革命事業的奠基人晁蓋和農民起義的叛徒宋
江的呢？它極力歌頌宋江，而把晁蓋排除在一百零八人之外。這完全
是為了宣揚投降。晁蓋死後，宋江竊取了梁山農民革命的領導權，他
第一件事便是把聚義廳改為忠義堂，強行通過了爭取『招安』的投降
主義路線。宋江對晁蓋起義路線的『修正』，是對農民革命的背叛，從
這個意義上說，也就是搞修正主義。而《水滸》正是肯定和讚美了宋
江的修正主義。」同時發表竺方明的〈評《水滸》〉，從投降主義路線，
投降主義典型，投降主義哲學三方面進行全方位的批判。9 月 2 日《人
民日報》轉載《紅旗》第 9 期方岩梁的〈使人民都知道投降派——學
習魯迅對《水滸》的論述〉。接著 9 月 4 日《人民日報》發表社論〈開
展對《水滸》的評論〉。社論指出：「遵照偉大領袖毛主席的指示，本
報和其他報刊開始了對《水滸》的評論和討論。」「這是我國政治思想
戰線上的又一次重大鬥爭。」「不但對於古典文學研究，而且對於文學、
哲學、歷史、教育各個領域，對於我們黨和我國人民，在現在和將來，
在本世紀和下世紀堅持馬克思主義、反對修正主義，把毛主席革命路
線堅持下去，都有重大的、深刻的意義。」社論號召「團結一切可以
團結的力量，批判修正主義，把社會主義革命和建設推向前進。」《紅
旗》第 9 期還發有北京大學、清華大學大批判組寫的〈一部宣揚投降
主義的反面教材〉；鍾谷寫的〈評《水滸》的投降主義路線〉；趙安亭
寫的〈叛徒的頌歌〉。10 月 7 日《人民日報》發表了聞鍾寫的〈評金
聖歎腰斬《水滸》——兼駁胡適吹捧金批本《水滸》的謬論〉。《紅旗》
第 10 期發表了楊榮國的〈《水滸》與宋代的階級鬥爭〉。這樣，只用了
很短的時間就在全國掀起了一場批《水滸》，批宋江的鬧劇，不僅連篇
累牘的批判文章，而且在各地掀起了層層揪「投降派」的惡浪。一些

出版社也趕緊出版批《水滸》的書。在筆者書櫥裏至今還保留著：《《水滸》是一部宣揚投降主義的反面教材》[5]、《叛徒的頌歌：《水滸》評論選》[6]、《評投降派宋江》[7]、《魯迅評《水滸》文章淺析》[8]、《宋江析》[9]、《反面教材《水滸》》[10]、《用馬克思主義觀點評論《水滸》》[11]這些書中的文章大同小異，都是發揮和注釋毛澤東觀點的。實際上在文化專制主義的情況下，不允許有個人的見解，也不可能發表個人觀點。

為了適應當時的政治需要，一些著作也進行了修改。典型的是《中國小說史稿》的修改。《中國小說史稿》原是 1960 年出版的，由北京大學中文系 1955 級《中國小說史稿》編輯委員會集體編寫的，本身是「大躍進」的產物。它的前言寫明是「在黨的八屆八中全會精神鼓舞和黨的具體領導下」編著的，書中「所有這些學術上的探求，我們都自覺地服從於無產階級的政治目的」，「用它來保衛毛澤東文藝思想」。1972 年人民文學出版社重印《水滸》等四部古典名著時，也重印了這部《中國小說史稿》。書中對《水滸》的評價引用了毛澤東有關農民起義的論述，談到《水滸》悲劇結局時也引用了毛澤東關於歷史上農民起義失敗教訓的論述。而今毛澤東對《水滸》有了新的指示，顯然必須根據毛澤東評法批儒和對《水滸》評價的新精神進行徹底修改。《中國小說史稿》的修改本，通體上加強了評法批儒的內容，立專章批判孔子。在〈宋元小說〉一章中第三節改為「尊孔崇儒的污蔑農民起義的反動話本批判」。在這一節中極力歌頌王安石，說《話本》中的〈拗相公〉瘋狂地對王安石進行人身攻擊，而叛徒、賣國賊林彪死咬住「拗相公」三個字，借古諷今，含沙射影地攻擊毛主席的革命路線。這種

---

[5] 山東人民出版社。
[6] 貴州人民出版社。
[7] 陝西人民出版社。
[8] 福建人民出版社。
[9] 上海人民出版社。
[10] 人民出版社。
[11] 甘肅人民出版社。

批判好像是在給〈拗相公〉作者貼大字報。《中國小說史稿》1960 年版有關《水滸》分為：《水滸傳》成書過程及作者；《水滸傳》的思想內容；《水滸傳》的藝術成就；《水滸傳》的影響；《水滸傳》研究批判五個小節。在第五節中點名批判了胡適、馮雪峰對《水滸傳》的評論。說五十年代初出版的《水滸研究》一書「是資產階級學術思想在《水滸傳》研究上的一種反映」。而這次的修改本分為：《水滸》是適應地主階級政治需要的產物；只反貪官、不反皇帝的反動思想傾向；投降派宋江的形象；晁蓋、李逵等人的形象；《水滸》的藝術特點五節。修改本以毛澤東最新指示為指導，從《水滸》的成書到書中的人物以及作品的藝術特色進行了全面的、系統的批判。說作者是「通過寫作小說來為當時的反動政治服務」，「作者從儒家忠義思想出發，利用一切機會大肆美化封建皇帝」。宋江「是作者按照地主階級的利益和願望塑造出來的藝術形象」。「我們通過作者精心塑造的這一人物形象，可以看到一個典型的投降派的真實面目，從而提高識別投降派的能力，更好地向劉少奇、林彪這些投降派作鬥爭。」魯迅運用馬克思主義觀點，深刻地剖析了宋江之流的全部罪惡經歷」「從而有力地戳穿了《水滸》作者的反動用心」。修改本還認為《水滸》藝術上「文筆粗糙，結構鬆散，情節發展很不合理，表現手法千篇一律，甚至淪為儒家觀念和宿命論觀念的圖解。」簡直要把不懂毛澤東思想的施耐庵打翻在地再踏上一隻腳。這些在今天看來有些可笑，然當時的修改者和出版者都是以完成政治任務的精神認認真真工作的，當然是無可責怪的。

現在所要討論的是毛澤東當時發動批《水滸》，批宋江的意思是什麼？多年以來基本上有兩種說法，就是「評論」說和「架空」說。我想對這個謎底作些分析。先說「評論」說，就是單純的文學評論，毛澤東「沒有別的意思」。其依據是 1977 年 9 月中央印發的《「四人幫」反黨集團罪證》中有一題專門揭發「四人幫」「蓄意歪曲毛主席對《水滸》的評論，大肆宣揚『宋江架空晁蓋』，污蔑周總理和鄧小平同志。」在這題導語中說：「一九七五年八月，毛主席對《水滸》這部小說作了

評論。毛主席這篇評淪，是對當時給毛主席讀一些文學作品的蘆荻同志講的，後來由蘆荻同志整理出來。蘆荻同志所寫的材料證明，毛主席的評論，是對《水滸》這部小說說的，沒有別的意思。但是，『四人幫』卻肆意歪曲毛主席的評論，大造反革命輿論，說什麼評《水滸》的要害是『宋江架空晁蓋』。」《罪證》中還附有蘆荻的揭發材料，其中說：「主席講《水滸》時，談笑風生，和藹幽默。就該書的政治傾向問題，他反覆舉例，細緻地進行了分析。他在《水滸》批示中，運用歷史唯物主義原理，古為今用，從作品的認識價值出發，對《水滸》作了精闢的論述，為我們研究文化遺產樹立了光輝的典範。」另一個依據是一次鄧小平的講話。1995 年 12 月 22 日《文藝報》發表了一篇題為〈關於 1975 年評《水滸》運動的若干問題〉的文章。在介紹毛澤東那個談話的歷史背景後，作者提出了自己的看法：「8 月 21 日，鄧小平與國務院政治研究室負責人開會。胡喬木就評《水滸》請教鄧小平：毛主席的指示是針對什麼的？是不是有特別所指？鄧小平明確回答：就是文藝評論，沒有別的意思。他後來又同意政研室也要寫評論《水滸》的文章，並指示不要光講現話，要講幾句新話；又說，不要影射，要講道理。」接著文章又提到 9 月 24 日鄧小平向主席彙報的情況，「鄧小平把江青 9 月中旬在大寨所作的關於《水滸》的要害是『架空晁蓋』等講話向毛澤東作了彙報。毛澤東事先已經讀到江青講話材料，聽了鄧小平當面彙報後，立即氣噴地說：放屁！文不對題。那是學農業，她搞評水滸。這個人不懂事，沒有多少人信她的」。這篇文章最後說：「不宜對評《水滸》運動的政治作用估計過高」。並且提到胡喬木說：「宋江架空晁蓋」的提法，用「膚淺的歷史對比」一句話就可以駁倒。

　　下面說「架空」論。江青在 8 月下旬召見于會泳、劉慶棠等人時就直截了當地說：「主席對《水滸》的批示有現實意義。評論《水滸》的要害是架空晁蓋，現在政治局有人要架空主席。」她說的「有人」顯然是指鄧小平。9 月 17 日，江青在大寨對北影、長影、新華社、人

民日報、法家著作注釋組、北大和清華寫作組等一百多人講話時，更為得意，她先是老娘罵街，罵電影《創業》作者張天民「告了我的刁狀」，「背後有壞人支持，要追後臺」。而在談評《水滸》的時候，她說：「你們不要以為評《水滸》這是一個文藝評論，不單純是文藝評論，也不純是歷史評論。是對當代有意義的大事。因為我們黨內有十次路線錯誤，今後還會有的，敵人會改頭換面藏在我們黨內。你們看宋江是怎樣處心積慮地排斥晁蓋、架空晁蓋，最後晁蓋第一天死，第二天他就把聚義廳改為忠義堂。宋江收羅了一幫子土豪劣紳、貪官污吏，佔據了各重要崗位。晁蓋托膽稱王啊，他是造皇帝反的，他是聚義，像咱們這樣聚在一塊商量大事。批《水滸》就是要都知道我們黨內就是有投降派。主席說，林彪一類如上臺搞修正主義很容易。」[12]對江青的講話，很多人感到莫名其妙，而她還要求播放她的錄音，印發她的講話稿。這就是所謂「架空」論的來歷。

那麼毛澤東的意思到底是什麼呢？讓我們簡單地分析一下。首先使人想到的是 1966 年 10 月 25 日毛澤東〈在中央工作會議上的講話〉，他說：

十七年來，有些事情，我看是做得不好，比如文化意識方面的事情。

想要使國家安全，鑒於史達林一死，馬林科夫擋不住，發生了問題，出了修正主義，就搞了一個一線、二線。現在看起來，不那麼好。我處在第二線，別的同志處在第一線，結果很分散。一進城就不那麼集中了。搞了一線、二線，出了相當多的獨立王國。所以，十一中全會對一線、二線的問題，就做了改變。

十一中全會以前，我處在第二線，不主持日常工作，有許多事情讓別人去做，想讓他們在群眾中樹立威信，以便我見馬克思

---

12 見《江青在大寨的講話記錄》。

的時候，國家不那麼震動。以前的意思是那樣。大家也贊成這個意見。但處在第一線的同志處理得不那麼好。現在，這個一線、二線的制度已經改變了。但紅衛兵還不知道已經改變了。

我也有責任。為什麼說我也有責任呢？第一是我提議搞書記處，政治局常委裏頭有一線、二線。再，就是過於信任別人。[13]

　　毛澤東這個講話聯繫到〈五‧一六通知〉中他加的：「例如赫魯雪夫那樣的人物，他們現正睡在我們身旁」，以及〈炮打司令部——我的一張大字報〉說：「從中央到地方的某些領導同志，卻反其道而行之，站在反動資產階級立場，實行資產階級專政」。就很清楚地表明瞭他對一些中央領導同志的不信任，也就是使他覺得被「架空」了。於是他借助林彪的天才論、頂峰論，搞了個人迷信，通過發動一場文化大革命，打倒「架空」他的赫魯雪夫，來集中權力。而 1975 年他幾乎又有了這種被「架空」的感覺。前一章我們已經說過，毛澤東擔心否定「文化大革命」之風的興起。才發起批林批孔，針對周總理的批林整風，批極左思潮的。1975 年由於鄧小平雷行風行的整頓工作，著手解決「文化大革命」所造成的各條戰線的混亂，制定了一系列的方針政策，應該說全國形勢有了較大的改變。而這一切毛澤東心理是矛盾的。他既想倚重於鄧小平，把黨和國家治理好，但又要維護「文化大革命」的理論和路線。最典型的例子，就是 1975 年 11 月開始，突然掀起了一個「批鄧反擊右傾翻案風」運動。實際上批《水滸》，批宋江就是為「批鄧」運動作輿論準備的。最能說明問題的是劉冰事件。時任清華大學黨委副書記劉冰等四人給毛譯東寫了兩封信，一封是 8 月，一封是 10 月。兩封信反映的是清華大學負責人遲群和謝靜宜的問題。遲群原是解放軍 8341 部隊一個宣傳科副科長，謝靜宜原是個機要員，在「文化大革命」中作為軍代表進駐清華大學，成為清華負責人。他們小人得

---

[13]　《建國以來毛澤東文稿》第 12 冊第 143 頁。

志便倡狂，緊跟「四人幫」幹了不少壞事。在批林批孔中充當江青的
特使，奔走四方，煽風點火，惟恐天下不亂。他們還掌控了梁效寫作
班子，大寫黑文，影響極惡劣。遲群自以為有功於「四人幫」，想在四
屆人大上，撈個副總理，至少撈個教育部長當當。沒想到周恩來組閣，
鄧小平負責支持日常工作。遲群竹籃打水一場空，什麼官職也沒有沾
上，遂牢騷滿腹，消極怠工，酗酒胡鬧。而劉冰是位參加革命多年的
正派老幹部，對遲群、謝靜宜的所作所為實然目不忍睹，忍無可忍。
因此劉冰、惠憲鈞、柳一安、呂方正四位同志給毛澤東寫信。信是經
過鄧小平轉給毛澤東的。應該說，按黨的組織原則向黨主席反映情況
是合理合法的。然而卻引起了毛澤東的誤解，10 月 19 日他同李先念、
汪東興談話，作了一個不符合實際的指示：「清華大學劉冰等人來信告
遲群和小謝。我看信的動機不純，想打倒遲群和小謝。他們信中的矛
頭是對著我的。我在北京，寫信為什麼不直接寫給我，還要經小平轉。
小平偏袒劉冰。清華所涉及的問題不是孤立的，是當前兩條路線鬥爭
的反映。」[14]這個指示很厲害。一、毛澤東給劉冰加了兩頂帽子，「動
機不純」和「矛頭是對著我的」。在當時個人迷信極端嚴重的環境裏是
彌天大罪。二、鄧小平轉信，毛澤東卻由此得出「偏袒」的結論，這
就把鄧小平也牽連了進去。三、把清華的事推而廣之，波及全國，而
且上綱上線，說成是兩條路線鬥爭。這裏表現了毛澤東一種焦慮心態，
他想像到了劉冰他們要否定「文化大革命」；他想像到了劉冰代表的舊
勢力要打倒新生力量的苗頭；他想像到了鄧小平作為轉信人，正傳遞
了一個「架空」他的資訊。毛澤東這種焦慮心態，被江青所熟悉和利
用，因此毛澤東指示一下，立刻推波助瀾，一面加緊寫批宋江，批投
降派的文章，搞影射批評；另一面煽動清華等學校學生，掀起一股「反
擊右傾翻案風」的浪潮。從批判劉冰上掛教育部長周榮鑫，旁及鐵道
部長萬里，中科院負責人胡耀邦，凡是 1975 年積極進行整頓工作的負

---

[14] 《建國以來毛澤東文稿》第 13 冊第 486 頁。

責人，幾乎無一倖免。等到 1976 年「四‧五」悼念周總理，聲討「四人幫」時，毛澤東就提議，撤銷鄧小平黨內外一切職務。在毛澤東看來這是保衛「文化大革命」的勝利成果。我們從當時實際的國家形勢來看，像批林批孔矛頭指向周恩來一樣，批宋江，批投降派肯定是有所指向。因為毛澤東沒有明說，當時周恩來、鄧小平心理自然明白清楚，為了顧全大局，順著毛澤東沒有明說罷了。何況毛澤東一向主張文藝為政治服務，古為今用，主張文藝是階級鬥爭的工具，難道他在評《水滸》時不貫徹自己的見解？顯然不大符合邏輯。因此，「架空」說不是很容易駁倒的，實際上是江青挑明瞭毛澤東很長一個時期來隱藏在內心的秘密。至於有人在粉碎「四人幫」後，在一篇〈「四人幫」是貨真價實的投降派——重讀毛主席關於評《水滸》的指示〉中說：「究竟誰在宣傳投降主義的《水滸》？誰是投降派？恰恰就是『四人幫』。」我尊重對毛澤東評《水滸》觀點的各種理解。然這樣的新解似乎有點硬裝斧頭柄，是一種誤會。

第十三章　批判「四人幫」，
徹底否定〈紀要〉

　　1976 年 10 月 6 日中國政壇上出現了驚心動魄的一幕，肆意橫行的「四人幫」在瞬間束手就擒，給中國帶來十年內亂的「文化大革命」畫上了句號。當人們還沉醉在歡慶的喜悅中時，1977 年 2 月 7 日「兩報一刊」──《人民日報》、《紅旗》雜誌、《解放軍報》同時發表了傳遞黨中央聲音的社論〈學好文件抓住綱〉。社論在強調「抓綱治國」的同時，正式提出了「兩個凡是」：「凡是毛主席作出的決策，我們都堅決維護；凡是毛主席的指示，我們都始終不渝地遵循。」向全國人民宣告了華國鋒為首的黨中央的執政意志。「兩個凡是」，為廣大人民群眾渴望撥亂反正的願望，設置了不可逾越的禁區。在文藝界經過了二十多年的批判鬥爭，已經遍體瘡痍。而歷次批判運動大多數是在毛澤東批示下進行的，特別毛澤東的「文藝兩個批示」，以及〈林彪同志委託江青同志召開的部隊文藝工作座談會紀要〉成為文藝界的不可觸及的禁區。如果不推翻「文藝兩個批示」和〈紀要〉，禁錮文藝界的堅冰就難以打破，文藝解凍回春的氣息就不會到來。要走出這種陰影，文藝界一直在尋找適當的時機。

　　1977 年 7 月鄧小平第三次復出，在教育科技界進行艱難的破冰工作，這為文藝界推翻「文藝兩個批示」和〈紀要〉帶來了大好的機會。因為在教育界也有這樣的陰影，那就是 1971 年 8 月召開全國教育工作會議上出籠的〈全國教育工作會議紀要〉。這個「教育紀要」是張春橋、姚文元修改定稿的，也是毛澤東親自批准「同意」的。「教育紀要」對

我國教育戰線的形勢提出了「兩個基本估計」，說解放後十七年，「毛主席的無產階級教育路線基本上沒有得到貫徹執行，教育制度、教育方針和方法幾乎全是舊的一套」；原有教師隊伍中，「大多數是擁護社會主義，願意為人民服務的，但是世界觀基本上是資產階級的。」鄧小平對「兩個凡是」早有清醒的認識。他未復出之前，1977 年 4 月 10 日就給華國鋒黨中央寫信，提出「用準確的完整的毛澤東思想來指導我們全黨」。[1]其寓意所指，自然是「兩個凡是」對毛澤東所採取的迷信做法。其深刻的思想內涵就是撥林彪、「四人幫」破壞之亂，批毛澤東晚年的錯誤，回到毛澤東思想的正確軌道上來。5 月 3 日黨中央批發了鄧小平這封信。這大大增強了廣大幹部群眾抵制「兩個凡是」的信心和力量。8 月 8 日鄧小平在「科學和教育工作座談會」上發表了〈關於科學和教育工作的幾點意見〉的講話。鄧小平開宗明義地否定「教育紀要」中的「兩個基本估計」，第一次衝擊了「兩個凡是」所設置的禁區。幾天後，8 月 13 日教育部召開全國高等院校招生會議，《人民日報》記者根據與會者座談材料寫了一份內參稿件，報社以《情況彙編‧特刊》的形式上報中央。鄧小平看後就與教育部負責人談話。他語重心長地說：「你們管教育的不為廣大知識份子說話，還背著『兩個估計』的包袱，將來要捧筋頭的」。「要思想解放，爭取主動。過去講錯了的，再講一下，改過來。撥亂反正，語言要明確，含糊其詞不行。」[2]這個談話後，教育部、《人民日報》立即聯合召開座談會，向「兩個基本估計」發起攻擊，向「四人幫」迫害知識份子醜惡行徑宣戰。

在鄧小平談話鼓舞下，教育界衝破「兩個凡是」以後，文藝界開始了復蘇的歷程。1977 年 10 月 19 日《人民文學》編輯部召集了一批劫後餘生的作家在北京遠東飯店開了「短篇小說創作座談會」。這次座談會是粉碎「四人幫」以後文藝界召開的第一次專題研究創作會議。

1 　《鄧小平文選》第 2 卷人民出版社 1994 年版第 39 頁。
2 　《鄧小平文選》第 2 卷第 67、71 頁。

實際上是對「四人幫」進行政治控訴的會議。與會者從被「四人幫」搞亂的文學創作談起，對在「文化大革命」時期所流行的作品進行了評擊，認為名噪一時的「寫與走資派鬥爭」的作品，是貨真價實的陰謀文藝；而「四人幫」所鼓吹的「三突出」[3]等創作原則，是唯心主義和形而上學的東西。與會者要求貫徹「百花齊放，百家爭鳴」方針，提倡文藝創作題材的多樣化。會後《人民文學》在 11、12 期上以「促進短篇小說的百花齊放」為題，開闢專欄，連續發表了茅盾、周立波、沙汀、王朝聞等人在會議上的發言。與此會議的同時，文化部理論組在禮士胡同召開了批判「文藝黑線專政」論的座談會。這是文藝界最早的一次批判〈紀要〉的會議，從而拉開了戰鬥的序幕。是年 11 月 21 日《人民日報》召開了更大規模的座談會，茅盾、劉白羽、張光年、賀敬之、謝冰心、李季、馮牧等文藝界人士參加，開展對「文藝黑線專政」論的批判。與會者指出「文藝黑線專政」論，「帶來了極其惡劣的後果。不只十七年的社會主義文藝創作成了一片空白，甚至從〈國際歌〉到革命樣板戲的九十多年，包括毛主席詩詞、魯迅作品，以至『五四』以來直到〈在延安文藝座談會上的講話〉以後湧現出來的全部革命文藝創作，統統被他們用『空白』論粗暴地否定了。」與會者義憤填膺地指出，「我們黨多年來培養出來的廣大文藝工作者一律都被誣衊成『黑線人物』，或『修正主義分子』，禁止他們的一切創作活動和藝術實踐。『四人幫』這個『文藝黑線專政』論之所以要扼殺『文化大革命』以前的一切優秀作品，為的是把他們自己裝扮成開創『文藝新紀元』的元勳，是為他們剽竊來的革命現代戲獨霸文壇的陰謀服務的，是為他們首先篡奪文藝界的領導權進而篡奪黨和國家領導大權的陰謀服務的。」與會者還表達了繼續批透「文藝黑線專政」論的強烈願望。但是，文藝界這個向「兩個凡是」挑戰的會議，受到了黨中央

3　即江青提出的「在所有人物中突出正面人物；在正面人物中突出英雄人物；在英雄人物中突出最主要的中心人物。

負責意識形態的負責人的指責。認為「部隊文藝工作座談會紀要」是經過毛主席三次親自修改過的,怎麼能推翻呢?並向《人民日報》提出,凡是關於「文藝黑線專政」論的文章,要送中央審查。作為發起和組織這次會議的《人民日報》負責人胡績偉犯難了,在報導中既要能體現對「文藝黑線專政」論的批判,又要讓中央通過,是煞費苦心的。於是他給座談會報導寫了一個「編者按」。「編者按」說「無產階級文化大革命以前的十七年中,毛主席革命路線在文藝戰線同樣是占主要地位的。儘管受到過劉少奇的反革命修正主義路線的嚴重干擾和影響,但毛主席的紅線一直照耀著社會主義文藝事業的進程。毛主席一九六三年十二月和一九六四年六月關於文學藝術的兩次批示,對當時文藝戰線的成績和存在的問題作了全面的評價,批評了文藝工作中的嚴重錯誤,指出了電影、新詩、民歌、美術、小說的成績不能低估。『四人幫』說文藝戰線『被一條與毛主席思想相對立的反黨反社會主義的黑線專了我們的政』,是對毛主席的指示的猖狂篡改和公開對抗,也是對黨領導的革命文藝事業的惡毒誣衊和無恥誹謗。」這個「編者按」雖然通過了審查,但有嚴重缺陷,把毛澤東說成「紅線」,那劉少奇就是「黑線」了。批判「文藝黑線專政」論,又冒出了一個「文藝黑線」論。稍後《光明日報》刊登文藝界知名人士座談會發言,在〈打好文藝戰線揭批「四人幫」的第三戰役〉的「編者按」中,把《人民日報》「編者按」的話挑明:「十七年的文藝戰線,黑線是有的,這就是劉少奇的反革命修正主義路線。這條黑線,對我國文藝事業確實有過相當嚴重的干擾破壞。但是,總的說來占主導地位的是毛主席的革命文藝路線。」1978 年第 1 期《紅旗》雜誌發表文化部批判組的文章〈一場捍衛毛主席革命路線的偉大鬥爭——批判「四人幫」的文藝黑線專政論〉。文章又進一步闡發了《光明日報》「編者按」的觀點。它與其說是批駁「文藝黑線專政」論,不如說是為其作辯解。雖然透露出一些尷尬的無奈,但是「兩個凡是」的思想禁錮又是無等厲害。在此後一段時間內,文藝界基本上按照這個調子進行批判的。承認劉少

奇修正主義「文藝黑線」的存在，肯定毛澤東對於文藝工作的一系列
批示，在此前提下小心翼翼地進行。全國各地也召開了各式各樣的聲
討「四人幫」，批判「文藝黑線專政」論的會議。《人民日報》用大量
的篇幅，報導了上海、湖北、山西、山東、湖南等省市的批判會議和
文章，確實造成了一種很大的聲勢，推動了全國對「四人幫」的大批
判。然而由於承認「文藝黑線」的存在，即使是轟轟烈烈的大批判，
也不免像帶著枷鎖的舞蹈，夾雜著思想鎖鏈的丁當。這是一種既聲討
「四人幫」的罪行，又維護毛澤東的威望，貫徹華國鋒「兩個凡是」
的兩全其美的做法。由於對毛澤東晚年的文藝思想仍然肯定和頌揚，
使人們對「四人幫」的理論依然噤若寒蟬。〈紀要〉中對文藝創作進行
污蔑的「黑八論」仍是作為「修正主義文藝理論」加以否定。於是在
對「四人幫」「文藝黑線專政」論批判的同時，對「劉少奇修正主義路
線」和「周揚文藝黑線」也作為批判的對象，不時見諸報端。至於毛
澤東關於文藝的兩個批示，更是不容懷疑。1978 年第 5 期《人民文學》
甚至推出〈解放後十七年文藝戰線上的思想鬥爭〉，闡述所謂「紅線」
和「黑線」的鬥爭。可見文藝界的復蘇依然是那樣步履蹣跚。

　　形勢轉折是真理標準問題的大討論。時任中央黨校副校長的胡耀
邦，在中央黨校辦了一個叫《理論動態》的刊物，專門登一些批判極
左思潮的理論文章。1978 年 5 月 10 日《理論動態》第 60 期發表了南
京大學哲學系胡福明先生寫的〈實踐是檢驗真理的唯一標準〉，第二天
《光明日報》以特約評論員的名義，在第一版公開發表了這篇文章。〈實
踐是檢驗真理的唯一標準〉發表後，在理論界和政界頓時引起了一場
大爭論。鄧小平堅決支持了這篇文章，在幾天後的全軍政治工作會議
上大講實事求是，實踐是檢驗真理的唯一標準。這使堅持實踐是檢驗
真理標準的人們大為振奮。文藝界原像是一個癱瘓的病人被打開暗
門，一下子又恢復了青春的活力，變得生氣勃勃起來。1978 年 5 月 27
日至 6 月 5 日中國文學藝術界聯合會第三屆全國委員會第三次擴大會
議在北京舉行。這次會議是文藝界承前啟後，撥亂反正具有重大歷史

意義的一次會議。全國文聯和全國作協恢復活動,《文藝報》正式籌備復刊。會議雖然沒有完全擺脫「文藝黑線」論的桎梏,但是與會者對「四人幫」鼓吹的「三突出」論;「根本任務」論[4];「題材決定」論;反「寫真人真事」論;「徹底掃蕩遺產」論等一系列文藝謬論,進行了揭發批判。這說明文藝界對「四人幫」的批判已經從政治控訴,逐漸轉向對其文藝思想的清算,已經開始從文藝理論上觸及〈紀要〉的要害和基礎。1978 年 10 月 20 日《人民文學》、《詩刊》、《文藝報》三家刊物召開編委會聯合會議。在這次會議上第一次公開對「文藝黑線」論提出否定和批判。這次會議開了三天,《人民日報》發表的報導說:「林彪、『四人幫』為了篡黨奪權的需要,胡說什麼建國以後十七年的文藝是『反黨反社會主義的文藝黑線』。這是徹頭徹尾的誹謗和誣衊。」直接向「文藝黑線」開了火。張光年在會上的發言,以〈駁「文藝黑線」論〉為題,發表在 12 月 19 日《人民日報》上,這是對「文藝黑線」論發起公開批判的第一篇檄文。整個會議的發言,劉錫城整理成文〈真理標準討論與新時期文學命運──《人民文學》、《詩刊》、《文藝報》1978 年 10 月編委聯合會議紀要〉,發表在《紅岩》雜誌 1999年第 1 期上。這次會議以後,文藝界一些知名人士分赴安徽、廣東等地,參加當地舉行的各式各樣的文藝會議。將批判「文藝黑線」論的精神傳播到各地。1979 年 1 月 2 日在中國文聯舉行的迎新茶話會上,剛任中宣部部長才幾天的胡耀邦與 200 多位文藝界人士見面,由時任中宣部副部長兼文化部部長黃鎮向與會者鄭重宣佈:文化部和文學藝術界在十七年工作中,雖然犯有這樣那樣的錯誤,但根本不存在「文藝黑線專政」,也沒有形成一條什麼修正主義「文藝黑線」。凡是因為所謂「文藝黑線」錯案受到打擊和誣陷者一律徹底平反。

　　中央對「文藝黑線」論的徹底否定,使文藝界認識到,在徹底批判「文藝黑線」論的同時,要為一大批仍然認為是「文藝黑線」人物

4　即「要努力塑造工農兵的英雄人物,這是社會主義文藝的根本任務」。

的作家，「文藝黑線」頭目的領導，以及「黑書」的文藝作品，「黑窩」的文藝團體，「黑會」的文藝會議進行平反。於是 1978 年 5 月《文藝報》與《文學評論》兩個編輯部在新僑飯店召開了「文藝作品落實政策座談會」，為過去在「文藝黑線」論支配下錯批的文藝作品和受到錯誤處置的作家恢復名譽。在這次會議上，被平反的文學作品有：〈保衛延安〉、〈三里灣〉、〈山鄉巨變〉、〈歸家〉、〈賴大嫂〉、〈在橋樑工地上〉、〈組織部新來的青年人〉等；在電影方面平反的有：《紅日》、《五朵金花》、《怒潮》、《暴風驟雨》、《紅河激浪》、《不夜城》、《林家舖子》、《早春二月》、《逆風千里》、《北國江南》等；在戲劇方面平反的有：《海瑞罷官》、《謝瑤環》、《李慧娘》等，實事求是地考察了作品的思想傾向，重新作出科學的評價，推倒強加給它們的一切誣衊不實之詞。為了推動對文藝作品的平反，12 月 23 日《人民日報》特意為這次會議發表了「本報評論員」文章〈加快為受迫害的作家和作品平反的步伐〉。文章的鋒芒直刺「兩個凡是」，要求各級領導採取積極的態度，加快文藝界的平反工作。對文藝作品的平反，在事實上推翻了「文藝黑線」論賴於安身立命的所謂基礎。與此同時，在文藝理論上也開始清算〈紀要〉。1979 年新年伊始，《文藝報》和《電影藝術》同時發表周恩來 1961 年 6 月 19 日〈在文藝工作座談會和故事片創作會議上的講話〉，給徹底清算〈紀要〉的極左思潮提供了思想武器。廣大文藝工作者在批極左思潮的同時，開始從文藝規律，黨對文藝的領導等等方面總結經驗教訓。從而觸及到重新認識和評價〈紀要〉所提及的「黑八論」。「四人幫」把「黑八論」作為炮製「文藝黑線」論的理論基礎，把它說成是「一股資產階級、現代修正主義文藝思想逆流。」這關係到文藝與生活，文藝與政治以及文藝本身的重大理論是非問題。3 月 16 日《文藝報》編輯部召開文學理論批評工作座談會，出席會議的有北京和部分省市的文藝理論工作者 100 餘人。會議首先對「文藝為政治服務」

的口號提出質疑。說:「文藝不是一種可以受政治任意擺佈的簡單的工具,也不應該把文藝簡單化地僅僅當做階級鬥爭的工具。」[5]就是這個3月,上海《戲劇藝術》雜誌第1期發表了陳恭敏〈工具論還是反映論——關於文藝與政治的關係〉一文,率先對流行的文藝「工具論」發起挑戰。緊跟著《上海文學》第4期發表「本刊評論員」文章〈為文藝正名——駁「文藝是階級鬥爭的工具」說〉。文章直截了當批判了幾十年來無人敢碰,碰則遭殃的權威觀點:「文藝從屬於政治」。「文藝從屬於政治」、「文藝是階級鬥爭的工具」,是〈紀要〉所賴以生存的最權勢的理論基礎。〈為文藝正名〉文章的發表,在全國文藝界引起了強烈的反響,展開了大討論、大辯論。這場大辯論,不僅從根本上推翻了〈紀要〉的理論基礎,從此促進了文藝思想大解放。1979年5月3日中共中央批轉解放軍總政治部的請示,正式決定撤銷危害全國文藝界的「中發(66)第211號文件即〈林彪同志委託江青同志召開的部隊文藝工作座談會紀要〉。至此,文藝界開始步入一個新的文藝多元化時代。

---

[5] 〈總結經驗,把文藝理論批評工作搞上去——記文學理論批評座談會〉《文藝報》1979年第4期。

後記

　　前事不忘，後事之師。要避免歷史悲劇的重演，就得不忘記歷史。今天書寫這種「折騰」文藝的事件經過及人和事，為的是給人們留下一點記憶，有一種具體的瞭解，不至於隨時間流逝而淡忘，或根本不知道。這裏我只輯錄了一些歷史事實，基本上沒有加以評論，為的就是讓讀者自己作出獨立的評價。

　　本書實際上是拙作《中國現代文學爭議概述》（秀威版）的續篇，內容有連續性，讀者可參考閱讀。書中所引用的資料，都已公佈於世，然要收集也非易事。我雖然作了努力，但疏漏之處肯定不少，敬請讀者指正。

朱汝瞳

新鋭文叢02　PG0714

新鋭 文創
INDEPENDENT & UNIQUE

1951-1978
中國文藝界現象輯略

作　　者	朱汝瞳
主　　編	蔡登山
責任編輯	陳佳怡
圖文排版	王思敏
封面設計	蔡瑋中

出版策劃	新鋭文創
發 行 人	宋政坤
法律顧問	毛國樑　律師
製作發行	秀威資訊科技股份有限公司
	114 台北市內湖區瑞光路76巷65號1樓
	電話：+886-2-2796-3638　傳真：+886-2-2796-1377
	服務信箱：service@showwe.com.tw
	http://www.showwe.com.tw
郵政劃撥	19563868　戶名：秀威資訊科技股份有限公司
展售門市	國家書店【松江門市】
	104 台北市中山區松江路209號1樓
	電話：+886-2-2518-0207　傳真：+886-2-2518-0778
網路訂購	秀威網路書店：http://www.bodbooks.com.tw
	國家網路書店：http://www.govbooks.com.tw

出版日期	2012年3月　初版
定　　價	230元

國家圖書館出版品預行編目

1951-1978中國文藝界現象輯略 / 朱汝瞳著.--
一版. -- 臺北市：新銳文創, 2012.03
面； 公分. -- (語言文學類)
BOD版
ISBN 978-986-221-910-2(平裝)

1. 中國當代文學 2. 中國文學史 3. 文學評論

820.908   100028240

讀者回函卡

感謝您購買本書，為提升服務品質，請填妥以下資料，將讀者回函卡直接寄回或傳真本公司，收到您的寶貴意見後，我們會收藏記錄及檢討，謝謝！如您需要了解本公司最新出版書目、購書優惠或企劃活動，歡迎您上網查詢或下載相關資料：http:// www.showwe.com.tw

您購買的書名：_____

出生日期：_____年_____月_____日

學歷：□高中 (含) 以下　　□大專　　□研究所 (含) 以上

職業：□製造業　□金融業　□資訊業　□軍警　□傳播業　□自由業
　　　□服務業　□公務員　□教職　　□學生　□家管　　□其它____

購書地點：□網路書店　□實體書店　□書展　□郵購　□贈閱　□其他

您從何得知本書的消息？

　□網路書店　□實體書店　□網路搜尋　□電子報　□書訊　□雜誌
　□傳播媒體　□親友推薦　□網站推薦　□部落格　□其他_____

您對本書的評價：(請填代號　1.非常滿意　2.滿意　3.尚可　4.再改進)
　封面設計____　版面編排____　內容____　文／譯筆____　價格____

讀完書後您覺得：

　□很有收穫　□有收穫　□收穫不多　□沒收穫

對我們的建議：_____

_____

_____

_____

11466
台北市內湖區瑞光路 76 巷 65 號 1 樓

秀威資訊科技股份有限公司　　　收

BOD 數位出版事業部

....

（請沿線對折寄回，謝謝！）

姓　　名：_____　　年齡：_____　　性別：□女　□男

郵遞區號：□□□□□

地　　址：_____

聯絡電話：(日) _____ (夜) _____

E-mail：_____